脚印

人民英雄麦贤得

杨黎光 著

南方出版传媒
花城出版社
中国·广州

图书在版编目（CIP）数据

　脚印：人民英雄麦贤得 / 杨黎光著. -- 广州：花城出版社，2021.4
　ISBN 978-7-5360-9409-3

　Ⅰ. ①脚… Ⅱ. ①杨… Ⅲ. ①纪实文学－中国－当代 Ⅳ. ①I25

中国版本图书馆CIP数据核字（2021）第048155号

出 版 人：肖延兵
策划编辑：张　懿
责任编辑：陈诗泳　邹蔚昀
营销统筹：蔡　彬
技术编辑：凌春梅
封面设计：水玉银文化
版式设计：姚　敏

书　　名	脚印：人民英雄麦贤得 JIAOYIN RENMIN YINGXIONG MAIXIANDE
出版发行	花城出版社 （广州市环市东路水荫路11号）
经　　销	全国新华书店
印　　刷	恒美印务（广州）有限公司 （广州南沙经济技术开发区环市大道南路334号）
开　　本	787毫米×1092毫米　16开
印　　张	19.75　6插页
字　　数	260,000字
版　　次	2021年4月第1版　2021年4月第1次印刷
定　　价	69.80元

如发现印装质量问题，请直接与印刷厂联系调换。
购书热线：020-37604658　37602954
花城出版社网站：http://www.fcph.com.cn

麦贤得在"八六"海战中头部中弹后，仍以惊人的毅力和意志坚持战斗，被誉为"钢铁战士"。

（新华社记者 金立旺 摄）

"八六"海战中，扎进了麦贤得头颅，并从他右额骨穿进、插进左侧的额叶，深入颅内二寸多的高温弹片。

（李玉枝 供图）

"八六"海战中，麦贤得使用的扳手等工具。

（李玉枝 供图）

611号艇是我国自行设计制造的新型高速护卫艇，也是"八六"海战中麦贤得所在的英雄艇，其性能、火力与速度都比老艇强，现已退役，至今停泊在广州黄埔港。

（潮州电视台 供图）

麦贤得平时训练时就是蒙住自己的眼睛，在机舱里千百遍地摸探每一个螺丝和阀门的位置，每一条管道的走向和连接，并一一熟记于心。在"八六"海战中，在一片漆黑的机舱里，在脑部受到如此严重外伤的情况下，麦贤得凭逐渐减弱的机器轰鸣声，在几十条管道、上千颗螺丝中，把那颗震松动了的螺丝摸出来拧紧，使主机恢复动力。

（资料图片）

"剑门"号和"章江"号都是"二战"时期制造的，后由美国送给台湾国民党海军的大型舰艇。"剑门"号是旗舰，隶属于台湾国民党海军巡防第二舰队，是一艘大型猎潜舰，在"八六"海战中被我海军击沉。

（资料图片）

"章江"号比"剑门"号略小,是"剑门"号的僚舰,在"八六"海战中被我海军击沉,至今躺在东山岛东南方向约24.7海里处海底。

(资料图片)

"八六"海战中被俘的国民党军官兵

(资料图片)

"崇武以东海战"（台湾称为"乌丘海战"）是在"八六"海战发生三个月后的1965年11月13日夜间至14日晨，由我海军东海舰队一部与国民党海军军舰在福建省惠安县崇武以东海面进行的一场海战，也是我海军与退守台湾的国民党海军在1965年进行的第3次海战，这一次又是人民海军充分发挥了"小艇打大舰"的成功战例。国民党海军的"山海"号（原"永泰"号）也是一艘猎潜舰，舰号62，1942年下水，比"剑门"号略小，比"章江"号大。

（资料图片）

经过医务人员的精心治疗和护理，麦贤得的身体逐渐恢复。伤愈后，他右手活动还不方便，在刘明铎医生及护士的陪同下，练习用左手写字。左一为刘明铎。

（李玉枝　供图）

1972年6月1日，李玉枝与麦贤得在部队举行了婚礼。婚礼在部队招待所里举行。没有新房，没有婚床，也没有婚宴，只有两斤糖果，有点像今天的座谈会。

（李玉枝　供图）

麦贤得的儿子、儿媳、女儿都曾在部队服役，他的大家庭里差不多有一个班的军人。图为麦贤得与儿子海彬。

（李玉枝　供图）

许曼云是当年24小时护理麦贤得的护士之一。2018年10月，麦贤得和李玉枝来到广西南宁医院看望因病住院的许曼云。许曼云将她珍藏了50多年的、当年曾登在报纸上她搀扶着麦贤得重新学走路的黑白照片送给了麦贤得。

探视结束后，许曼云坚持送麦贤得到楼梯口。这时，与许曼云相差9岁的麦贤得，像一个小弟弟一样，自然地搀扶着许曼云。这两张照片形成了一个相隔50多年时空的温馨画面。

（李玉枝　供图）

麦贤得在一颗炮弹下成为英雄,
却用一辈子维护这个英雄形象。

目 录

引　子　/ 001

第一章　"国光计划作业室"　/ 001

第二章　船民的儿子麦贤得　/ 017

第三章　敌舰悄悄驶出高雄军港　/ 027

第四章　一场海战的前夕　/ 036

第五章　"八六"海战是如何打起来的　/ 050

第六章　英雄是如何产生的　/ 087

第七章　与死神的毫厘之差　/ 122

第八章　第四次手术取弹片　/ 153

第九章　毛泽东主席的单独接见　/ 167

第 十 章　　谁来抚慰英雄　／ 173

第十一章　　一个弱小身影的出现　／ 189

第十二章　　五味杂陈的蜜月　／ 213

第十三章　　英雄落寞的眼泪　／ 226

第十四章　　"家不能散了"　／ 246

第十五章　　把心揉碎了爱　／ 263

第十六章　　一个纯粹的人　／ 274

第十七章　　坚守英雄本色　／ 283

第十八章　　做一个懂得感恩的人　／ 295

引 子

　　这是1965年8月6日凌晨的南海，在台湾海峡的南边，我人民海军南海舰队的4艘护卫艇和6艘鱼雷艇组成的海上突击编队，与台湾国民党海军的第二巡防舰队的两艘大型美制军舰，于福建东山岛附近海域对峙。战场形成一个奇怪的力量对比：我方快艇数量远多于敌方，可10艘快艇加起来的总吨位，也比不上敌方一艘军舰的吨位。这场战斗后来被毛泽东主席称为"以小打大，蚂蚁啃骨头"。

　　战斗在午夜打响，海面上炮火连天，敌舰打出的照明弹把黑夜照得如同白昼，我10艘快艇紧紧咬住敌舰不放。"新中国海军史上，迄今以来，歼敌最多、战果最大、影响深远的著名的'八六'海战"（摘自时任南海舰队司令员、"八六"海战的直接指挥者吴瑞林的回忆）正在异常激烈地进行中。

　　突然，轰——的一声，一发炮弹打进了我海军一艘高速行驶护卫艇的机舱里。随着一声爆炸，四散的弹片在机舱里的金属钢板上弹跳着，噼里啪啦地响成一片，留下了无数个坑坑洼洼的弹痕。

　　在爆炸的烟雾中，一块高温弹片，烙铁一样扎进了一位青年轮机兵的头颅，从他的右额骨穿进，插进左侧的额叶，深入颅内二寸多。轮机兵一米七八的血肉之躯，随着被弹片的击中，像是被人猛击一拳向左侧倒下，然后瘫软地昏迷在地上。脑脊液和血从那个头发下黑黑的伤口里，缓缓流出，流进了他的眼窝，糊住了他的眼睛。

强大的爆炸气浪，在狭窄的机舱里显得威力更大，不仅使所有在机舱里的战士都倒下了，而且竟让舰艇的一台发动主机停车了。海面上，高速追击敌舰的护卫艇突然失去了部分动力，像一匹急驰的战马立刻减速，跑不动了？！

这位年轻的轮机兵从昏迷中醒来，在脑浆溢出，眼睛都无法睁开的情况下，他竟在舰艇机舱的黑暗里，从后舱摸索着来到前舱，靠着一双手，从数千颗螺丝中，一颗一颗摸索着找到了造成舰艇一部主机停车的那颗松动了的油阀螺丝，并用扳手把它复位拧紧，然后又用身体顶住移位的变速箱，使损坏的舰艇推进器复原，让停转的主机重新运转，战斗中的舰艇立即恢复了动力，又加速追上了敌舰，与兄弟快艇一道最终击沉了敌舰。

战斗结束后，艇长下到机舱，看到年轻的轮机兵像一尊雕塑一样，屹立在主机的旁边，身体依然顶着那个变速箱，人，却没有了意识。血，仍然从被战友们匆忙包扎后的绷带下渗出，顺着面颊、颈脖、身体，一直流到脚下，在地板上留下了两个殷红殷红的脚印。

于是，本书的所有故事就从这一双脚印发散开来了。

艇长流着眼泪把他抱住，喊道："麦贤得，小麦，醒醒，醒醒啊——，我们胜利了！我要带你回家。"护卫艇在大海上摇晃着，远处仍有隆隆的炮声。

这位名叫麦贤得的战士，仍然没有反应，因为长时间顶着主机错位的变速箱，此时身体已经僵硬得像是一尊铜像，牢牢地铸在他的岗位上。

这场战斗就发生在1965年8月6日的那个凌晨，它在历史上留下的名字叫"八六"海战。这位名叫麦贤得的轮机兵，后来被人们赞誉为"钢铁战士"。

全国人民都被英雄的事迹感动了，共和国主席毛泽东一直惦念着这位英雄，国家总理周恩来亲任抢救指挥小组组长，《人民日报》和中央人民广播电台头版头条发表了其英雄事迹，当年全国几乎所有的报纸广播，都从各个角度报道了英雄。英雄的事迹，还走进了中小学课本，感动和教育了千千万万青少年。

可是，弹片击中脑袋，脑浆都流出来的英雄，又是如何活下来的？那手术抢救后留下的严重外伤性癫痫及偏瘫而引起的蹒跚脚步，是怎样走过人生艰难的几十年，最后又于2019年的中华人民共和国成立70周年大庆，应邀以"人民英雄"称号获得者的身份，登上了北京天安门，参加国庆观礼。

那长长的、深深浅浅的、扭扭曲曲的脚印，记录了他怎样的人生？

带着这个问题，我于2019年的1月23日，在海军某部政治工作部曾和好主任的陪同下，走进了位于广东汕头市英雄的家，见到了这位传奇式的"人民英雄"。

广东的汕头，是个历史悠久的沿海城市，位于广东省的东部，濒临南海，别名鮀城。鮀，这个字，在电脑五笔输入法中是找不到的，经过翻查地方志才得知：鮀，是古代一种生活在淡水中的吹沙小鱼。拿一种吹沙小鱼作为一个地方的别名，可见这座城市的人文内敛低调。而如今，这个鮀字，也只仅仅用在汕头这座城市的地名上，成为中国极少的单一指向的字，难怪电脑五笔输入法的字库中，已经没有了这个字。

我们常说，一方水土养一方人。一个人的出生和成长，其家乡的文化和传统，对其是有一定影响的。麦贤得的一生，几乎没有离开过广东，没有离开过汕头。

在我所创作的《大国商帮》一书中，曾追溯过广东的历史。先秦以前，现如今的广东地区包括汕头属于南越，在这儿主要生活着百越族。"百越"之称谓源于古代中原人对南方沿海一带古越部族的泛称，之所以称为"百越"，是说他们不是一个民族。因这些古越部族众多纷杂，因此中原人对其不甚了解，故《吕氏春秋》上统称这些越族诸部为"百越"，其他文献上也有"百粤""诸越"等称谓。古代的"越"与"粤"是通假字。粤，后来成为广东省的简称。

公元前222年，秦始皇统一六国后，派大将屠睢率领50万秦军攻打岭南，以图一统天下。由于从中原至岭南中间隔着五岭（越城岭、都庞岭、萌渚岭、骑田岭、大庾岭），山高路远，交通极为不便，粮草军需供应跟不上，直至公元前214年，秦军才基本征服"百越"。随后，秦始皇在岭南地区，设"桂林、象、南海"3个郡，今广东省的大部分地区属南海郡，当时的汕头地区属南海郡的揭阳县。

如今的汕头境内有韩江、榕江、练江三江入海，这也许是产生吹沙小鱼——鮀的自然环境。其中韩江最长，干流达470公里，由梅江和汀江汇合而成，流经汕头注入南海。江水和雨季的洪水带来的泥沙，万千年来逐渐形成了滨海冲积地，唐末宋初时现在的汕头已成聚落，即有先民居住。宋宣和三年（1121）重置揭阳县时汕头属其辖区。从雍正（1730）到乾隆年间，迁到这里居住的人口日益增多，除了捕鱼、耕田之外，还利用海水晒盐。盐，历来都是一个有着高利润的商品，因此吸引各地盐贩到此贩盐运销。盐，也是政府的重要税收来源，后清政府在此设站征收盐税，简称"汕头"。汕，其字本意为：群鱼游水的样子。可能是指这儿三江入海，鱼游水貌，又是一个内敛的地名。这是汕头之名的由来。1861年正式开放汕头为商埠，汕头因此繁荣起来，成为一个重要的港口，慢慢变成了"岭东门户、华南要冲"。

现如今的汕头已经发展成为一座现代化的港口城市、中国最早开放的经济特区之一，其常住人口已达500多万。

我来到汕头时正值春节前夕，在这个产生吹沙小鱼"烝然汕汕"的地方，探访英雄麦贤得。

我们走进了汕头老城区一条并不太宽的巷子里，巷子的深处就是麦贤得的家。

麦贤得满面笑容地从一幢老旧的一楼院子里走出来迎接我们，他给我的第一印象，是一位身材高大的南方汉子，身高竟有一米七八，而且尽管已经进入老年，又多年被巨大的伤痛所折磨，但其腰板仍然笔直，一举一动都不失为一个军人的风貌。

这时，不由得在我的脑海里又浮现出那个画面：这样的身高，当年在头部中弹，脑浆溢出糊住了眼睛时，他是如何摸黑穿行于狭窄的机舱里，让炮艇重新恢复动力，从而追上并击沉了敌舰，而因此成为一名英雄？！

在麦贤得那整洁而简朴的家中，我们促膝交谈……

第一章

⚓

"国光计划作业室"

如今，人们如果不走进中国军事博物馆，知道"八六"海战的人，可能不太多了。这是中华人民共和国海军史上影响深远的一场海战，就是这场海战，造就了英雄麦贤得。

"八六"海战发生于1965年8月6日的凌晨，是与败退台湾的国民党海军在福建东山岛附近，打的一场中华人民共和国成立以后最大的海战，后以我方完胜结束战斗。这场海战，与后来1974年元月跟当时的南越海军，在西沙海域打的那场西沙自卫反击战，其规模和影响，都是中华人民共和国成立后发生的重要海战。

那么，"八六"海战是在什么样的历史背景下发生的呢？这就要从蒋介石的"反攻大陆"计划说起。

1949年，蒋介石在大陆全面溃败以后，余下50多万军队加上100多万官员和家属逃到了台湾岛，此时的蒋介石基本处于苟延残喘的状态。

1950年间，蒋介石主要致力于防卫台湾岛、澎湖、金门和马祖，巩固所谓的"复兴"基地。在这期间，蒋介石虽然时刻都在想着"反攻大陆"，但并未能制订具体的"反攻大陆"计划，除了对东南沿海有一些小规模的骚扰外，没有能力发动大一些的行动。此时他主要的目标是如何在台湾生存下来，同时静观时局发展，寻找机会。

1950年6月，美国总统杜鲁门以朝鲜战争爆发为借口，宣布出兵朝鲜。同时，派了美国第七舰队进入台湾海峡。台湾受到了美国的保护，这让蒋介石的胆子渐渐大了起来。

1951年开始，蒋介石乘我中国人民志愿军入朝作战之机，又有美国的默许，派国民党军对我沿海地区进行了数以百计的小股侵扰，大都遭受我沿海军民严厉的打击，并没有占到什么便宜。

1952年，蒋介石逐步提高攻击大陆沿海地区的规模，将军事行动提升到团一级甚至更高。他们主要对东南沿海地区进行侵袭骚扰破坏，也以各种方式向大陆纵深派遣特务进行各种破坏，并且还在海上骚扰抓捕我正在打鱼的渔民以及搞运输的商船，进行所谓的"心战"。他们通过对大陆搞各种破坏活动，企图扰乱民心，破坏当时刚刚开始的第一个五年计划。但这些行动屡遭我军民的挫败，他们派向大陆的便衣特务，大量被抓。他们的破坏行动，一直无法取得想要的预期效果。

可是在这一年的10月间，国民党军却在进犯福建南日岛时，取得了一次局部的胜利，对已经被解放的并建立了基层共产党政权的南日岛，造成了重大的破坏。

南日岛，位于福建莆田东南部的兴化湾，是福建省第三大岛。据地方志记载，因山隐匿在海里而得名，因此，古名为南匿山。南日岛地理位置独特，这里距离台湾的新竹港，只有72.89海里，历来是军事重地，其南日水道更是海上交通要冲，也可以成为蒋介石"反攻大陆"的前沿跳板。

南日岛由111个岛礁组成，陆地总面积约50平方公里，海岸线总长

第一章
"国光计划作业室"

60多公里，早先有108个自然村，因此，素有"十八列岛"之称，其中的"乌丘屿"现在仍由台湾的金门实际管辖。由于南日岛的战略地位重要，蒋介石败退台湾之初，这里一直成为国共两军拉锯之地，也是驻金门岛国民党军一直虎视眈眈的地方。

1952年10月8日，国民党军金门防卫司令胡琏，派了几个特务化装成渔民，乘一艘渔船潜入了南日岛，他们在岛上以修补渔船为名，对南日岛进行了整整两天的侦察，发现整个南日岛只驻扎了解放军一个加强连的兵力。胡琏仔细分析过情报后，认为这是一个偷袭的好机会。于是，经过计划并报蒋介石批准，于10月11日晨7时，胡琏指挥9000余名国民党兵，分乘10艘大小舰艇从金门岛出发，由空军8架飞机掩护，在完全掌握了制空制海权之后，突然向南日岛发起了进攻。

经过激烈的战斗，由于我军寡不敌众，国民党军抢滩成功，大量的军队登上了南日岛。战斗坚持了四天，10月15日，国民党军最终击败了岛上的解放军守军，抓走了包括民兵和岛上地方干部在内共计800余人。当日夜晚，解放军派出1000余人的部队上岛增援，增援部队上岛后因武器携带不足，人数也没有国民党军多，战斗打得十分艰难。又经过两天两夜的激战，最终被人数众多的国民党军各个击破，虽然国民党军也伤亡了近千人，可我解放军的伤亡加上被俘人员也增至1300多人，全岛失陷三天，共产党在岛上建立的基层政权，全部遭到摧毁。国民党兵像还乡团一样，拉着一些岛上仇视共产党的人，一个一个去指认抓捕共产党的一些基层骨干，特别是女干部，认一个，抓一个。

解放军调集重兵反攻，胡琏立即指挥国民党军全部撤退，回避与解放军正面作战，但带走了包括伤员在内的解放军俘虏，以及南日岛基层政权男女干部800余人。后这些人被当作战利品，从金门经过高雄送到台北邀功。

我军又重新夺回了南日岛，但此时的南日岛已经损失惨重。

南日岛战役，是解放军福建部队自金门战役失利后的第二次失利，是解放军第28军自解放战争以来又一次大的损失。

中央军委和福州军区经过此仗感到敲了一记警钟，又认真地总结教训，重新思考沿海守备和反国民党军队的登陆窜犯问题，制订了新的战略规划。

1953年1月美国第34任总统艾森豪威尔上台，面对国际形势，就想到了要打"台湾"这张牌。2月2日艾森豪威尔在其首次国情咨文中，公开鼓励台湾国民党军袭击大陆，在此之前美国还没有公开表明过支持蒋介石"反攻大陆"。不过蒋介石并没有被美国人蛊惑头脑发热，他与共产党打了一辈子交道，又通过解放战争三大战役，明白现在自己对手的实力，因此在这一年的头几个月里，国民党军只是保存实力静观时局发展。

6月8日，朝鲜停战谈判最后达成协议，蒋介石这时对大陆与美国的关系可能出现缓和感到十分恐慌，决定采取几年来最大的一次军事行动。7月13日，中国人民志愿军在停战前夕为了对敌施加压力，发起了抗美援朝后期规模最大的金城战役，承受压力的艾森豪威尔，让台湾国民党军袭击福建沿海的东山岛，以此在军事上起到牵制作用。

于是，一场参战人数虽没有金门战役多，但战役的规模远比它大的进攻东山岛战役打响了。

东山岛，介于福建省厦门市和广东省汕头市之间，是中国的第七大岛屿，面积约220平方公里，是南日岛的4倍多，因形似蝴蝶，亦称蝶岛。历史上，东山岛与麦贤得的家乡潮汕地区同属揭阳县。公元前214

第一章
"国光计划作业室"

年秦始皇平定南越,设立南海郡,东山与潮汕均被划入其版图。汉元鼎六年(公元前111),南海郡置揭阳县,东山和潮汕同属揭阳县。至今岛上流行于婚丧喜庆等场合,以丝弦、吹管、弹拨等乐器表演的民间音乐——潮乐,即来自潮汕地区,历史悠久,很受民众欢迎,形成民俗。

1916年5月1日,以东山岛及其周边诸小岛和古雷半岛组建了东山县,县治就设于东山岛上的铜山所城即今天的铜陵镇。1950年5月,我人民解放军解放了东山岛。

国民党军从东山岛撤退时,共掳走了4700多名青壮年。岛上有一个村子,只有200余户人家,竟有147名青壮男子被强行裹挟去台湾,几乎家家都有男人被带走。因此,形成了一个饱含辛酸的名字——"寡妇村"。每当节庆时,"寡妇村"的妇女,成群结队地来到海边,朝着台湾方向,祈祷祝福,祈求自己的男人能早点回乡,看看老人,抱抱孩子,甚是一幅辛酸的画面,此景直到台海两岸开始"三通"才结束。

东山岛在台湾海峡的西岸,东距台湾的澎湖只有98海里,离高雄市也只有110海里,地域又远比南日岛大,变成了蒋介石"反攻大陆"的一个重要屏障。因此,这里就成了国民党军一个重要的战略攻击要点。

1952年,东山岛的守岛部队只有一个营的解放军。1953年初增加至一个公安团约1200余人。守岛部队一直保持着高度的警惕,在全岛制高点公云山上挖了两条坑道,用以抗御国民党军的飞机和火炮的攻击。没想到这两条坑道,最后在东山岛战役中,发挥了重要的作用。

进攻东山岛的战役,蒋介石仍然委派曾打胜过金门战役和南日岛战役的金门防卫司令胡琏统一指挥。

参加进攻的国民党军有4个主力团,2个海上突击大队,1个海军陆战中队，共计有1.2万人，并配有13艘舰艇、21辆水陆两用坦克和30多架飞机参战。

　　进攻开始前，国民党空军首先对福建沿海公路上的许多桥梁实施了轰炸，其中重点炸断了通向东山岛的必经之路——九龙江桥，为的是防止解放军增援部队的及时到达。胡琏当时乐观地估计，九龙江桥一周之内无论如何也无法修好，因此他推算，解放军在泉州的主力部队由于桥断了，只能徒步增援东山岛，这至少需要三天时间，这样，他就有足够的时间消灭岛上的解放军守岛部队。但他无论如何未曾料到，7月15日夜间，国民党军的进攻还没有正式开始前，九龙江桥就已被当地党政机关组织大量民工抢修好了，汽车又可以在桥上通行了，为东山岛战役夺得了先机。

　　桥在夜里就修通了，胡琏却不知道，这对国民党军是致命的。

　　1953年7月15日夜间，驻金门岛的国民党军1万多人，在胡琏的指挥下登船起航了。船队刚驶出料罗湾后，即被设在大陆海边的我解放军"观通站"发现了，立即报告给时任福州军区司令员叶飞。

　　叶飞是一位具有传奇色彩的将军，祖籍是福建省南安市金淘镇，却生于菲律宾的奎松省。年轻时下南洋谋生的父亲，娶了一位菲律宾籍的妻子，叶飞是中菲混血儿，因此，他也是中国唯一具有双重国籍的开国上将。叶飞5岁时被其父亲送回中国，然后一直在国内读书接受中国文化的教育。1928年参加革命以后，基本上都在福建工作，逐渐成长为一位军事家，于1955年被授予上将军衔。1980年叶飞担任了中国人民解放军海军司令，1999年病逝于北京。

　　1953年，东山岛战役发生时，叶飞任福州军区司令员、中共中央华东局书记处书记，直接指挥了东山岛战役。

　　我解放军"观通站"发现了胡琏的部队并汇报给叶飞后，为指挥部抢得了宝贵的时间。叶飞立即命令军区司令部马上通知各沿海部队做好战斗准备。但这个时候,叶飞和福州军区司令部,都还不知道从金门岛出来的这些国民党军的真正攻击目标具体是哪里。

守备东山岛的我公安部队80团接到命令,如遇优势敌军进攻,应留少量部队游击周旋,主力同岛上党政干部一齐撤出,待主力增援后再反攻,以免重蹈南日岛战役的覆辙。这是军区司令部考虑到东山岛守备力量单薄,又处在敌人的正面,接受南日岛战役的教训,而不得已做出的决定。

7月16日子夜,高度警惕中的东山岛守岛部队,派出的巡逻人员和民兵一直在沿着海岸线巡察。这时,天仍然黑着,海面上灰蒙蒙的,除了风声和海浪声,什么也看不见。突然,巡逻人员听到从海面上传来了渐渐清晰的"突突突突"的发动机的声音,发现敌舰艇已经黑压压地接近东山岛了。巡逻人员立即向公安部队80团报告。

就在这时,又发现了一个重大敌情,使岛上形势变得更为严峻。

在东山岛后侧连接大陆的渡口处,突然发现了大量空投的国民党伞兵,他们从运输机上被空投下来,就降落在渡口附近,这就等于让守岛部队腹背受敌。国民党军显然是为了断守岛部队的退路,同时也为解放军增援部队设置屏障,可见胡琏对进攻东山岛做了严密的计划。

此时,公安部队80团只要遵照军区司令叶飞的命令,带领部队撤出东山岛就可以了,既可避开敌人优势兵力的锋芒,又为下一步反攻保存有生力量。但团长游梅耀做出了一个勇敢的决定,他认为,敌来犯兵力较大,岛上已修筑了坑道工事,如守岛部队退出,就把坑道工事让给了敌军,这会给随后的反击增加困难,不如带领部队留下坚守,在坑道里一边与敌人周旋,一边等待主力的增援。这一意见上报给福州军区司令员叶飞后,马上得到同意,同时叶飞命令机动部队立即向东山岛进发。

解放军第31军最早调动的部队是步兵第272团，272团当时要尽快赶到东山岛，可当年解放军部队还没有机械化运输车辆，必须在民间征调。272团在天亮时便按事前备战时军民共同演习过的动员方式开始征集汽车。当地正在运行中的客货车也立即请乘客下车，并卸下装运的货物，将汽车集中起来运载部队，使部队运行速度加快，争取到了宝贵的时间。272团在16日上午便赶到了东山岛对面，是最早到达的增援部队。

解放军第28军第82师和驻广东的第41军第122师，也分别乘部队备用的机动车和临时征集的地方车辆，迅速向东山岛增援。在16日下午和入夜后，也相继到达东山岛对岸。

1953年7月16日，天刚蒙蒙亮，乘登陆艇过来的国民党陆军开始在东山岛的多处海滩抢滩登陆，他们以从登陆艇上下来的坦克，掩护步兵向岛的纵深攻击。我解放军的前沿部队，因寡不敌众便逐步后撤。

此时守岛部队最大的担心，就是天亮时在东山岛北部的八尺门，一共有460名国民党军伞兵空降，这是国民党军在战史上第一次较大规模地实施空降作战。八尺门不是门，它是一个渡口，是东山岛通往大陆的唯一渡口，我解放军部队要增援东山岛必须要经过这个渡口才能到达岛上，岛上的军民要撤出东山岛，也要经过这个渡口。如果国民党军伞兵控制了八尺门，解放军的援军即使赶到，短时间内也只能"隔岸观火"，而无法上岛。因此，迅速打垮这股从天而降的敌人，成为赢得东山岛保卫战的关键。

国民党伞兵是抗战后期开始建立的精兵，到台湾后一直由援蒋的"飞虎将军"陈纳德和美国中央情报局主持的"西方企业公司"培训。其成员不仅装备精良、训练有素，又多从受过共产党斗争的家庭里选

第一章
"国光计划作业室"

拔,因此有阶级仇恨而作战顽强、极少缴枪投降。不过此次因事前过于强调保密,伞兵部队登机出发时,官员还对士兵们说是去演习,飞机到达东山岛上空,士兵们跳伞前才知道此次战斗任务和空降的地点,伞兵们对地形不了解而仓促上阵。因此,训练有素的部队,在降落着地的时候,显得有些慌乱。

发现天空出现降落伞时,八尺门渡口附近只有解放军的一个连不足100人,多数人正在掩护岛上机关干部登船向大陆撤退。连长和6名战士正准备登船也离开时,看到大批敌机低空投下一串串伞兵。这个连长是参加过许多战役的老兵,不仅遇乱不惊,而且十分勇敢,他立即带领战士们下船,火速赶回连部,从连队的仓库里取出四挺轻机枪,找个依托架上就对空射击,像平时训练打靶一样,"哒哒哒哒",一串串子弹飞上天空,使最先跳伞正在降落的这批国民党伞兵,不是在空中被击毙,就是因降落伞被打破而摔死摔伤,哀叫声一片。

地面上这突如其来的机枪火力,加上各种步枪的对空射击,使得国民党军低空飞行的运输机飞行员大感恐慌。他们害怕解放军的机枪子弹打中飞机的油箱,急忙把飞机拉升到1000米高度,在这样的高空跳伞,不仅大大延长了伞兵在空中飘落的时间,也导致伞兵着陆点的分散。

这批国民党军"精英"伞兵着陆时七零八落,为集合队伍,小队长、中队长都带了发烟筒,着陆时根据事先的约定,发出彩色烟雾来引导集合。这样身上冒着彩烟的人,马上成了解放军机枪射手的重点目标,扫射过来的子弹,让更多的伞兵被击毙击伤,这也使得降落地面的伞兵,花费了近一个小时才集中起来投入战斗。伞兵空降,飘在空中和刚着陆的时候最为脆弱,因为这时的伞兵无法形成战斗力。我驻岛部队正是抓住这一战机,在反空降时占了先机。

这时，国民党伞兵跳伞时，解放军在八尺门的水兵连也在分散之中，连长迅速把他们组织起来，利用敌军着陆混乱的时机，抢占了渡口边300多年前明朝抗倭时构筑的寨子作为临时工事，纷纷投入战斗。东山岛上后林村的几十个武装民兵，也在区委书记的带领下集合起来，配合解放军坚守渡口。

国民党军伞兵收拢起来后，除伤亡者外还有300多人，对于只有100来人的解放军，从人数到武器上都占有很大优势。训练有素的伞兵迅速占领了一处高地，以重机枪和迫击炮作为火力掩护，对我守卫渡口部队发起了几次冲锋，守卫部队因火力弱和兵力不足，退到了渡口边继续阻击。上午9点之后，增援部队解放军第272团，乘坐临时征用的民间汽车赶到了八尺门对岸，接着派出一个营600多人的兵力，突破敌人的火力拦阻，全部登上了东山岛。

解放军600多人的增援部队到达，立即让八尺门渡口战场的力量发生了变化，国民党伞兵退到后林村附近的高地上。我登岛增援部队迅速收拢，对国民党伞兵占领的高地发起总攻。激战到下午3点，国民党军伞兵在人数处于优势的解放军增援部队猛烈攻击下，大部分被击毙或俘虏，只有不足百人零散逃走，他们在这天夜晚找到了已经登岛的国民党军大部队会合。

1953年7月16日上午，解放军守岛部队主动放弃了东山县城，于8点左右退守全岛的制高点——公云山、王爹山和牛犊山三个核心阵地。依托坑道，在27个小时内连续打退了国民党军49次冲锋，一直坚持到后半夜增援部队的大批到达。

第一章
"国光计划作业室"

1953年7月16日傍晚,台湾的国民党广播已经宣布"占领了东山岛",并要庆祝"大捷",其实此时战地总指挥官胡琏已经感到十分沮丧。

7月17日上午7点,胡琏得知解放军增援部队已大批上岛,战场上双方力量发生了根本转变,就明白东山岛战役已经失败,为了避免被歼,急忙收缩兵力准备撤走。

17日下午,解放军第41军增援部队攻下了虎山,接近了国民党主要登船地点湖尾滩;第28军和第31军增援部队,又夺取了接近海边的各制高点。因当时的解放军没有海空军力量支援,还无法拦截国民党军军舰的撤退。至黄昏,解放军消灭了国民党军的少量掩护部队,而胡琏则率领其他部队从海上逃回了金门。

至此,东山岛战役取得胜利。

据比较可靠的资料统计,在东山岛战役中,解放军以伤亡、失踪1250人的代价,歼灭国民党军3379人(其中毙伤2477人,俘虏842人),还击毁了敌人登岛的2辆坦克,击沉小型登陆艇3艘,击落飞机2架。

可当时的台湾宣传机构,却在掩饰隐瞒东山岛战役的实际战况,还欺骗台湾舆论,吹嘘"国军胜利完成任务后成功转移"。可后来台湾"国防部"在其编撰的战史中,却基本讳谈东山岛战役,或只是轻描淡写,一笔带过。那些死在东山岛战役中的国民党士兵,尤其是那些国民党精锐的伞兵部队,成了孤魂野鬼,没有人再提起他们。

东山岛战役的胜利,使蒋介石对沿海的侵扰,在一段时间内有所收敛。

1954年日本的政客岸信介与蒋介石秘密成立了反共联盟。有"满洲之妖"之称的岸信介,是"二战"中罪恶累累的甲级战犯,他原姓佐藤，是日本第61至63任首相佐藤荣作的亲哥哥，岸信介的女儿嫁给了日本第90任、第96—98任首相安倍晋三的父亲，因此他是安倍晋三的外公。岸信介与佐藤荣作不同姓，是因为岸信介的亲生父亲从岸家入赘到佐藤家，岸信介在中学时才被过继回到父亲的本家，改姓岸。其亲弟弟佐藤荣作因过继给佐藤家，故一直姓佐藤。

岸信介之所以被称为"满洲之妖"，在中国臭名昭著，是因其1936年就已经来到中国东北。日军建立了伪"满洲国"傀儡政府后，他曾先后担任负责掠夺中国东北经济资源的产业部次长和总揽机要的总务厅次长，发挥过很坏的作用，和同为"二战"甲级战犯曾任关东军参谋长的东条英机以及松冈洋右、星野直树、鲇川义介等，并称为"满洲五人帮"。这五人在政治、军事、外交、经济等各领域通力合作，掠夺我国东北资源，转化为日本的战争储备，使东北沦陷、殖民化急剧加深，所以当年即被称为"满洲五人帮"，也因为罪恶累累，战后均成为甲级战犯。东条英机被判处绞刑。松冈洋右，作为甲级战犯在远东国际军事法庭审判中病死。星野直树，历任"伪满洲国"政府财政部次长，东条英机内阁官房长官兼国务大臣，是策划对中国东北实行经济侵略的重要人物；1948年被远东国际军事法庭判处无期徒刑，1958年才获释。鲇川义介，原本是日本实业家，后接管内弟久远房之助的企业，改名为"日产"，成为新兴财阀，1931年"九一八事变"后，将经营重点转向中国。积极在我国"满洲"扩张重工业，战后成为甲级战犯嫌疑，出狱后东山再起，后任日本参议院议长，1959年因选举舞弊案下野。

岸信介，在日本战败后，被远东国际军事法庭定为甲级战犯，关进了东京巢鸭监狱，1948年在东条英机等7名甲级战犯被处死的翌日获释。出狱后的岸信介贼心不死，积极组织"日本再建同盟"，鼓吹重整军备。

第一章
"国光计划作业室"

后来，岸信介曾在东京开设过一家公司，其成员大多是右翼人士以及被剥夺了公职的失落政界人士，他利用公司把这些人笼络在自己身边。其时，岸信介结识了从中国大陆逃至日本的一个名叫马贻明的人，这个人其实是国民党特务，直接受国民党中央党部第6组蒋经国亲信陈建中的指挥。马贻明将岸信介与蒋家父子牵上了线，蒋家父子以台湾的香蕉低价出口给岸信介的公司输送利益，对岸信介等日本政界要人展开院外活动，在日本培植亲台势力。岸信介通过与台湾的香蕉贸易赚了好多钱，获取了较大利益，利用这些资金在日本培养了一大批"台湾帮"，成为日本政界"台湾帮"的开山鼻祖。因此，岸信介与蒋介石秘密成立了反共联盟。1956年，岸信介在日本石桥湛山内阁中担任外务大臣，后因石桥有病隐退，岸信介于1957年2月接任首相。1957年3月12日，岸信介主持成立了"日台合作委员会"，6月2日就出访了台湾，并与台湾当局发表联合声明，公然支持台湾当局"反攻大陆"，岸信介是日本"二战"后最先敌视新中国的政界人物。

蒋介石在日本的岸信介和美国的艾森豪威尔明里暗里的支持下，仿佛给自己打了鸡血，积极在台湾秣马厉兵，伺机"反攻大陆"，各种计划纷纷出炉。

1955年至1956年间，蒋介石指定时任国民党陆军副总司令的胡琏，邀集若干人选组成小组，研拟针对福建和广东的所谓"闽粤自力反击作战构想"，蒋介石曾亲自去听取报告，这是蒋介石制订全面"反攻大陆"作战计划最初的策划阶段。

1957年5月至1958年4月间，蒋介石又令台湾"国防部"遴选了优秀军官30余人，以任务编组的方式编成了"中兴计划室"。后蒋介石又指示兼任"光复大陆设计委员会"主任的陈诚，成立了督导小组，专门听取"中兴计划室"的简报,"中兴计划室"开始制订详细的"反攻大陆"作战策略。

1958年4月至8月间,蒋介石又命令成立了"联战演习计划作业室",由"副参谋总长"余伯泉担任主任、由自己的次子蒋纬国担任秘书处主任。但是,该计划室的性质完全不同,主要是制订与美军联合作战计划以"反攻大陆"。该作战计划对美军完全公开,更邀请其参与有关计划的讨论。在制订的规划中,也参照美军联合两栖作战范式,来制订两军联合两栖登陆作战的程序。

实际上,对于这一系列的"反攻大陆"计划,在蒋介石的心目中基本上只是应付、附和,做做表面文章给美国人看而已,并不是他真正的"反攻大陆"计划。因为从抗战时期开始,蒋介石从心里就不怎么相信美国,他和美国政客之间只是相互利用的关系,美国人一直只是把台湾当成一张牌,这一点蒋介石很清楚。直到今天,台湾的国民党人也很清楚。蒋介石认为,"反攻大陆"是极其机密的事情,不能让美国人参与其中,尤其是在朝鲜战争结束以后,国际形势发生了很大的变化,美国已经公开不再支持蒋介石"反攻大陆"了,而当时的美国民众,也不会支持美国被台湾拖进台海战争中。蒋介石很清楚这一点,他做表面文章只是骗骗美国人而已,希望借此转移美国人的注意力。但是他又需要美国的援助,做一些表面文章的目的,是用以继续争取大量的美援。

1960年1月,岸信介与美国总统艾森豪威尔签署了新的《日美安保条约》。2月,岸信介在国会明确表示,台湾属于条约中"远东条款"的防卫范围。

从1960年开始,大陆发生了严重的"三年自然灾害",经济形势陷入前所未有的困难当中,用以国防建设的经费不可能不受到影响。在多

第一章
"国光计划作业室"

种情况的考量下，为了真正研拟"反攻大陆"的相关方案，蒋介石启动了当时属于最高机密的"国光计划"。

1961年4月1日，蒋介石在台北县的一个叫作大埔小湾的地方，秘密成立了临时任务性编组"国光计划作业室"。蒋介石指派国民党军朱元琮将军兼任主任，并调集了陆海空三军优秀作战军官31人、士官3人进入"国光计划作业室"。

蒋介石对"国光计划作业室"寄予厚望，高度重视，在该"作业室"仅仅成立3周的时间里，即率领国民党军的"参谋总长""三军总司令"前来视察大埔营区，并听取简报。

1964年底，岸信介的胞弟佐藤荣作上台任日本首相后，实行的仍是仇视中华人民共和国的政策，进而使"台湾帮"的势力日趋膨胀，成为日本政坛的主导力量。

在"国光计划作业室"成立之初，蒋介石曾下令在三个月内完成所有"反攻大陆"作战的一切计划与战争准备。但是，由于各种原因，"反攻大陆"的行动被一拖再拖。直至1965年夏，年近八旬的蒋介石终于拍板定案，决定实施"反攻大陆"计划。

1965年6月17日，蒋介石在陆军军官学校召开名为"官校历史检讨会"的中层以上干部会议上，正式决定进行"反攻大陆"。据称，当时所有参会的国民党军官都留有遗嘱，以示死战之决心。

台湾"国防部"命令，由海陆空三军司令部又分别成立了"光明作业室""陆光作业室"和"擎天作业室"，以协助完成"国光计划"。而陆海空三军作业室也有相应的执行任务部队，并有详细计划将作战任务加以细化，其中陆军又成立了包括"光华""成功"和"武汉"三个作业室。"光华作业室"负责"反攻大陆"第一阶段的登陆作战，包括建立滩头阵地和立足战区等。而"成功作业室"侧重于第二阶段的建立攻势基地，主要负责华南战区。"武汉作业室"则是专门负责特种部队作战。海军成立了"启明""曙明"和"龙腾"作业室，"启明作业室"主要是指63特遣部队，"曙明作业室"指的是64地面部队，而"龙腾作业室"是指金门防卫部和95、71特遣队；空军成立有"九霄""大勇"等作业室，分别指空军作战部和空降兵作战部。

"国光计划"包含"敌前登陆、敌后特战、敌前袭击、乘势反攻、应援抗暴"等五类26项作战计划、214个参谋研究案，可谓十分详细和庞大复杂。

这些纸上的东西，在实践中实行却并不顺利。1965年6月24日，蒋介石命令在台湾左营桃子园外海，进行了一场模拟登陆演习。可是，在演习中竟然多达5辆两栖登陆车被海浪打翻，数十人丧命。于是，蒋介石开始逐渐改变战略战术，不断为"国光计划"的实施，搜集情报，反复谋划，修改调整方案。

"八六"海战，就是在这种背景下发生的。

第二章

船民的儿子麦贤得

麦贤得的家乡在广东潮汕地区,这里濒临南海,与台湾隔海相望。汕头港离台湾海峡中线只有约64海里,距台湾的澎湖列岛只有148.5海里,距台湾的高雄市只有180海里,中间隔着一个台湾海峡,比去香港还近一点。台湾的军舰从澎湖列岛出发,半天多即可到达汕头海面。当年蒋介石叫嚣"反攻大陆"的时候,国民党空军的飞机常常飞到潮汕地区的上空,骚扰我沿海军民。整个潮汕地区有海岸线近500公里,台湾经常派武装特务在潮汕沿海登陆,潜伏、骚扰、搞破坏。而我人民海军的高速护卫艇从汕头水警区出发,到达高雄,也只要6个小时。汕头港距发生"八六"海战的福建东山岛附近的兄弟屿,只有51.2海里,我高速护卫艇只要2个小时就可以到达。因此,从中华人民共和国成立初期开始,一直到蒋介石放弃"反攻大陆"计划,潮汕地区一直处在与国民党军斗争的前线。潮汕地区的政府与武装民兵,一直紧密地配合驻军处在战备状态,把防敌、防特、防破坏的工作,自始至终放在重要位置。当地的百姓群众,下自小学的学生,上到六旬的老人,也都一直生活在"人人皆兵"的备战、备荒的氛围里,对敌斗争的觉悟都比较高。

麦贤得，就是在这种环境中长大的，他在学习、成长的阶段，到后来成为一名经过训练的基干民兵，参加过巡逻、放哨、抓特务，都有一种保家卫国的自觉意识。"八六"海战发生的这一年麦贤得才19岁。

麦贤得1945年12月生于潮汕地区的饶平县汫洲湾（今汫洲镇），饶平县属潮州管辖，位于潮州市的东边，再往东走一点就是福建了，所以离台湾更近。饶平县港口资源丰富，柘林湾潮州港位于台湾高雄、香港和厦门三大港口的"海上金三角"中心地带，拥有海域面积533平方公里，海岸线136公里。

饶平县的汫洲湾是个面临南海的镇子，就在海边。因为临海，饶平水上运输历史悠久，特别是海洋航运。《简明广东史》上记载："隋大业六年（610），饶平的柘林港有船只往来于闽台沿海。"早在1400多年前，饶平就有船只往来于福建、台湾之间。宋元明清时期有大量的船只航行于我国泉州、广州、台湾，及东南亚国家地区。民国十年（1922）后，饶平沿海至粤东各港口相继通行客货轮船。麦贤得的父亲麦阿记就是个船民，早先终年在船上先是打鱼，后来是跑运输。汫洲湾离汕头港只有几十海里。1991年汕头市分治为汕头、潮州、揭阳三市，原属汕头的饶平县划归潮州市管辖。

潮州与汕头，两市相连，人们习惯地称为潮汕地区。潮州在前，汕头在后，是因为潮州的历史远比汕头早，见诸史载已有3000多年了。潮州之名，始于隋开皇十一年（591），取自"在潮之洲"之意。历史上相继为郡、州、路、府治所，也曾是海外贸易的始发地。清康熙年间于潮州府建沙汕头炮台，至雍正年间才出现汕头地名。潮州市位于韩江的中下游，也是一座海港城市。

我们今天所说的潮汕地区，是指潮州、汕头、揭阳、汕尾四市的统

第二章
船民的儿子麦贤得

称,它是一个文化区,历史上也曾长期是一个地方行政区。濒南海,连港澳,接闽南,与台湾隔海相望。潮汕地区在地缘、文化、民俗、语言上相近相亲,是潮汕民系、潮汕文化的发源地,整个潮汕地区涵盖的常住人口近2000万,总面积达16189.5平方公里。

无论行政隶属关系如何改变,海外华人至今还是习惯地对此民系称为"潮汕人",潮汕地区不仅地理、历史、文化、风俗、饮食,甚至泡的工夫茶几乎都是相通的。现在潮汕地区在海外的华侨及在香港、澳门、台湾的同胞就有500多万人,遍布世界100多个国家和地区。

当年麦贤得就是从饶平参军的,没有想到最后就被分配在家门口的海军汕头水警区高速护卫艇大队,退休前为海军广州基地某部副司令员、军衔大校,部队和住地都一直在汕头,后来的家也安在汕头。可以说,麦贤得一辈子没有离开过家乡,一辈子没有离开过潮汕地区。

汫洲湾人家,世代以捕鱼打蚝为生,后来发展为海洋运输,但很长时间使用的是一种本地建造的木帆船。麦贤得的父母亲两家从事的都是这两种行业。麦贤得的父亲麦阿记,就是长年在海上跑运输的船工。麦贤得的母亲名叫林呖,呖,这个字念lì,象声字,是形容鸟的叫声,听起来好像有点诗意。其实林呖的娘家世代为汫洲湾一户打鱼人家,她本人也没有读过什么书,不知道父母亲怎么取了这么一个生僻字给她做名字。林呖后来嫁给了成年累月都在船上的麦阿记。她的一生,除了生孩子,就是走村串巷做点小生意。

1945年12月1日的傍晚,麦贤得出生了。麦贤得出生时,其父麦阿记随船出海了一直没有回家,一个多月都没有音信,全家人焦急万分。一家人的生计全靠父亲麦阿记,所以父亲为挣钱养家糊口,不仅不能照顾妻子,还成天让妻子担惊受怕。那时船到了海上就没有音信,船民们

脚 印
——人民英雄麦贤得

在海上生死未卜，所以沿海渔民包括他们的家属，只能供神灵，告天地，求平安。

麦贤得出生的第一个脚印，应该是印在母亲的手上。那是个冬天，属亚热带气候的饶平汫洲湾，是个不下雪的地方，不会像北方那样寒风刺骨，所以汫洲湾的女人，就是冬天也习惯于赤脚走在地上。但，毕竟是冬天，气温也会降到几摄氏度，带着海洋湿气的寒风，也让人们感到深深的寒意。一个婴儿刚出世，那稚嫩的小脚，母亲是舍不得把他放在冰冷的地方，只得用手握在掌心里。因此，绝大多数孩子的第一个脚印，恐怕都会印在母亲的身上。

麦阿记是在儿子麦贤得出生二十多天后才回到家中的。

麦家的祖屋在汫洲湾镇汫北村丰源巷里。麦阿记推开房门，首先看见的是天井里晾着那万国旗似的尿片，他知道又一个孩子出生了。麦贤得出生的时候，前面已经有了一个哥哥，麦贤得在家排行老二。潮汕人的文化传统里就是多子多福，千百年来都是如此，这个传统在国家严格推行计划生育政策的年代，也顽强地存在着，在潮汕地区的广大农村，偷偷多生一个孩子的现象一直比较普遍。

而在麦贤得出生的那个年代，一般农村里的潮汕女人，婚后基本都生到不能生育为止。因此，麦贤得有9个兄妹。以后他的妻子汕尾人李玉枝家，也有8个孩子。这种情况在当年的潮汕地区无论是农村还是城镇，非常普遍。因此，要养活这么多张嘴，父母亲的辛苦是可想而知的。麦阿记长年跑船，风里来雨里去，在海上，"风"和"雨"都是一种危险。因为风，可能是排山倒海的台风；因为雨，可能是台风带来的铺天盖地的暴雨，这些对于一个船民就是危险。

为了减轻丈夫的养家负担，勤劳的林呖在抚养几个孩子的同时，还长年挑着一种叫"八索箩"的货郎担，走村串巷做点小生意来补贴家

第二章
船民的儿子麦贤得

用。潮汕的女人都是这样,一个是特别会生养,一个是特别能吃苦,而且苦了不叫苦。

麦贤得8岁时跟着大哥麦贤庆一起在家乡汫北小学读书。这个学校设在一个旧祠堂里,麦贤得的个子从小就比同龄人高出一截,在本来平均身高不是很高的潮汕地区,就显得有点鹤立鸡群,所以,教室里他总坐在最后一排。

1959年麦贤得进了汫洲中学,成为这个家族中第一个中学生。也在这一年,已经当了三年水手的麦贤得大哥麦贤庆参军了,15岁的麦贤得羡慕得不得了,说:"大哥,你先走一步,我要年龄够了,也要去参军,去打总来骚扰我们的国民党反动派。"大哥麦贤庆临行前一再叮嘱麦贤得:"二弟,不急,你一定要好好学习文化,现在部队要逐步实现现代化,没有文化就不懂新武器。你现在要好好多读两年书。再说,家里还有那么多弟妹要照顾,父母亲太辛苦了,我走了,你就是哥了,你多担当一点。"

大哥走后一年,麦贤得的七弟出生了,家里的经济压力更大了,为了让弟妹们能上学读书,作为二哥的麦贤得只得弃学上船出海了。汫洲湾的钩钓船上,来了一位高个子的新水手,麦贤得成了一位新渔民。

作为父亲的麦阿记,也是一位在海上经历过许多生与死的老水手,见儿子接了自己的班,很有感触地对儿子麦贤得上了人生第一课,他以少有的严肃的神情问:"阿得,你既然来讨海了,你可懂得汫洲湾人讨海的规矩?"儿子麦贤得不明白地望着父亲。麦阿记一字一顿地说:"有福共享,有难相救。"麦贤得似懂非懂地重复了这一句。麦阿记接着解释说:"行船跑马三分命。大海无情,船头终会相遇,海上漂泊皆兄弟,哪船有难,都要当成自己兄弟相救,懂吗?"

这位读书很少，一辈子都在海上，为生计吃尽了千辛万苦，救过别人也被别人所救，经历过许多生死别离的讨海人，以遵从朴素的道德标准，以自己的亲身体验，以一生认同的价值取向，潜移默化地影响着自己年少的儿子。

此时，还是一名少年的麦贤得，受父亲的影响也是潜移默化的，他在后来的"八六"海战中的表现，不能不说，就有老水手父亲的影响。

麦贤得在当水手的时候，正是蒋介石大肆叫嚣"反攻大陆"的时候，那时国民党空军的飞机，时常飞掠过汫洲湾的上空，引起防空警报汽笛不断。也时时有台湾武装特务登陆骚扰我沿海地区的消息传来，潮汕地区是南海前哨之一，汫洲湾是台湾时常派特务来搞破坏和搞"心战"的地方。当时没有电视，主要的新闻来源是广播电台和报纸，上面不断地有报道党中央和毛主席要求严阵以待，随时准备歼灭来犯之敌的新闻。

年轻的水手麦贤得在工作之余，申请加入了汫北大队的民兵营，积极参加了民兵营的军事训练，在汫北村后山谷里，接受过实战军事训练，还在实弹打靶中取得过好成绩。当时民兵是配合解放军防范蒋介石"反攻大陆"的基干力量，汫北大队民兵营长就曾因抓特务而受过伤。当时的饶平县就有渔民在近海抓获了5名来犯的台湾武装特务。作为由基干民兵转为武装民兵的麦贤得，就多次参加过夜间值班、海边巡逻、山边埋伏，有一次还差点抓住了企图登陆的台湾特务。所以，参军前的麦贤得就已经参加防范蒋介石"反攻大陆"的全民皆兵的行动中。那时，麦贤得天天都听到广播里讲，蒋介石要"反攻大陆"，所以他一直企盼着要去当兵，要去保家卫国。

到了18岁，麦贤得欢天喜地地等到了符合参军的年龄。可这时的麦家经济收入十分困难，除了大哥仍在部队，在家里的6个孩子当中只有

第二章
船民的儿子麦贤得

麦贤得一人在钩钓船上工作，能挣点钱补贴家用，其他5个孩子都还在读书。父亲麦阿记又长年在海上跑运输，离多聚少，收入也不多。母亲林妚当然希望老二麦贤得能留在家里帮帮手，减少一些家里的经济负担。

作为一个还在养育着5个儿女，肩上只有那个叫作"八索箩"的小小货郎担的母亲林妚，孩子们的一件衣、一个书包，甚至一口饭，都是比她肩上的货郎担要沉得多的压力。作为一个潮汕的渔家女，她们不懂得什么"相夫教子"的文雅话，她们只知道，作为一个女人，为丈夫生养，为婆家生养，为宗族生养，也就是为社会生养。生了那么多的儿女，要一口一口地把他们喂大，然后大的带小的，小的跟着大的，渐渐地一群孩子就大了，大了的孩子，生活就能自理了，父母亲身上的负担就轻了。但孩子们大了，自己也就快老了。这时，日子里只有一个企盼，儿女们能够再一口一口地喂养逐渐老去的父母。这是千百年来，中国穷苦的老百姓周而复始的日子。这样的母亲，这样的家庭，曾维持着中国社会的超稳定结构。

麦贤得的母亲林妚想，自己已经把大儿子送去部队了，现在二儿子刚刚成人，其他的弟妹还太小，希望他能为家里分担一点，家庭的负担太重了，所以，她一开始不希望麦贤得离开家。

可热血沸腾的麦贤得一心想当兵，他学着当年的一句时髦话：好男儿志在四方，自己怎么可以窝在汫洲湾这么个小小的渔港里，蹲在那小小的钩钓船上，成天赤着一双脚，从船头跑到船尾，做一个小小的渔民，挣一点小小的钱，帮助父母养育小小的弟妹？特别是，美蒋特务经常来骚扰大陆，自己作为一个武装民兵，手上拿的那杆枪太旧了，怎么可以保家卫国？怎么可以打败美式武器装备的国民党军？我要参军，我要拿起新武器，打倒国民党，打倒蒋介石。在麦贤得后来脑部严重受伤，说不出完整的话时，讲得最多的还是这两句。生气的时候，这样说，高兴的时候，也是这样说。中央领导接见的时候，仍然是这样说。

麦贤得下定决心要参军。父亲不在家的时候，他成天跟在母亲身后软磨硬泡。父亲回到家里，他挥舞着长手长脚振振有词地给父亲讲着革命的大道理。

麦贤得的父母都没有什么文化，是中国千千万万个质朴的老百姓中的一员，他们不一定懂得革命的大道理，但是他们都经历过新旧社会的对比。他们知道共产党来了以后，穷苦人生活的变化，他们都不再愿意回到蒋介石统治的时代，再过那样的苦日子，因此，那时有一句特别能说服人的口号，叫"不吃二遍苦，不受二茬罪"。如今他们都看到台湾的蒋介石总在叫嚣着"反攻大陆"，台湾的飞机就在他们家乡的头顶上飞过，麦阿记行船在海上，也遭到过国民党军舰的骚扰。他们当然都不想再过旧社会的那个苦日子。有了比较，比大道理让他们更懂得怎样选择，通过比较他们觉得新社会的日子比旧社会好，通过比较他们衷心拥护共产党。因此，他们也知道，总得有人去参军卫国，去保卫好不容易得来的好日子，尽管那时的日子连温饱都还没有解决，他们家也有饿肚子的时候，麦贤得参军的1963年12月，老百姓的日子还很苦，但是他们通过比较，还是觉得新社会比蒋介石时代的旧社会好。尽管自己家已经送了一个儿子去参军了，现在国家需要，还是要送（麦家后来送了5个孩子去参军。还不包括后来麦贤得成家后，自己的一双儿女也都送去部队了）。中国的老百姓就是这样，谁让他们过上好日子，他们就拥护谁，他们就会为此做出付出。抗日战争时是这样，解放战争时也是这样，几百万的解放军自北向南解放全中国，解放区的老百姓不仅送上了自己的兄弟、儿子参军上前线，还节衣缩食用独轮车送上给养粮草，这造成了世界近代史上少有的一个奇迹。

第二章
船民的儿子麦贤得

麦贤得参军，首先取得了见过世面的父亲麦阿记的支持，他像上次送麦贤得上钩钓船一样，对儿子说："去吧，听政府的话，参军保家卫国。"接着母亲林呖知道自己拦不住儿子，她后来不仅支持麦贤得参军，还一次一次去找带兵的部队领导，为儿子说情，把部队带兵的干部都感动了。

麦贤得终于如愿以偿地参军了。穿上新军装的那天，麦贤得走路的样子都变了。他觉得，穿上军装，就是一个军人了，就要受到这身军装的约束，迈出的第一步也下意识地把在武装民兵集训时学到的正步走，用上了。

这也是麦贤得人生最重要的一步。从第一步印在母亲的手上；第二步，由父亲牵着手在地上蹒跚学步；第三步，迈进了那个设在祠堂里的小学；第四步，赤脚印在钩钓船的甲板上；今天，迈出了人生最重要的第五步。这之前，虽不能说麦贤得的青少年时代走得轻松愉快，但基本走的是一条直直的人生路，家虽贫穷，但也充满着穷人家的温暖，生活艰难，可也没有遭受到大的挫折。如今这一步要走出他始终没有离开过的洪洲湾，而他也不会想到，这一步的走出，始自从小就深埋在心底的一个"英雄情结"。在中国，从我们的孩提时代起，无论是传统，还是现实，在我们的教科书里，在我们的文学经典中，在我们的史籍里，传输着太多的"英雄情结"，让几乎每一个男孩，都想做一个英雄。麦贤得是极少数实现了"英雄情结"的人，然后，他又以一个"英雄"的形象，走进教科书，成为千千万万个中国人心目中的"英雄"榜样，这个历史极有意思。

当然，麦贤得也将会为这个"英雄"称号，付出一生的代价。

从那一天开始，抬头、挺胸、收腹、直腰，麦贤得一直以这样的精神面貌出现在生活中。直到今天，已经经受了那么多的病痛，承受着伤病的折磨，但他的腰始终没有弯下。如今，已经年过七十岁的老人，仍然腰杆笔直，挺胸收腹，一副军人的风貌。

　　参军了的麦贤得，和大哥不同，大哥当的是陆军，部队也远离广东，麦贤得参加的是海军，穿的是当时让很多姑娘们羡慕不已的海魂衫和白色的水兵服。入伍以后，即被送到广东东莞的虎门沙角人民海军南海舰队联合学校学习。一年后，麦贤得没有想到就被分配在自己家门口的海军汕头水警区，成为一名机电兵。机电兵里包括轮机和机电，麦贤得具体的工作是轮机兵。先是在汕头水警区高速护卫艇大队527号护卫艇上，"八六"海战发生前，麦贤得被调到刚刚从厦门接回由我国自行设计制造的新型高速护卫艇611号艇上。611号艇其性能、火力与速度，都比老艇强，但新艇还需要一段时间的磨合，艇上的人员，也还没有配齐。

　　没想到，来不及磨合，611号艇就出海参战了。

第三章

敌舰悄悄驶出高雄军港

1965年8月5日的凌晨,借着夜色,两艘国民党的军舰"剑门"号和"章江"号,悄悄地从台湾高雄左营军港秘密驶出。这两艘军舰离开军港以后,立即实行了无线电静默,关闭了电台,其目的就是不让任何人侦测到它们的行踪,显然它们是在执行一项秘密任务。

"剑门"号和"章江"号都是由美国"二战"时期制造的,后送给台湾国民党海军的大型舰艇,据后来公开的台湾资料显示,其这次行动是受专门负责"反攻大陆"计划的"国光计划作业室"派遣,目的是探测大陆解放军的沿岸防御实力,试探其"反攻大陆"计划的可行性,运送部分特战人员到福建的东山岛附近,进行侦察和观测登陆点。

为了凸显对此次行动的重视,国民党军将其命名为"海啸一号",特别成立了以国民党海军副总司令冯启聪中将为首的5人督导小组,并进驻了高雄左营军港进行督导,而战术指挥也史无前例地派由将级军官胡嘉恒少将担任,并且命令胡嘉恒少将随舰出海。该计划除呈报台湾"国防部"外,还将其专送陆军总司令部、空军总司令部以及驻台湾基隆港的国民党海军62部队。另外,此次行动的核心任务,知道的人并不多，甚至包括海军总司令刘广凯，他虽知道"剑门"号和"章江"号要出海执勤，但不知道执行什么任务，事先也没有看到具体行动计划，可见此次行动属于最高机密。

为了欺骗我方的雷达系统，这两艘国民党军舰从高雄左营军港出来以后，先是往西行，绕道到了香港的外海，然后再向北行驶，混进了海上的商船队里，其目的就是让我方雷达误以为是香港的商船，进一步隐蔽自己，隐藏自己的行踪，显得十分诡秘。这样的行为，已经不像军舰，而像间谍船了。

他们静默地悄悄地行驶着。而那位胡嘉恒少将上船以后，就一直猫在驾驶舱里，指挥着两艘军舰的行动，始终没有出来。

这个时候，国民党的这两艘军舰，离麦贤得所在的汕头水警区反而越来越近。

然而，国民党军的这两艘军舰的一系列行动，尽管诡异神秘，静悄悄的，还混在商船队里，但还是被我方早有准备的情报人员和设在东南沿海地区的雷达侦测到了。最早发现它们的是离高雄港最近的我海军厦门金刚山雷达站，并将其紧紧锁定。金刚山，真的山如其名，满山都是坚硬的花岗岩，雷达就设在那些大石头上。

中国人民解放军对蒋介石"反攻大陆"的野心，一直抱有高度警惕，自南日岛、东山岛战役后，解放军更是调整了战略思维和战役规划，特别是东山岛战役大获全胜后，我人民解放军在战略战术上都获得了主动，沿海军民更是时刻准备着歼灭来犯之敌。

自东山岛战役之后，蒋介石一系列侵犯骚扰大陆的军事行动，均被严阵以待的大陆军民粉碎了。因此，台湾国民党军便改变了侵扰战术行动，开始以小股武装力量窜扰大陆，试探我人民解放军的军事力量和开

第三章
敌舰悄悄驶出高雄军港

展所谓的"心战"。简单直接地说,就是想搞乱大陆民心,让老百姓觉得,蒋介石可能还要回来。他们许多的窜扰行动,更重要的是在为"反攻大陆"计划搜集情报。甚至,像麦贤得家乡饶平这样比较偏僻的地方,台湾也曾派便衣特务去搜集情报。

可是,不管是向内地空投的武装特务,还是从海上实施的渗透偷袭,以及以"两栖突击"的特种突击队的所谓"海狼队"行动,还有以潜水员组织的所谓"水鬼"破坏行动,都连连失败。

同时,随着中华人民共和国的建设发展,我们的国防力量也在逐步提升,中国人民解放军的战斗力也在逐步提高。发生南日岛和东山岛战役时,中国人民解放军的海军、空军才组建不久,基本上还没有形成制海权和制空权的能力,所以国民党军攻击海岛,最后能成功地撤退。我们只能依靠陆军的战斗力,而陆军无法到海上作战。

到1965年,我人民海空军已经形成一定的近海近空作战能力,虽与蒋介石的美式装备还有一定的差距,但也在近海对蒋介石的军队,形成一定的威慑。

从1963年下半年开始,台湾国民党军对大陆采取了新的侵扰策略:组建了"海上袭击队",即所谓的"海狼队"。以高速的"海狼快艇"在海上袭击人民解放军的舰艇和大陆在渔场作业的渔民渔船,其目的就是在海上打出一条通道,搜集情报并对大陆老百姓进行骚扰,用今天的现代语言说,就是在大陆老百姓的心目中刷存在感。但是,很快"海狼队"的行动,也遭到了我海军的沉重打击。许多"海狼队"在海上连人带船,有的被我方俘获,有的被打沉,有的狼狈地逃回了台湾,但国民党军对我沿海军民的骚扰也造成一定的损失。

从1965年下半年开始,台湾国民党军侵扰大陆的行动,又发生了一些变化,他们开始动用大型的海军战斗舰艇,在海上对我渔船舰艇进行袭扰活动。这些大型舰艇基本都是美国送给台湾的，大都是"二战"时期服役的舰艇，吨位比我海军舰艇大，火力强，相对占有优势。对于台湾国民党军在战术上的变化，从中央军委到当时的海军司令部和南海舰队、东海舰队，都做了一定的战略准备，一直想寻找战机，再次狠狠地打击一下国民党军，以威慑其所谓的"反攻大陆"计划。

党中央和中央军委，毛泽东主席和周恩来总理，都高度重视打击国民党蒋介石的行动。因此，"八六"海战，可以说是经毛泽东主席和周恩来总理亲自批准，经过一定准备后开打的。

其实，据现有资料可以看出，1965年8月5日的凌晨，台湾国民党海军的"剑门"号和"章江"号驶出左营军港前，我们就掌握了这两艘国民党海军舰艇的有关资料。"剑门"号隶属于台湾国民党海军巡防第二舰队，它是旗舰，是一艘大型猎潜舰。"章江"号比"剑门"号略小，是"剑门"号的僚舰。我们也掌握了台湾高雄左营军港的基本情况，它至今还是台湾海军舰艇的主要驻地。20世纪60年代起，为美台"联合"海军基地，当时这里还停泊有一些美军的舰艇和驻有美国军事顾问团。

关于此次"剑门"号与"章江"号离港侵扰大陆的任务，有两种说法，一说是输送武装特务到福建的闽南地区偷偷登陆，对大陆进行破坏；一说是寻机在海上袭击我方舰艇，对大陆渔场渔民进行骚扰，收集情报，进行所谓的"心战"。我一直认为，后者的可能性更大一点，因为输送武装特务到闽南地区偷偷登陆，不会动用这种大型的舰只。大型舰只目标太大，很容易被我当时的沿海雷达发现。后来我海军击沉了国民党这两艘舰艇后，在海上抓了不少落水的俘虏，全部押回了汕头海军基地。这些俘虏基本上都是国民党海军舰艇上的士兵和军官，包括"剑门"号的舰长王蕴山，他们当中没有听说有国民党的武装特务。

第三章
敌舰悄悄驶出高雄军港

在深入调查了大量资料，包括历史档案、当事人的回忆、战史专家的研究，尤其是当年国民党参战老兵的一些回忆，还有《东方卫视》、部分公开的《蒋介石日记》以及当时国民党海军司令刘广凯后来写的回忆录后，我找到了"八六"海战发生的真正由头，也拨开了一些历史事实的迷雾，其中一个最重要的疑问，就是这两艘国民党军大型舰艇出海的真正任务到底是什么？同时也能解释清楚其明显有着战术漏洞，而造成惨败的原因。

根据这些资料，国民党海军的"剑门"号和"章江"号深夜出海，既不是输送武装特务到福建的闽南地区偷偷登陆，对大陆进行破坏；也不是寻机在海上袭击我方舰艇，对大陆渔场渔民进行骚扰，而是带有重要的秘密任务。这个秘密任务是由台湾制订"反攻大陆"计划的"国光计划作业室"发出的，所以，连当时的国民党海军司令刘广凯都不知情，而且还不敢过问。

这也说明了，两艘台湾国民党海军的军舰，为什么离开左营军港后不久，就非常神秘地关闭了电台，保持了静默状态。据当年舰上的国民党水兵回忆，出海前舰上的官兵得到命令，对于此次出海的任务，前往地点都严格保密，不允许任何人打听，大家各就各位，各司其职，做自己的事，不交流，不议论。

舰艇出港前，士兵们发现舰上来了一些陌生人，这些人显得很神秘，不和任何人打招呼，静静地坐在船舱里，不说一句话，气氛显得非常紧张，看得出，他们也很紧张。这就使整个舰艇上呈现一种神秘紧张的氛围。而国民党海军第二巡防舰队司令胡嘉恒也上舰了，这对于舰上的士兵来说，也很稀奇，胡司令是很少亲自登舰出海的。一位将军亲自登舰出海，这就说明此次出航任务重大，而且胡司令上舰后也不和大家打招呼，一直沉着脸，一脑门子的心事，窝在指挥台里不怎么出来（他后来也就死在指挥台里了)。

当年的老兵们在回忆中说，"剑门"号和"章江"号两舰离开左营军港后，即往香港方向开了，这让他们稍稍松了一口气，因为从高雄左营军港出来正面即是福建的厦门，然后往南紧挨着的是广东的汕头，往北是福建的泉州，再往北穿过台湾海峡，即是福州，然后就是浙江的温州了。福建海域是当年国民党军与解放军冲突最多的地方，往南，到香港海域冲突就较少。那时的香港还在英国的殖民统治之下，在国际贸易中占有重要地位，各国商船往来频密，无论国民党或共产党，都不会主动在香港海域发生冲突，所以，国民党士兵看到舰艇往香港方向开，就松了一口气，舰艇上的紧张气氛也明显松弛了一点，士兵们有说笑声了。

可很快，他们又发现舰艇奇怪地混入了香港的商船行列里，再折返回来，往北，悄悄地朝着福建东山岛海域驶来，有经验的士兵感到，舰艇这样走，明显是为了躲避大陆解放军的雷达。而东山岛是离台湾最近的岛屿之一，附近的海域是发生冲突最多的地方，下一步一定有军事行动。

尽管"剑门"号和"章江"号两舰行为很诡异，行动极为隐蔽，又混在香港的商船队里，但，还是被我海军发现了。

关于如何发现这两艘军舰的，也有两种说法，一种说法有点含糊，"军舰离开左营军港后不久，我方就得到了情报"；还有一种说法，敌舰是被我方雷达发现的。后一种说法同样不精确，因为当时我军的雷达还没有那么先进，船舰只会到了海上一定的区域，才会被我方雷达发现。如果台湾左营军港的舰艇一出去，就会被我方发现，那国民党海军也太没有安全保障了。

现在根据一些史料分析，这两种说法都是存在的。一是，当时我情

第三章
敌舰悄悄驶出高雄军港

报部门确实掌握了这两艘军舰离开高雄左营军港的情况,并且一直在跟踪它。然后两舰驶到离我大陆海岸80海里的时候,尽管它混在海上商船队里,但还是被我方雷达侦测到了,首先发现它们的就是,与高雄隔海相望的厦门金刚山雷达站。

第一种情况应该是属于秘密情报战线的任务。如今,已经过去了几十年,有些秘密战线的情况公开了,有些仍然封在历史的档案柜里。我从一些史料上看到,共产党在台湾曾有一个严密的地下组织,这个组织为我党提供了许多十分可贵的情报。后来一些国民党解封了的档案反映,当时一些参与"国光计划作业室"的高级官员,一直在抱怨,"反攻大陆"计划一些高度机密的信息,曾多次有外露,这可能与我潜伏的秘密情报人员有关。可后来有资料记载,共产党的秘密地下组织,后被国民党特务机关破获,主掌这个特务机关的就是蒋介石的大儿子蒋经国。机关被破坏后,不少人被抓,有人叛变,又告发别人,因此牺牲了一些同志,情报工作自然受创很大。我还从国民党一些参与过"国光计划作业室"工作老军人的回忆里,也看到这样的文字:当时保密工作做得并不十分严密,"国光计划室"的有些情况,也会泄露出去。例如,有的简报内容头天才定,第二天竟然从中共的电台广播里听到了相关信息。

我觉得,这如果不是我方情报人员的渗透和收集,怎么可能如此迅速将情报传出去?这样也可以解释,当时党中央、毛泽东主席和周恩来总理,自然是看过这些情报的,对台湾的情况有一定的了解,甚至也有可能,事先知道"剑门"号和"章江"号的行动。

根据现有的资料和当年指挥战斗的领导回忆,我们可以看到,"八六"海战是经过毛泽东主席和周恩来总理的亲自批准,在中央军委和总参谋部的指导下,由南海舰队在有着充分预案的情况下开打的。事先的充分准备，一定包括情报的收集，再联系到台湾国民党老军人的这一段回忆，使我不得不想到，这场海战会不会有我在台湾的情报人员的贡献？这些秘密战线的战友们，永远都是无名英雄。但愿他们后来一切安好。

第二种情况，是被我海军的雷达发现的，这一点有资料确切证实，而且从当年指挥"八六"海战的海军南海舰队司令员吴瑞林的回忆中，明确提到了厦门的金刚山雷达站。接着我方雷达对这两艘军舰的锁定，以及沿海"观通站"一直对他们的追踪，并且及时传达和转接南海舰队司令部与作战海域舰艇之间的通信畅通，都极为重要。

这里我想对"八六"海战另一个无名英雄"观通站"多说两句。

有没有军事知识的人，都知道有雷达站，但知道"观通站"的人，可能就不很多了。这个"观通站"尤其在海战中，特别重要。因为，它除了要提供海上敌舰的动态情报，还要保证岸上司令部与海上舰艇的通信联络。那个时候舰艇上的通信联络技术还不发达，海上舰艇与陆上指挥部门，有时联络不畅，会延误战机。这就要靠一个一个建在岸边的"观通站"来接力传递。下面发生的"八六"海战，岸上"观通站"发挥了重要的作用，也是一个无名英雄。

"观通站"全称叫"观察通信站"，与雷达站不同。雷达站主要是利用电子设备的电磁波，探测目标，发现和识别空中和海面上可疑目标后，测定其坐标及其他特性，然后进行锁定跟踪，并向有关军事机构传送目标信息。雷达站有空军的，也有海军的。海军的雷达站可设在舰船上和海岸上。现在的预警飞机，实际上就是将整套远程警戒雷达系统搬到了飞机上，是为了克服雷达受到地球曲度限制的低高度目标搜索距离，同时减轻地形的干扰，用以高效搜索监视空中或海上的目标。所

第三章
敌舰悄悄驶出高雄军港

以,大多数预警飞机都有一个显著的特征,就是机背上有一个大大的蘑菇一样的圆球,那就是雷达的天线罩,和地面上雷达那个扇形的雷达罩是一样的,没有它,雷达无法工作。预警飞机,等于是把地上的雷达站,搬到了天上。当然,发生"八六"海战的时候,是没有预警飞机的。预警飞机,是近代军事技术高度发展的产物。

"观通站"是海军设在海岸和岛屿上的观察通信专业勤务分队,主要担负的是对海面和海上低空目标的观察,并将所获得的情报传向指挥机关,同时为活动在其观察范围内的我方舰艇引导、导航,为舰艇与岸上指挥机关之间中转通信,观测并上报本站观察范围内的情况等。"观通站"分为固定观通站和机动观通站,编制有观察、通信、气象观测等分队,装备有海岸对海警戒雷达、目力观察器材、通信设备和气象观测仪器等。"观通站"一般隶属于海军基地或水警区。

在整个"八六"海战中,雷达站和"观通站"都发挥了重要作用。敌方舰艇进入离我海岸线80海里的时候,就被我方雷达站发现并锁定了,而沿岸的"观通站"像接力一样,紧紧咬住了"剑门"号和"章江"号,把情报不断地传回到南海舰队司令部,变成了南海舰队司令部司令吴瑞林的眼睛,使他不仅非常清楚地掌握着敌情,胸有成竹地指挥着战斗,并在战斗中,熟知战场情况,在打沉"章江"号后,又及时地派出了第二批鱼雷快艇,击沉了已经逃离战场的"剑门"号敌舰。

"观通站"在"八六"海战的一开始,就迅速引导从汕头水警区开出的我快艇编队到达指定海域,准备伏击敌舰。及时地中转快艇编队与指挥机关之间的通信,保证了战斗的顺利进行,所以,我说他们都是看不见的无名英雄。

这一切,都保证了这一仗打得从容。一般来说,从容的人都是心里有数的,这个"数"是来自多方面的情报和资料。

第四章

⚓

一场海战的前夕

直接指挥"八六"海战的我军两位指挥员,一位是时任海军南海舰队司令员的吴瑞林,一位是时任海军汕头水警区副司令员的孔照年。吴瑞林生于1915年,1928年参加革命,1955年被授予中将军衔,是中国共产党第七、八次全国人民代表大会代表,第九届中央委员,后调北京任海军常务副司令员,1995年4月于北京逝世。如今在吴瑞林将军的家乡四川省巴中市,建有吴瑞林将军的纪念碑。纪念碑的造型,是一只航行于祖国万里海疆的军舰,象征着吴瑞林将军为中国人民海军做出了卓越的贡献。孔照年生于1925年,1940年参加革命,后来也担任过海军副司令员。他于2019年2月2日,在北京逝世,享年93岁。这两位老人虽然都已经作古,但他们生前都对"八六"海战有过详细回忆。吴瑞林还写过"八六"海战回忆文章,给我们留下了珍贵的史料。

时任海军南海舰队司令员的吴瑞林,是一位传奇式的军人,他原是陆军42军军长,带领42军参加了抗美援朝战争,在朝鲜战场上曾是一员虎将,让美国兵对他十分忌惮。1971年10月,美国总统尼克松再次派国

第四章
一场海战的前夕

家安全顾问基辛格为特使，秘密访问中国。这一次他们向周恩来总理提出，要求释放1965年9月20日被我南海舰队航空兵击落的美国飞行员史密斯。毛泽东主席和周恩来总理答应了基辛格的请求。为此，周恩来总理专门指示，由当年曾任南海舰队司令员，时任海军常务副司令员的吴瑞林出面会见基辛格，商定释放史密斯的事宜，并由叶剑英元帅和乔冠华副外长具体安排。吴瑞林参加与基辛格的秘密会见，是在人民大会堂福建厅，周恩来、叶剑英、乔冠华都在座。基辛格见到吴瑞林就说："吴将军是全才，能打陆战、海战，也能指挥空战呀！当年在战场上，我们美国将军一碰上吴将军都感到头痛啊！麦克阿瑟、李奇微对吴将军都感到棘手……"随后，基辛格把话题转到了实质问题上，"吴将军能把史密斯上尉还给我们吗？"吴瑞林回答说："出于人道主义考虑，当然可以。具体办法，请同乔冠华同志商量。"吴瑞林在离开时与基辛格道别，他郑重地对基辛格说："我是中华人民共和国的一位军人，保卫祖国的领空、领海、领土是我的神圣职责。"

吴瑞林参加完抗美援朝回国后，1955年10月，人民解放军实行军衔制，吴瑞林被授予中将军衔。后中央军委任命他为海南军区司令员，来到了南海前线。1957年秋，吴瑞林入高等军事学院深造，毕业后遵照中央军委的命令，从陆军转入了海军。"八六"海战发生时，他是广州军区副司令员兼南海舰队司令员，直接指挥了这场海战。

另一位重量级人物孔照年，是山东平阴县人，老八路出身，1940年就参加了抗日游击队，身经百战。解放战争时期，曾参加过二进大别山、中原突围、进军大西南等战役，先后立大功三次，多次受嘉奖。中华人民共和国成立后于1951年由陆军转入海军，历任海军万虎独立水警区巡逻艇大队大队长。1958年8月，被保送进海军军事学院深造。1961

年8月毕业后，任海军三亚榆林基地猎潜艇73大队大队长。"八六"海战发生的前一年，1964年2月从海军三亚榆林基地调任汕头水警区先后任参谋长、副司令员，后任司令员。1973年7月，任海军副司令员。1979年11月被下放到海军工程学院任副院长。1983年8月，又调任海军东海舰队副司令员，直到1989年8月离休。

"八六"海战发生时，孔照年是汕头水警区副司令员。当南海舰队司令部把准备迎击敌舰的任务下达给汕头水警区的时候，当时的汕头水警区司令员和政委都到外地开会去了，只有孔照年和参谋长王锦在。孔照年和王锦接到命令后，立即指挥部队进入一级战备状态。孔照年是一个机智勇敢、能打硬战的一线指挥员，在抗日战争时期和解放战争时期，他都参加过许多苦战、硬战，甚至是与敌人近身肉搏战。转入海军后，他已经多年没有参加实战了，浑身都憋着一股劲儿。正在做着战前准备时，孔照年又接到了南海舰队司令员吴瑞林亲自打来的电话，就更加明白这一次出海作战的意义重大。他立即在指挥部召开了分配战斗任务的会议后，就直接上艇出海现场指挥了这场战斗。

吴瑞林和孔照年后来都有回忆记述这场海战详细的经过，所以资料十分权威。

据有关档案资料记载，1965年8月5日清晨6时10分，我南海舰队金刚山雷达站，发现了这两艘混在香港商船队里，从香港水域折返回来的国民党军军舰。雷达兵们立即将雷达显示屏上这两个小点标注下来，并锁定住，密切关注着它们的动向。但当时还不十分清楚它们究竟会驶向哪里，想干什么，就严密地监控着它们的行动，并且将情报报告给南海舰队司令部。沿途的海军"观通站"也利用一切手段，包括雷达和目力观察器材，紧紧地盯着这两艘国民党军舰。

第四章
一场海战的前夕

到了下午,海军古雷头"观通站",发现"剑门"号和"章江"号已经悄悄到达了福建东山岛附近海域,那里与古雷头中间隔着一个东山湾,实际上就在东山岛与古雷头之间的海域。"观通站"立即紧急报告给南海舰队司令部。

在"八六"海战的许多资料里,包括吴瑞林将军和孔照年的回忆中,多次提到"古雷头"和"南澳岛"这两个地名,因为这两个地方加上东山岛,相连的一片海域,就是发生"八六"海战的战场。所以,有必要说明一下它们的位置,以让读者明白,"八六"海战为什么会发生在这里。

古雷头,是当地老百姓习惯性的叫法,以至于连部队也习惯这样标注。其实它正式的名称应该叫古雷半岛,位于福建省漳浦县南端的古雷镇。古雷头原为近海岸的一个孤岛,后因年久泥沙淤积,渐渐地与大陆相连了,变成了一个半岛,可能古雷头的名字就是在它变成半岛后得名的。变成半岛以后的古雷头,三面临海,东南临着台湾海峡,隔着东山湾与东山岛相望。古雷半岛,向南伸入东山湾与浮头湾之间,再往南面就是太平洋了。由于战略位置重要,我海军在古雷半岛上建有"观通站"。就是这个"观通站"后来也发现了"剑门"号和"章江"号到达了这片海域,并及时报告给了南海舰队司令部里的吴瑞林。因此,在吴瑞林的回忆文章里,同时出现了金刚山雷达站和古雷头"观通站"的名字。

南澳岛属于广东省,也是广东省唯一的海岛县,是广东距离台湾最近的点,地理位置独特,又处于广东、福建、台湾三地交界的海面,距离西太平洋国际主航线只有7海里。南澳岛处在广东、福建两省交界处,因此,在历史上很长一段时间里都是由广东、福建分治,直到1914年10月始,全县才划归广东省潮州管辖,那时还没有汕头市,1921年才成立汕头市政局，现在南澳岛归汕头市管辖。南澳岛位于高雄—厦门—香港三大港口的中心点，距台湾高雄162海里，距厦门97海里，距香港180海里，其战略位置的重要性就一目了然了。

南澳岛中间隔着一个大埕湾就是东山岛了。东山岛，我在东山岛战役中已经介绍过了，这里不多说了。东山岛、古雷半岛、南澳岛都在台湾海峡的南边，他们与厦门、澎湖和高雄都不远，在蒋介石"反攻大陆"计划中，都具有重要的战略意义，因此，也一直是蒋介石派遣特务主要侦察的地方。这一次"剑门"号和"章江"号悄悄到达了这片海域，当然引起我南海舰队的高度重视，也引起中央的高度重视。

吴瑞林将军在他的回忆文章中说：

1965年8月5日下午6时，我刚从办公室回到家中吃晚饭，家中的电话就急剧地响起来，舰队司令部作战室值班科长雷应台报告说："汕头方向发现敌情，请首长立即到作战室。"

我马上说："我立即到作战室，你赶快报告舰队其他首长。"

到作战室后，我在作战室指挥员位置就位，先看了看海图，值班科长向我报告了敌情情报："我东山岛金刚山观通站雷达（这里应该是吴瑞林记忆有误，东山岛没有金刚山，金刚山在厦门，那里至今还有一个海军的金刚山雷达站），观测到距台湾左营港84海里处，有两艘国民党军舰，混在远海的商船中，向我沿海地区袭来。与此同时，舰队汕头水警区古雷头观通站，也在距我外海78海里处，发现了这两艘敌舰。"

听了情报值班参谋的汇报以后，我下达了两个命令：

第一个命令：令汕头水警区立即判明敌情，上报舰队。汕头水

第四章
一场海战的前夕

警区部队进入特级备战；

第二个命令：立即向海军和广州军区报告，并请示批准舰队作战歼敌。

同时要作战室值班参谋再次通知舰队党委常委到作战室就位。待舰队政委方正平、负责作战的副司令王政柱赶到时，我叫雷科长将情况再向他们复述一遍。他们都同意我做的处置。

经舰队作战、情报等部门核实查明，这两艘敌舰是国民党海军第二巡防舰队的旗舰、大型猎潜舰"剑门"号和小型猎潜艇"章江"号。

其实，电报到吴瑞林的手上前，吴瑞林一天都在司令部里。他已经知道这两艘国民党军舰出了左营军港，只是还不十分明确它到底要干什么。他也知道我海军雷达和"观通站"都在密切监视着这两艘国民党军舰动向，所以，接到电报后，他一点也不感到意外。另外，不久前他接到中央军委总参谋部的通报，知道台湾国民党当局近期可能在东南沿海有一场大的行动，要南海舰队做好作战准备。

吴瑞林立即召开了司令部会议，制订了"放至近岸、协同突击、一一击破"的作战方案，上报海军总部和广州军区。

吴瑞林在回忆文章中接着说：

军情上报海军总部和广州军区后不久，海军参谋长张学思、广州军区参谋长陶汉章均来电话说，你们舰队报来的情况，已报海军及军区首长，也报了总参作战部，请他们转军委首长。

于是，我又对汕头部队下达了四条命令：

第一个命令：对海区进行清查，切实掌握、紧紧抓住敌船的航行情况。

　　第二个命令：立即报来汕头水警区准备情况。

　　汕头水警区旋即回报说：我们已做到齐装满员。

　　第三个命令：由汕头水警区的杨副司令成立海上指挥所，由汕头水警区护卫艇第41大队，鱼雷快艇第11大队，组成海上第一攻击梯队，由汕头水警区副司令员孔照年负责指挥，前往南澳岛漂泊待机；陆地由李学南政委、张山峰副政委、参谋长、主任符敬礼四人负责指挥。

　　我亲自给孔照年副司令员打了一个电话：要抓住敌舰不放，决不能把敌人放跑，集中优势兵力，先打一条，一定要打好这一仗。

　　第四个命令：金刚山、周田两个一级观通站，每10分钟向我汇报一次敌舰活动情况，同时报告清理海域的情况。

　　金刚山、周田两个一级观通站立即报告说：我们对海上的外国军舰、商船、渔船都分得清清楚楚。紧紧地抓住了从台湾南部左营港出来的两艘军舰，它们行动鬼鬼祟祟，之间相距半海里，继续向我西来。

　　如此情况紧急时刻，那么汕头水警区又是什么样的情况呢？
　　据当年参战的汕头水警区护卫艇第41大队598号高速护卫艇枪炮长洪板坡回忆：在"八六"海战发生的前一周，41大队的官兵们在海上已经连续训练了7天，干部战士们都已经非常疲惫。8月5日那天部队给大家放假一天，洪板坡那天也在休息，和一部分战士在汕头的一家电影院里看电影。
　　电影看到一半，突然停了下来，银幕上出现了一行字：老海，老

第四章
一场海战的前夕

海，家中有急事，赶快回家。

看电影的人不知道是怎么一回事，以为是哪位观众家里发生了急事，电影院紧急通知。可是，却看到影院里所有穿海军制服的人，都起身了，匆匆离去。

原来，这是部队紧急集合的暗号。电影院里的官兵们，都匆匆向港口跑去，紧急归队，准备战斗。

那个时候，最有效的通知手段，就是广播，高音喇叭广播。街道上，村头边，电线杆子上，除了电线，隔一段就会挂一个高音喇叭，所谓"通知靠吼"的段子，就是这么来的。当时汕头水警区的战士干部们，都在补休，而大部人都离开了营房。汕头水警区与市区，并不很远，所以，大家基本都去汕头市区玩去了。要想通知他们紧急归队，最快的方法，只能靠广播。而当时，潮汕一带都是对敌前线，随时防范蒋介石的"反攻大陆"。那时"全民皆兵"的大标语，刷得到处都是。因此，部队和地方紧密配合，制定了一套完整的战备措施，包括紧急时刻的广播通知。此时，汕头市广播站也少有的在不开机时候，开机了，高音喇叭广播中：老海，老海，家中有急事，赶快回家。

于是，在汕头的街头、公园、商场等各个地方，水警区10条快艇的官兵们，停止了一切活动，都拔腿往水警区港口跑。

顿时，整个汕头市街头到处都能看到身穿水兵服的士兵们，朝着一个方向急奔，"嗒嗒嗒"的脚步声在城市的一些街道上此起彼伏，使整个城市都笼罩在一片紧张的气氛中。

在这些奔跑的军人中，有一个大高个，迈着长腿，由于步幅大，一会儿就跑到别人前面去了，显得格外醒目。

他就是麦贤得。

麦贤得是海军南海舰队汕头水警区护卫艇第41大队611号高速护卫艇的机电兵。机电兵在舰艇上是干什么的呢？在没有写作此书前，我只能"顾名思义"地理解，机电兵，大概是负责机器和电力的兵种。可是在舰艇上，哪一个兵种和机器与电没有关系呢？就是负责枪炮的，或者如今舰艇上负责导弹等武器的兵种，也要和机器、电打交道，因为没有机器和电，怎么把炮弹和导弹打出去呢？

但机电兵于舰艇的重要性，远不是我理解的这么简单。这次为了创作此书，我在采访中专门上过现代的导弹快艇，特意下到机舱里，去看看机电兵到底是干什么的。

首先体会到的就是，机电兵是在水线以下机舱内工作的，这是一个十分艰苦的工作岗位。所谓水线，就是船体外面与水平面的接触线。通俗易懂地讲，就是水平面到达的地方，是水面与水下的分界线，水线以下，就是水下。当然机电兵不是在水里工作，而是在舰艇的水线以下的机舱里工作，这里的工作环境艰苦的程度，可以用"三高"来归纳：高温、高湿、高噪音。

水线以下的机舱，一是不见天日，二是通风差。那天我下舰艇时，舰艇停泊在岸边，发动机是关闭的，可我仍然感到一种憋闷，满机舱都是浓浓的机油味道，使人呼吸不畅。机舱里最主要的设备就是为舰艇提供动力的发动机，它是整个舰艇的心脏，一艘快艇前后机舱有四台发动机，发动以后所产生的高温是可想而知的。机舱里是封闭的，高温不能马上散出去，因此，在水面温度零摄氏度的情况下，机舱里的温度也在40摄氏度以上。那天，我去汕头采访，到了当年麦贤得所在的部队。在海边我下舰艇机舱的时候是2月，虽然广东的2月没有北方的凛冽寒风，但气温还是比较冷的。可下到机舱里看到值班的机电兵只穿了一件汗衫，这还是在发动机没有启动的情况下，可见行驶中的舰艇机舱里的温

第四章
一场海战的前夕

度一定很高。

高速运转的机械不仅产生高温，它还带来高噪音，那么多的发动机发动以后，所产生的噪音分贝是多少，我没有问清楚。但我知道在机舱里面，对面的讲话是听不清的。一般来说，机电兵都习惯用手势表达意思，平时工作时，耳朵里也不得不塞进一个耳塞。可就是在这么大噪音的地方，机电兵还要练出一种神奇的本领，用一根金属的"听音棒"通过耳朵从机器的外部听出机器内的毛病，像是医生的听诊器。可他们比医生的责任更大，医生听不出病人胸腔里的毛病，也许还能糊弄过去，因为病人未必立即会死。舰艇如果发动机里出了毛病，没有及时发现，舰艇会失去动力。可这儿的发动机和发电机，不仅要保证舰艇的动力，还要保证舰艇的高速和战斗力，失去动力的舰艇意味着什么！

在机舱里我的另一个感觉，就是这儿太狭窄了，机器和管道密密麻麻，把整个机舱布得满满的，穿行其间仿佛穿行在狭窄的巷道里，稍不留意人就会磕着碰着。那天我站在快艇机舱里的发动机旁，脑子就闪出了一个念头，麦贤得一米七八的大个子，在如此狭窄的机舱里摸爬滚打，而且当年的611号高速护卫快艇比现在我参观的导弹快艇体积还要小一些，这其中的辛苦只有麦贤得自己知道。

最后就是机舱里的湿度很高，我也没有弄明白，机舱里为什么会高湿，可能是这里空气流通差，水分挥发不了。在高湿又高温的环境里工作，你的衣服基本上就干不了。水兵服很漂亮，但机电兵在机舱里是不能穿水兵服的，这里到处都是机油，只能穿蓝色的作训服，和工厂里的工人工作服差不多。

通过现场考察，我终于理解了机电兵就是保障舰艇动力、电力和战斗力的兵种，那这儿不就是舰艇的心脏吗？动力，让舰艇高速前进；而电力不仅仅是为舰艇照明，舰艇上的一切设备，包括雷达、通信、武器系统都得要靠电力保障。如果舰艇没有了动力和电力，那不就是任人攻击的一堆铁吗？

可见，机电兵确实辛苦，至今舰艇上仍然流传着一句话："当兵不当机电兵。"可那天带领我参观的舰艇机电长却笑着对我说："咱们机电兵，深藏功与名，俯身干事业！"听了，我有点感动。

机电兵在小型舰艇上，分为轮机和电工两个部分。麦贤得当时的具体岗位是轮机兵，即是负责维护为舰艇提供动力的发动机。

弄明白了机电兵的重要性，就为以下描述"八六"海战中英雄麦贤得的事迹增加了理解力。花了这么多的笔墨来写机电兵，也是为了铺垫后面"八六"海战战斗中，为什么称麦贤得为"英雄"。

部队紧急集合的时候，麦贤得也在汕头休假。

麦贤得的家乡饶平洪洲湾离汕头不到70公里，在历史上很长一段时间里，饶平都归汕头管辖，两地人交往非常密切，所以麦贤得家在汕头有亲戚。

这一年，麦贤得才19岁，正是青春年少的时候，刚刚在海上连续执勤了7天，每天都在风浪里紧张地进行战备训练，好不容易有了一天补休，他就走出军营出来玩玩，可到哪儿去玩呢？那个年代年轻人休息，也就是逛逛公园，看看电影。公园那时候是年轻人谈恋爱的地方，自己一个当兵的在公园里逛不好意思，电影院正放的那部片子麦贤得已经看过了，于是，他就想去在汕头的一位婶婶家，这位婶婶非常喜欢麦贤得。

婶婶见麦贤得在海上一连待了7天，变得又黑又瘦，就心痛地要给麦贤得弄点吃的，被麦贤得拦住了。1965年，虽然距离国家"三年自然灾害"已经过去几年了，但一般百姓家里也不会富裕多少，麦贤得就

第四章
一场海战的前夕

说，喝杯茶吧。

其实此时麦贤得最想的就是喝一杯浓浓的潮州工夫茶。潮汕人最喜欢工夫茶，这几乎是家家男人的喜好。潮汕人喝工夫茶是有瘾的，一天不喝都不行，尤其是劳累时，喝一杯滚烫的工夫茶是最解乏的。麦贤得在海上紧张地训练了7天，此时最想的就是喝一杯工夫茶，这也是他来到婶婶家的原因之一。工夫茶泡起来，可不像北方人喝绿茶，一点茶叶，一杯开水就行了，潮汕人冲工夫茶是要用一套专用茶具，现烧开水的，所以部队上没有喝工夫茶的条件，因此麦贤得就向婶婶要工夫茶喝。

婶婶拿来简单的工夫茶茶具，让麦贤得自己冲，然后就在一旁边洗衣服边和麦贤得聊天。婶婶当然关心的是麦贤得的亲事。潮汕地区传统上年轻人结婚就早，而且他们习惯用虚岁计算年龄，所以，麦贤得那年20岁了。20岁的年龄，在农村里已经抱娃娃了，所以，婶婶问麦贤得可有合适的对象。麦贤得笑着说，我现在在当兵，当兵是不能谈恋爱结婚的。婶婶说，当兵是不能结婚，但不能不让恋爱呀，找一个合适的认识认识，谈两年，等退了伍，就结婚。否则等退伍了回家后再找，都二十好几了，好姑娘都嫁完了，那就晚了。这事，婶婶得帮你留心留心。其实婶婶是有心故意说的，麦贤得有一个同班的女同学，和麦贤得可以说是青梅竹马，两人是同一年出生的。女同学对麦贤得有好感，又与婶婶家是远房亲戚，来了汕头就会来婶婶家，常常打听麦贤得的情况。婶婶觉得两人很般配，而20岁的姑娘比20岁的小伙出嫁的意愿更急，所以婶婶就试探试探麦贤得，想从中撮合撮合。没有想到麦贤得竟然红了脸，一连声地笑着，露出了大白牙，说，婶婶，不急，不急。

婶婶正想往下说，把话头挑明了，看看麦贤得的态度，正在这时，突然听到婶婶家装在墙上的广播匣子响了起来。那个时代无线的收音机是奢侈品，讲究的人家儿女结婚最高的配制就是"三转一响"，其中"一响"就是无线收音机——所谓"一响"并不是指收音机里播音的声音，而是指开收音机时开关会叭的一声响。所以，人们把收音机简称为"一响"。还有"三转"，指的是自行车、手表、缝纫机。为什么叫"三转"，因为它们都有轮子，手表也有齿轮。其实"三转一响"是城市人的要求，在农村结婚根本不敢想达到"三转一响"的富裕程度，甚至有的人家在20世纪60年代的时候连个收音机也是买不起的。因此，那时候党和政府为了做好宣传，及时传达党和政府的声音，大力发展有线广播站，每一个市，每一个县，都会有一个广播站。后来到60年代中期，农村每一个公社都有一个广播站了，开会通知就用广播喊。

在城市，一般人家都会装有一个有线的广播匣子，匣子是木头的，开了一个圆形的洞，洞里面嵌有一个小喇叭，平时就是用以听新闻、听歌曲。那个年代，人们特别关心国家大事，定时收听广播新闻，几乎是全民的一种自觉。但是这种广播不是24小时的，它是定时的，一般都在中午和晚上人们吃饭的时间，是最重要的新闻广播时间。没有广播的时候，它没有声音。所以今天它突然开机响了起来，让婶婶和麦贤得都惊讶地抬起了头，注视着那个广播匣子。此时一位播音员用很急切的声音，连续播报一个让婶婶感到奇怪的通知："老海，老海，家中有急事，赶快回家。老海，老海，家中有急事，赶快回家。"广播里不断重复着这句话。

婶婶听后嘀咕了一句：谁家有这么重要的事，在全市广播？然后又低下头，继续洗她的衣服，她准备接着和麦贤得谈她想谈的话题。

可这时麦贤得却绷直了身子。作为一名海军战士听到暗语后，立即高度警觉起来，他坐直了身子，竖起耳朵又认真地听了一遍广播，确认无疑后，把杯中的茶一口喝尽，放下茶杯，立即匆匆地和婶婶道别。

第四章
一场海战的前夕

  麦贤得离开婶婶家，迈开长腿就朝水警区基地跑去。婶婶不知道广播里是暗语，见刚才还好好地和她说话的麦贤得，突然起身就走了，急忙追到门口，跟在后面喊："跑那么急干什么？吃了饭再走。"

  这时麦贤得如脱兔一般，已经跑出去好远了。婶婶刚刚将洗衣服的水泼在门前的石板上，奔跑着的麦贤得在门前的路上溅起了一路水花，留下了一串清晰的脚印，那长长的脚印左右平衡，步幅均匀，一步一步地，直直地朝着前方。

  不过婶婶怎么也不会想到，她看到的麦贤得急步奔跑的背影，是他最后能够奔跑的背影，等到麦贤得第二天从海上回来后，就一生再也无法这样矫健地奔跑了……

第五章

⚓

"八六"海战是如何打起来的

当天休假外出的官兵们，收到按规定发出的"紧急通知"信号后，大家都知道军令如山，所以在外的士兵都往基地跑。麦贤得个子高腿长，抄着小路，满头大汗地赶到码头时，远远地就被611号艇机电班班长黄汝省看见了，立即给他派了活："小麦，快、快、快帮忙，加水！"麦贤得立即拎来两只大桶，打开码头上的水龙头，迅速接水。

当时吴瑞林命令做特级备战的汕头水警区两个快艇大队，高速护卫艇第41大队和鱼雷快艇第11大队，共计10条快艇，约有二三百战士，此时都全部集中在码头区，各自忙碌着岗位上的战前准备，码头边一片紧张的气氛。

这时人群中，有一个士兵提着行李走来，向麦贤得打听611号艇："同志，请问您是611号艇的吗？"

麦贤得扭头一看，一个年轻的海军战士站在他身后。麦贤得猛然站了起来，惊叫道："陈文乙——你来干什么？"原来站在眼前的是原海校同一个中队的同学陈文乙。

本来麦贤得蹲在地上陈文乙没有认出来，一旦他站起，那一米七八

第五章
"八六"海战是如何打起来的

的大个子，一下子就让陈文乙认出了："啊，麦贤得，你在这儿，我临时调到611号艇支援来了。"

麦贤得高兴地接过陈文乙手上的行李，说："我现在就在611号艇，咱们又是亲密战友啦！"

麦贤得接过陈文乙手上的行李领着上船去见艇长，陈文乙拎过麦贤得手上的一桶水，两人一同朝611号艇走去。

此时，611号艇艇长崔福俊正在为艇上缺员着急，见麦贤得领着陈文乙来报到，当然高兴，看过介绍信后，就说："小麦，小陈就分你们轮机班，现在后舱还缺一个轮机兵，你带小陈到后舱向罗焕文班长报到。"

麦贤得高兴地领着陈文乙下到轮机舱报到去了，他的岗位就在轮机舱前舱，班长是黄汝省，中间隔一个只有60厘米方圆的舱洞，后面就是陈文乙要去的岗位后舱。此时，轮机班该做的加油、加水、检查机器等准备工作，在班长黄汝省的带领下，全部做完了，他们又在帮助枪炮班搬炮弹，边搬运还在边说笑。这时的他们还没有领会到一场大战在即，还以为又是平时的训练，所以，情绪上并不紧张。

此时，他们恐怕谁都没有想到，本来轮机班因为工作岗位在艇下的机舱里，相对危险性要低一点。可是，在这次"八六"海战中，611号艇轮机班却成了受伤最严重的地方。全班四个人，除了陈文乙轻伤其他三个人全部受伤，而且都伤势严重。

这些都是后话了。

后来做到海军副司令的孔照年，在其退休后曾对前来采访他的记者，完整地回忆了他在海上一线指挥这场海战的前前后后。

1965年8月5日，这一天孔照年也在休息，因为前段时间一连7天的海上训练，作为一直在一线的水警区副司令员，他也很疲劳。水警区接到南海舰队司令部的敌情通报时，孔照年正在护卫艇大队的饭堂和同志们一起加餐。

那些年由于蒋介石在不断地叫嚣"反攻大陆"，有时国民党空军的飞机都飞到了汕头的上空，防空警报常常响起。我人民解放军一直都在高度紧张地备战当中，随时准备迎击来犯之敌。7月底以来，根据上级指示，针对最近国民党当局派来舰艇骚扰东南沿海有加剧之势，汕头水警区的快艇一直在出海巡逻、训练，而且一出去就是连续一周，连八一建军节都是在海上过的。8月5日这天的早上，刚刚从海上返航，大家都非常疲惫，所以当天全大队补假，晚上食堂加菜。

这里，我要稍加说明一下，从海上训练一周后返航的干部战士们的那种疲乏，一般人是无法体验的。我曾乘坐过深圳海关的缉私快艇，也坐过海上的大型游轮。先说说我乘坐海上游轮的体会，那一次是参加一个联谊活动，主办单位把联谊活动安排在一艘大型游轮上，从深圳蛇口码头上船后，游轮向外海开去。晚上，举办完联谊晚会后，游轮就停在香港的外海。海面上风平浪静，游轮似乎也静静地"睡"在那儿。我回到房间，马上就感到船并不平静。虽然没有风浪，但大海有潮涌，在潮涌力量的推动下，游轮那样一个庞然大物，竟然也随着潮涌左右晃动，晃着，晃着，你就觉得五脏六腑都动了起来。当五脏六腑动起来的时候，你的恶心的感觉就上来了，虽然不会像大风大浪中晕船那样的呕吐，但所有吃下去的食物，仿佛都在你的胃里搅拌，搅着搅着，食物就往上涌，使你随时都想吐。那种想吐却吐不出来的感觉，让你呼吸都不顺畅，非常难受。接着，就开始头晕，晕着晕着，你连书都看不了，慢慢地几乎都无法坐着，只能躺下。但是你无法入睡，只能这样半清醒半迷糊地盼着天明。天亮后，回到蛇口码头，我走下游轮踏上土地的时

第五章
"八六"海战是如何打起来的

候,一生中最深刻地体会到什么叫脚踏实地的感觉。

坐快艇和这感觉不同。有一次,我跟着深圳海关盐田基地的海上缉私艇出了一次海。缉私艇高速前进着,在海面上划出漂亮的白色浪花。可坐在艇中的我,最大的感受不是晕船,而是全身都麻了。高速行驶的快艇,实际上是在海面上滑行,可海面并不是平的,你就像坐在高速行驶的汽车上,冲在崎岖不平的山道上,海,一会儿把你往上抛,一会儿又将你重重地摔下,整个快艇都在上下颠簸,坐了半个小时的缉私快艇,回到码头,我浑身好像被震得散了架,好长时间也恢复不了正常的知觉。

这,我只是在海上睡了一个晚上和在高速快艇上坐了半个小时,就留下如此难忘的体验。可水兵们在海上整整待了一周,又进行着高强度的军事训练,高速护卫艇和鱼雷快艇都不大,那狭窄的机舱,那逼仄的艇上空间,可以想象每一天都不可能睡上安稳的觉,又在高强度的训练中,那种疲劳,绝对不是我们能体验出的。这是水兵一种看不见的苦。

汕头水警区无论是高速护卫艇,还是鱼雷快艇,其最大的优势就是速度。这种高速度是它最大的战斗力。可,对战士们来说,其在训练中由于高速所带来的疲惫,也是最大的。例如,一次海上训练归来,可能一周都会感觉仍然睡在海上。

所以,回来后给战士们补了一天假,同时回到基地可以有新鲜肉菜吃,又在晚上加餐。高速护卫艇大队的干部们,邀请孔副司令员和他们一起会餐,大家喝一盅,解解乏。

就在这时,水警区司令部作战参谋匆匆走了进来,在孔照年的耳边说了几句话,孔照年立即神情严峻,他扭头对大队领导低声说:"有敌情,我要回一趟司令部,大家也早点散了,可能有行动。"然后匆匆离开了。

053

1942年就参军了的孔照年，当然知道敌情就是命令，他立即放下了筷子，朝水警区司令部跑去。

　　孔照年1925年出生于山东省平阴县，那是一个没有海的内陆地区。幼时在家读过三年私塾，所以在当时的部队里他是属于有点文化的战士。1940年，参加了山东省东阿县抗日游击队，就是那个出产东阿阿胶的地方。1941年整编到八路军冀鲁豫军区第8团。

　　1942年就入了党，历任文化干事、副指导员，那是抗日战争时期，孔照年多次参加了粉碎日伪军的"反扫荡、反清剿、反蚕食"的斗争。1944年冬，孔照年随所在8团奉命南下创建豫中抗日根据地。1947年9月，随刘邓大军挺进大别山，参加了清水河、高山铺阻击战，全歼国民党40师和82旅，后任团参谋长。在解放战争时期，曾参加过二进大别山、中原突围、进军大西南等战役，先后荣立大功三次，多次受嘉奖。所以，孔照年是一个曾和敌人刺刀见红的老军人。

　　中华人民共和国成立之初，国家开始建设海军。1951年冬，孔照年由陆军调到了海军。1958年8月，上级派孔照年到海军军事学院学习。1961年8月毕业后，任海军榆林基地猎潜艇73大队大队长。1964年2月，调任海军汕头水警区参谋长、副司令员。1965年，孔照年刚刚把家安到汕头水警区，8月5日这一天，他连回家给妻子打个招呼的时间都没有，马上就从护卫艇大队的食堂，直接去了战斗岗位——汕头水警区司令部就位了。

　　孔照年走进汕头水警区司令部作战室，由于司令员和政委都外出开会去了，参谋长王锦和几位作战参谋都在岗位上。一位值班参谋将南海舰队的命令交给了他，孔照年仔细地看了一遍。这时，桌上的电话就响

第五章
"八六"海战是如何打起来的

了,是南海舰队司令员吴瑞林打来的。司令员亲自打来电话,作战室里的气氛显得越来越紧张。

吴瑞林在电话里又将任务强调了一遍,他特别提醒这是一场硬仗,要集中优势兵力,先打一条敌舰,然后再打另一条,决不能把敌舰放跑了。吴瑞林对孔照年的要求很具体。

放下电话,孔照年略沉思一下,然后对参谋长王锦说:"马上通知参战各大队进入特级战斗准备。"

接着和参谋长王锦以及作战参谋们开始研究作战方案。其实司令部早就有了作战预案,现在是按照预定方案,决定在此次作战中,集中水警区10艘快艇的优势兵力歼灭敌人。对于这一作战良机,孔照年早就在期盼着,因为这些年蒋介石一直在叫嚣"反攻大陆",国民党海军的舰艇也曾在汕头的外海袭扰,国民党军的武装特务"水鬼"(潜水员),经常在海上偷袭我渔船渔民,一段时间甚至让渔民们都不敢在船上睡觉。所以,上级要求部队一直在高强度训练,随时应战。

但被训练弄得筋疲力尽的战士们,见每次出海都没有与敌舰遭遇,心态就渐渐地放松了,警惕性也在下降,战士们甚至称"战备待机"无非是"一紧二松三返航",没有机会真正和敌人正面作战。

今天是真正敌情,对孔照年来说,机会来了,岂能错过。

中华人民共和国成立初期我们的海军刚建立不久,实力还很弱,还不能跟国民党的美式军舰抗衡。到1965年时,我国海军已经根据我国国情,发展成了一支适应近海作战的力量。作为一名一线的海军军官,孔照年当然想与国民党海军一较高低,这个机会终于让他等到了。他说,他当时暗下决心,一定要打好这一仗,给国民党海军一个教训,让他们不敢再轻举妄动。所以,从接到作战命令那一刻起,他就一门心思想着作战问题。虽然,他的妻子儿女已经在驻地安家了,但他顾不上回家和妻子说一声，自己要出海，直接上了指挥舰率编队准备出海迎敌了。

虽然敌情就是命令，这是每一个军人的天职，接到"紧急通知"的干部战士们，从全市各地匆匆地赶到了基地码头，到达码头后的战士们立即投入战前准备，加油、加水、搬运炮弹……按照训练要求，各就其位，各司其职。但，码头上真正紧张的气氛其实并不浓，大家还是觉得在演习，有人边干活边有点牢骚地说，"天天喊备战、备战，其实总备而不战，刚刚才从海上回来，又折腾，我们的骨头都散了"。

孔照年在他后来的回忆里专门说到了这一点。他说："由于长期备战，部队官兵存在和平麻痹情绪，一些人认为蒋军是'残兵败将'，不敢大规模窜犯，我们的训练无非是'一紧二松三返航'。也有的官兵则认为我们的艇小，炮也小，敌舰吨位大，炮也大，我们舰艇的炮弹打到敌舰的钢板上，等于给它敲铁锈，不是一个等级。"

为此，在训练中，孔照年曾建议从思想上解决问题，首先培养部队敢于近战夜战，敢于以小打大，敢于发扬我军刺刀见红的硬骨头作风。同时，他根据敌人舰艇的活动特点，和有关人员一起制订了多种应急作战方案，进行了有针对性的演练，等待着战机的出现。

现在，机会终于来了。孔照年作为一线指挥员，当然知道这一次不是演习，这位曾经在抗日战争和解放战争时期，与敌人面对面刺刀见过红的老战士，已经十几年没有真正打过仗了。今天接到战斗警报，他心里完全明白可能要面对一场真正的战斗了，因而高度紧张起来，浑身都是力量。说话与平时相比，一是声音提高了，二是简短有力了，因为从现在开始发出去的都是命令，军令如山。一个经过战争洗礼的指挥员，战前的紧张反而会比战斗过程中更大。

战斗警报发出以后，事前充分的战备训练，还是发挥了很大的作

第五章
"八六"海战是如何打起来的

用,战士们虽有麻痹情绪,但战斗准备工作仍然紧张而有序地进行着,干部战士们全部各就各位。两个大队10艘快艇都很快做好了战前准备,像一匹匹战马列在码头上。已经发动的机器马达声,像战马兴奋地打着响鼻,用一句耳熟能详的话:一切都整装待发。

一切准备就绪,艇长们都集中到高速护卫艇大队作战室,正在召开战前动员会。各艇的艇长、指导员都来了。大队长贾廷宽做完战前动员后,立即布置战斗任务。他命令道:"598号护卫艇为编队指挥艇,编为1号艇,601号艇编为2号艇,与598号同一作战小组;558号艇编为3号艇,为预备指挥艇,由于艇长出差,命令戴寿怀副艇长代理艇长,负责指挥作战;161号艇,作为编队第二梯队,以备接应。"

598号艇艇长石天定,601号艇艇长吴广维,558号艇代理艇长戴怀寿,161号艇艇长赵依仁,都"啪"一下站了起来,敬礼,接受任务。

这时,产生了一个可能决定故事走向的情节,麦贤得所在的611号艇并没有被安排参加战斗。如果是这样,那么英雄麦贤得就不会产生了,自"八六"海战以后,再也没有发生过较大规模的海战了。后来发生的崇武以东海战,规模比"八六"海战小,打沉了国民党的一条军舰,而且是由东海舰队打的,当时属于南海舰队的汕头水警区再也没有这个机会。那么,后来的麦贤得极有可能就是以一个轮机兵而退伍,然后回到家乡饶平像自己的父母一样,生了一堆孩子。因为,计划生育成为国策是20世纪80年代以后的事。

如果那样,今天的麦贤得会在干什么?也许像其父亲麦阿记一样,当了一名船员?也许是家乡的一个基层干部?也许……我觉得其他的可能性也有,但不多,因为当年经济的发展和社会的超稳定,人口流动很小,饶平又比较偏僻,麦贤得走出家乡的机会不多,除非去当一名远洋海员。那么，今天我的这个故事也会失去了方向。

命运，就是这样，在一个关键的时间点，向左向右向前方，结果完全不同。多少人在历史的关键时刻，被推上了浪尖，多少人又被历史埋进了泥沙，小人物改变不了历史，历史却会改变任何一个人的命运。

让我们再回到1965年8月5日的那个时刻，汕头水警区护卫艇大队作战室里的最后一个决定，改变了麦贤得的命运。当然，被改变的611号艇上不止一个人。

这时，坐在一旁的611号艇艇长崔福俊，听到没有给自己布置任务，立即站了起来，大声地说："报告大队长，611号艇请战！"

大队长贾廷宽解释了原因："你们611号艇刚从厦门接回来才两天，设备磨合也不够。艇上人员都还没有完全配齐，这次作战就不安排你们了。"

崔福俊艇长一听急了，几乎是喊出来的："我们已经基本配备齐一切作战应备物资了，保证准时启航！"

这时，大队政委张耀堂也是赞成贾廷宽大队长的意见的，所以想对崔福俊艇长解释几句，突然看到孔照年走了进来，大家立即起身敬礼。

孔照年先对崔福俊说："别着急，崔艇长，我批准你们611号艇参战！"因为根据南海舰队司令员吴瑞林的命令，要集中优势兵力，歼灭敌舰。因此，他决定汕头水警区两个大队10条艇要全部参战，这样才能形成优势兵力，所以，他立即下了命令。

崔福俊听后，满脸喜悦，立即转身给孔照年敬礼。孔照年向大家挥挥手，然后把吴瑞林司令员的电话指示向大家做了传达。他特别强调："这是一场硬仗，南海舰队首长、北京总参、海军和广州军区的首长都在关注着，我们只能打胜，不能失败！"接着，他要求高速护卫艇大队

第五章
"八六"海战是如何打起来的

其他领导,都分别上到各艇督战。

孔照年和王锦参谋长、贾廷宽大队长上598号指挥艇。

南海舰队司令员吴瑞林给汕头水警区司令部下达的作战命令是:汕头水警区高速护卫艇41大队的护卫艇4艘、鱼雷快艇11大队的鱼雷艇6艘,组成突击编队迎敌,由汕头水警区副司令员孔照年和参谋长王锦担任一线指挥。

同时,南海舰队司令部向中央军委总参谋部、海军司令部、广州军区司令部上报了实施作战方案。

当晚,时任总参谋长的罗瑞卿向周恩来总理做了汇报,周恩来总理立即电话向毛泽东主席报告。毛泽东主席表示,狠狠教训一下蒋介石。

南海舰队司令部的作战方案是:孔照年率6艘鱼雷快艇和4艘高速护卫艇组成第一梯队赶赴战场,在南澳岛附近埋伏,静候最佳作战时机;另准备了5艘鱼雷快艇和1艘炮舰作为第二梯队,做好一级战斗准备,等待战场战况的发展,再决定何时出击。一线海上指挥所设在598号高速护卫艇上,由孔照年和参谋长王绵担任海上总指挥。

按照南海舰队司令部的命令,孔照年做好了战前布置,各艇艇长开完会后,飞速赶回自己的岗位。

611号艇艇长崔福俊跑得最快,一口气赶回到自己的艇上后,立即大声向全艇发出了命令:"同志们,各就各位。"

5分钟后,传来了孔照年的命令:"起锚,熄灯,目标:南澳前湾,全速前进!"

南澳前湾在南澳岛附近,按照舰队司令部的布置,那里是作战方案中伏击国民党军舰的第一埋伏点。

立刻，码头上响起一片"哗啦啦——哗啦啦"，10艘战艇的锚链全部起水，收回锚舱，发动机启动、逐渐加速，螺旋桨在海水里立即搅出一圈一圈的白色浪花。

10艘战艇，关闭了灯光，按照战斗编队队形鱼贯而出，迅速地驶离汕头码头。

夜晚闪烁着灯光的汕头市区，那星星点点的万家灯火迅速地从身后远去。海滨边，还有那三三两两谈恋爱的情侣身影留在码头上。海面上，却一片漆黑，只有点点渔火。开出码头区，进入了茫茫的大海，战艇立即加足马力飞驰。一时间，那片海域笼罩着紧张的战斗气氛。

战艇上除了机器的轰鸣，没有人声，谁也不说话，这个时候除了重复作战命令，大家都在各自的岗位上坚守自己的职责。有一种感觉大家是共同的，这一次好像不是演习，除了战前准备充分，还有就是水警区司令部的许多领导都上艇了，这不一般，气氛有点紧张，大家也不由得神情严峻起来。

麦贤得在艇下的机舱里，他看不到海面，也看不到逐渐远去的汕头海湾。但他也感觉到了今天的气氛有些不同，机舱里噪音很大，机电班的战友们，都在各自的岗位忙碌着，和自己一起在前舱的班长黄汝省，好像也感觉到了今天有可能进行实战，他一丝不苟地在前舱巡查着，隔着机器给麦贤得打一个手势，麦贤得明白，班长要他格外小心。因此麦贤得更加全神贯注地操纵着轮机。

由于命令熄灯前进，机舱里除了必要的工作灯亮着，其他也是关闭了灯光，麦贤得下意识地再抬头看看班长黄汝省，虽能感觉到班长在那儿，却看不清班长的身影，满耳都是轰鸣的机器声。他感到了快艇的速度逐渐在加快，似乎在水面上跳跃着往前冲。

第五章
"八六"海战是如何打起来的

战场上，战机就是胜利的保证之一。总指挥孔照年似乎想紧紧地抓住战机，即抢在时间的前面。终于，22时左右，作战编队到达南澳前湾，为利于迅速行动，孔照年让各艇不要抛锚，漂泊待命。

这时，我们该说一说那两艘神秘的国民党军舰"剑门"号和"章江"号到了哪里，又在干什么。

这一段内情早先属于台湾军事机密，而"八六"海战后，国民党的宣传机器又进行了扭曲的报道，因此想要找到国民党方面的准确资料，很难。前些年，随着台湾国民党的一些档案逐渐解密，蒋介石的日记也部分公开了，台湾一些当年的当事人后来也敢出来讲真话了，例如，"八六"海战失败后，被蒋介石当成替罪羊而高调撤职的当时国民党海军总司令刘广凯，后来在蒋介石去世后也出了回忆录，专门讲到"八六"海战这一节。还有当时参战的一些国民党老兵，也以当事人的身份，回忆了当时的战事。再就是，大陆和台湾一些军事学家和媒体、军迷们，也收集研究蒋介石"反攻大陆"计划失败的成因，和其计划中的失败行动——"八六"海战战史的教训。所以，这一次我在重新充实写作此书时，看了大量的资料，进行了甄别、研究和归纳。关于当天晚上"剑门"号和"章江"号两舰的神秘行动，特别参照了那些当事人的回忆，再加上史料的佐证，我努力还原当年我们无法弄清楚的"剑门"号和"章江"号当晚都做了什么。以下是我归纳的结果。

"剑门"号与"章江"号混入香港商船队里以后，就悄悄折返往回驶，到了8月5日的晚上，乘着夜色漆黑离开了商船队，朝我福建东山岛海域悄悄驶来。据当时舰上参战的国民党老兵回忆，在东山岛海域停下后，"剑门"号上那几个跟谁也不讲话的神秘人，突然换上了解放军军服，上了"剑门"号上的一艘工作艇，然后工作艇被悄悄放进海里，这艘船与那几个神秘人，朝着东山岛方向驶去，悄悄消失在漆黑的夜幕里。

此时，很奇怪的是，按照以往执行任务的惯例，放下武装特务以后，舰艇会立即离开危险的海域，驶回到安全地带或者回到台湾军港。可这一次不同，"剑门"号与"章江"号都没有走，一直在附近海域游弋。而且非常令人不解的是，"剑门"号不但没走，而且非常危险地开着工作灯。在夜晚的海上，开着工作灯就等于告诉别人——"我在这里"——这是一种很容易暴露自己的行为。加上，第二巡防舰队司令胡嘉恒少将就在舰上，这显然不是一种疏忽，这种反常的做法，表明它们在执行一桩特殊的任务。

此时，有一人发现了这种危险，他就是远在台北的当时国民党海军总司令刘广凯。刘广凯在自己的回忆录里写道，他知道当天海军有一项重要行动，于是，就在"剑门"号和"章江"号离开左营军港不久，来到了国民党海军总部督导作战。可当他翻开这次作战详细计划时，就发现了诸多的致命缺陷。其中，最重要的一个就是放下武装特务后，舰艇在原地游弋等待，这是非常危险的。东山岛海域离大陆很近，而大陆近些年发展起来的这些高速快艇和鱼雷快艇，航速远比当时国民党的美式军舰快，这也是大陆针对国民党美式军舰特点专门研制出来的国产快艇，它们会在很短的时间内赶到现场，围住国民党军舰，缠住你，让你跑都跑不掉。刘广凯的这个担心，后来在"八六"海战中全部应验了。

刘广凯马上让作战参谋通知"剑门"号上的胡嘉恒，让"剑门"号和"章江"号立即返航或者迅速离开东山岛等危险海域。可是此时，"剑门"号和"章江"号都已经关闭电台静默了。刘广凯根本联系不上他们。

第五章
"八六"海战是如何打起来的

这时，我们也许要问，作为国民党海军总司令的刘广凯，难道事先不了解此次行动计划吗？这是不是一次严重失职？我觉得，虽然刘广凯的回忆录可能会有为自己开脱之意，又是在蒋介石死后写的。但，刘广凯只知道这次行动，却不了解这次行动核心机密，他可能真的不知道此次"剑门"号和"章江"号行动真正的核心内容。因为，这次行动是由蒋介石直接掌握的"国光计划作业室"制定的，并掌控着整个行动的落实。刘广凯此时发出的命令没有人听，作战参谋悄悄告诉他，"国光计划作业室"特别关照，两舰务必要在8月6日的凌晨到达目标区域，进行特别任务，然后等待完成任务的特勤人员，再把他们接回来，这事关战略规划，必然执行。

刘广凯在回忆录中说，"我发现了漏洞，但是，这是直接来自最高当局的命令，不可违抗"。显然，刘广凯有推卸责任之嫌。因为，尽管他担心两舰要遭遇不测，但他为了明哲保身，并没有坚持让两舰迅速离开危险区域。实事求是地说，在蒋介石的独裁统治下，担任"反攻大陆"重任的"国光计划作业室"，高度秘密地由蒋介石直接控制，作为一个海军的总司令刘广凯又能怎样？后来他的命运不正证明了这一点，蒋介石一声令下，就拿他这个并没有直接责任的海军总司令当了替罪羊。刘广凯在回忆录里最后写了这么一句话：长叹一声，无可奈何！

可惜，蒋介石听不到了，他已经在九泉之下。蒋介石这个人，一生犯了很多错误，"八六"海战的错误，我不确定是不是应该算在他的身上。但是这个人，和许多独裁者一样，很难认错。

此时，"剑门"号和"章江"号的行动，已被我海军海岸"观通站"发现了，并且立即将情报发回给南海舰队司令部。吴瑞林让作战参谋马上将情报转发给正在海上的孔照年。其时，沿岸海军"观通站"也与孔照年的快艇编队保持着密切的联系，并为孔照年快艇编队承担着通

脚　印
——人民英雄麦贤得

信上的传输。

而此时的孔照年带着自己的快艇编队，按照预先制订的作战方案，隐蔽停泊在南澳前湾，像一群猎豹埋伏在暗处，悄悄地等待着猎物的到来。

这时"剑门"号和"章江"号正游弋在东山岛兄弟屿东南方向约3.8海里处，向西南方向航行，也就是说朝着南澳岛方向，离孔照年率领的艇队隐蔽处越来越近了。这时战场上的空气高度紧张，对于战士来说，也是高度兴奋的时候。已经很久没有打过仗的孔照年，可以说憋着一身的劲，全身的肌肉都绷紧得发酸，拳头都攥出水来了，随时准备像饿虎扑食一样，率全队快艇冲出去。

可，就在这时，孔照年回头一看，急出一身冷汗来，他发现了一个重大问题！

站在今天的角度，我们看到了"八六"海战取得了辉煌的战果，对以后的台海局势都产生了深远影响。但在"八六"海战进行中，确实"状况"不断。当时由于时代的局限，我海军的实力其实并不强，现代化的程度可以说还很低，例如当时快艇的通信设备和雷达定位系统都不是很先进。再加上，当时的基层干部和战士毕竟太年轻，还没有经过真正的海上实战，他们先是有些疲劳麻痹，后是高度紧张，造成了"状况"不断。

可"八六"海战为什么又打得那么漂亮，我觉得主要是两点：一是我军从上到下，都充满着一种所谓的"正义感"，为的是保家卫国，挫败蒋介石的"反攻大陆"野心，所以，从战略准备到战术应对，都充分主动，这些为战役的胜利提供了保证；二是一线指战员"不怕死的精神"，虽然战前发生了一些"状况"，但投入战斗以后，每一位一线指

第五章
"八六"海战是如何打起来的

战员,从副司令孔照年到轮机兵麦贤得,都有一种"不怕死的精神",充分利用夜战、近战,始终冒着炮火,贴着"大个"的敌舰身边打,直到把它打沉,取得彻底的胜利。这一点,好像也是共产党军队取胜的法宝。

此时的战场上,孔照年发现了一个重大"状况",就是跟在他指挥艇后面的其实只有601号艇、558号艇和麦贤得所在的611号艇等三艘护卫艇,6艘鱼雷快艇却没有到达指定位置。原来,当时快艇编队出发时,高速护卫艇和指挥艇在前,鱼雷快艇紧随其后。为了防止敌舰发现我们的快艇编队,我各快艇按照命令关闭了通信电台联络,在前进中,为了抢占先机,各快艇都在高速行进,结果6艘鱼雷快艇没有及时跟上来,这可是一个"重大问题",因为敌舰吨位大,我方护卫艇吨位小,火力也不够,最终击沉敌舰主要是依靠我方携带鱼雷的快艇,因此鱼雷快艇是这次主攻的战艇,护卫艇是护卫着鱼雷快艇进攻。可在关键时刻,鱼雷快艇整个编队都没有跟上来,而且此时也不知他们在什么位置,孔照年焦急万分。

就在这时,指挥艇上负责通信的副艇长陈运和报告:舰队司令部来电,敌舰"剑门"号和"章江"号现已经改变航向,向东山岛海域靠近,命令我们全速拦截,切断敌舰归路。东山岛方向在敌舰来的方向后面,也就是说,敌舰转向了,随着时间的推移,它们会离我们越来越远。

此时,孔照年已经没有时间等待鱼雷快艇编队了。战机,战场上的机会稍纵即逝,作为一名一线指挥员,他太明白战机的重要性了,如果不抓住,让敌舰跑了,那责任就太重大了。孔照年立即决定先带领着四艘护卫艇出发,拦住敌舰最重要,无论多危险都要缠住敌舰打,拖住敌舰,边打边等待着鱼雷快艇编队的到来。另外,孔照年相信鱼雷快艇编队不会离得太远，在午夜的海上，只要炮火一开，特别是敌舰上的大口径炮，那隆隆的炮声，没有山的阻隔，会传得很远，也会成为鱼雷快艇编队的指向，希望他们会尽快赶到。

不能犹豫了，孔照年果断地命令，立即与海岸海军的"观通站"取得联系，在他们精确的引导下，孔照年带着四艘护卫艇箭一般地冲了出去，以每节最高航速28海里的高速，去追击敌舰20海里的航速。

这个时候，护卫艇编队的战士们才真正紧张起来了，大家都知道了这不是一场演习，这可能是一场实战了，所有人的神经都不由自主地绷紧了。虽然经过无数次的演习训练，对所有的海战细节都进行过反复演练，但，舰艇上毕竟是一批年轻的士兵，那个全大队中可能是最高个子的麦贤得，今年也才19岁。舰艇上绝大部分士兵，虽然可能在海上看见过敌舰的影子，但几乎都没有经过海上实战。就是那些年轻的指挥员，经过海上实战的也很少，所以他们一样高度紧张。整个快艇编队真正打过仗的，只有孔照年。所以，当从南澳前湾冲出去的时候，所有的战斗人员都高度紧张起来了。

但，一边是紧张，一边又是兴奋，干部战士们训练了这么长时间，终于可以一展身手保家卫国立功了，军人们对立功的渴望是共同的。4艘快艇争先恐后，像一群出栏的战马，谁都生怕落后，而这时追赶敌舰也是抓住战机的时候，孔照年一个劲地催着快点再快点，别让敌舰跑了。

8月6日的零时42分，我指挥艇雷达终于发现了东南方向约3.5海里处，有两艘敌舰。

根据国民党参战老兵的回忆，8月6日零点30分左右，"剑门"号上

第五章
"八六"海战是如何打起来的

的雷达发现了解放军的快艇,他们一开始并没有把我海军的快艇放在眼里,因此向台湾左营军港基地发去的电报是:发现快速目标4个,小型目标6个,准备攻击。

这6个小型目标,正是孔照年在焦急等待的鱼雷快艇,他们因为走了一段弯路,现正朝我指挥艇方向飞速赶来,来得正是时候。敌舰和我快艇,终于开始接触了,双方都看见了彼此的身影。

于是,"剑门"号依仗着其舰吨位大,炮火口径大,射程远,首先向我编队开炮了。接着,一串照明弹升上天空,把海面照得如同白昼,紧随其后的"章江"号也开炮了。敌舰打出的照明弹,同样也把他们自己暴露在我方编队前面。

还没等孔照年做出反应,"咚——咚——咚——"敌舰打过来的炮弹,纷纷落在我快艇旁边爆炸,掀起了冲天水柱,冰冷的海水就落在我战士干部们的身上,立即让他们浑身如同大雨淋透了一般。这些,大家都没有感觉,只是擦了擦脸上的海水,都把目光注视着敌舰。孔照年果断地下了一道命令:命令各艇,全速包抄,拉近了再打,切断敌舰退路!

首先,孔照年所在的指挥艇598号艇箭一般地冲了出去,与598号艇编为一组的601号艇紧随其后。588号艇也憋足了劲地往前冲,611号艇紧紧跟着。快艇编队加足马力朝敌舰冲去,为的是拉近距离,越近,对我方就越有利。

可就在这千钧一发之时,又出"状况"了,急驰的588号艇突然停了下来,紧跟在它后面的611号艇,一个急刹车也停了下来。588号艇代理艇长戴寿怀急忙跑出驾驶舱一看,糟了:由于高速前进,快艇的铁锚竟然掉到海里去了!整个快艇被锚链拖住了,无法前进。

原来588号艇开进南澳前湾待命时,负责锚链的水兵以为要抛锚,就将铁锚的插销拔了出来，准备抛锚。但接到的命令是漂泊待命，即不抛锚，随时要再次出发。于是水兵就把插销重新插了回去，但由于高度紧张，插销没有插到位。前进中时，铁锚没有出现问题；但"剑门"号炮击以后，虽然没有击中588号艇，但就在艇的旁边爆炸了，敌舰的炮，口径大，炮弹威力就大，爆炸后产生了很大的震动，竟然把插销震松脱了，挂在船头的锚链，由于重力的关系，一下滑到了海里，拖住了快艇无法前进。

戴寿怀马上让信号兵向指挥艇报告：发生掉锚事故。孔照年命令：快速排除故障，然后追上来。611号艇先跟上。

跟在后面的611号艇，立即绕过588号艇，跟上了指挥艇继续前进。

再重新把掉到海里的铁锚绞上来，时间肯定来不及了。戴寿怀就命令道：锚不要了，用消防斧把锚链砍断，尽快追上指挥艇。一位水兵拿起一把消防斧朝着锚链猛力砍下去，"咚——当——"的一声，结果锚链没断，消防斧的木柄断了。用消防斧砍可能不行。一位负责锚链的水兵说："只能把锚链的活结环打开了，让余下的锚链全部滑进海里，快艇就可以继续前进了。"戴寿怀命令他立即去办。水兵迅速钻进了锚舱，用活动扳手解开了链环，只听剩余的锚链哗啦啦地全部滑进了海里，战艇摆脱了牵扯。

戴寿怀命令：加大马力，追赶指挥艇。

这时在南海舰队司令部里，紧张的气氛让空气仿佛都要凝固。吴瑞林将军本身就是一员虎将，在朝鲜战场上，是让麦克阿瑟和李奇微都感到头痛的人。此时他紧盯着海图，不时地问孔照年他们到了哪里。作战参谋们，也都在各自的岗位上忙碌着。南海舰队的领导班子成员，几乎都在司令部作战室里，因为大家都知道，这是一场毛主席和周总理都在

第五章
"八六"海战是如何打起来的

密切关注着的战斗,只能胜利,不能出意外。

司令部作战室的电话,也连通着北京和广州军区司令部。

据吴瑞林将军的回忆:

8月5日晚上21时半,海军参谋长张学思和广州军区参谋长陶汉章先后打来电话,向我传达了周总理的四条指示:

一、要查明确实是蒋介石派来搞"心战活动"的军舰。
二、可在30海里左右打。
三、不要误伤了外国军舰、商船和渔船。
四、海军、广州军区均不参与这次战役的指挥,由南海舰队吴瑞林司令员负责具体指挥。南海舰队直接向总参副总参谋长李天佑汇报,由李天佑副总长负责协调广州军区空军对作战海域上空的空中掩护。

接到总理的四条指示后,我立即向舰队的其他首长作了传达,接着,我命令海上第一梯队马上向敌舰方向开进,把他们包围,把敌舰分割开,先打"章江"号。

由海上指挥员孔照年副司令员指挥的4条高速炮艇、6条鱼雷快艇组成的海上艇队早已隐蔽在南澳岛的前湾待机,海上指挥员在接到我的电话后,立即指挥海上艇队高速接敌……

此时,海上指挥员孔照年正在根据吴瑞林司令员的命令,带领着4艘高速护卫艇以及后来追上来的6艘鱼雷快艇,冒着敌舰的炮火,快速地接近敌舰。

孔照年多年后对采访的记者说："我方的艇小炮小，射程不远，远距离炮战肯定不行，一定要沉着再沉着，镇定再镇定，利用夜幕的掩护打近战。"

在敌炮激起的冲天水柱面前，孔照年命令护卫艇编队不要开炮，节约弹药，全速接敌，逼近敌舰集中火力再打。然而，当孔照年下达了"准备射击"的命令后，又出"状况"了。高度紧张的一位快艇艇长把"准备射击"听成了"射击"，立即开火了，快艇上的双管炮发出一条条火蛇，在夜空中直朝敌舰而去。一条艇开炮，瞬间引起了羊群效应，其他同样在高度紧张中的艇长们，可着劲地便一同向敌舰火光方向盲射。

由于敌舰不在我方有效射程内，打出去的炮弹根本命中不了目标，雨点一样落在敌舰前面的水域里，溅起了一遍水花。孔照年急了，火速命令停止射击，这样大家才稀稀拉拉地停了下来。为此孔照年又下达了一条非常具体的"三不打"命令，这"三不打"，很多年后，已经进入古稀之年的孔照年还能一口报出来，可见在他心目中的深刻印象：没有命令不准打，看不清目标不准打，瞄不准目标不准打。

我方的舰艇没有开火，敌人的舰艇却在充分利用其火炮射程远，不断地向我方快艇编队开火。

这里，我该详细说一说，台湾国民党海军这两艘军舰的性能和火力配备，以及它们是如何到了国民党海军手里的。其实"剑门"号和"章江"号都是"二战"中的美国舰艇，一艘主要是负责扫雷的，一艘是对付潜艇的。在打"八六"海战时，"章江"号还带着深水炸弹投射器，这就是专门对付潜艇的武器。但在与我方以小型高速鱼雷快艇为主的战

第五章
"八六"海战是如何打起来的

斗中,其实是不大用得上的。这两艘美国军舰在"二战"中,也没听说立过什么特别战功,可就是由于参加了"八六"海战而被我海军的小艇击沉,使它们"名留青史"了。至今,在网上不仅能找到它们的资料,甚至还有当年的它们"英姿"的照片。

先说"剑门"号。"剑门"号在吴瑞林将军的回忆文章里有详细记载:

> 据查:"剑门"号(编号65)原系美国"海鸦"级舰队扫雷舰(大型、钢壳)"巨嘴鸟"号(编号MSF387),由美国交给蒋介石集团,于1965年4月驶抵台湾。
>
> 这艘军舰排水量为890吨(标准),全载1250吨,航速每小时20节(一节等于一海里,一海里约等于1852米。作者注),舰上有76.2毫米炮两门,40毫米炮四门,雷达一部。
>
> "章江"号(编号118)原系美国海军猎潜艇PC1232号,1954年6月由美国交给蒋介石集团,然后驶抵台湾。
>
> 这艘军舰排水量为280吨(标准),全载450吨,最大航速每小时20节,一般航速14节,舰上有76.2毫米炮一门,40毫米炮一门,20毫米炮五门,火箭(组)76.2毫米一座,深水炸弹投射器四座,雷达一部。

根据吴瑞林将军的回忆,其实我方已经完全掌握了这两艘军舰的来历、性能、火力配备等详细情报,它们原都是美国海军在"二战"中服役的舰艇。朝鲜战争爆发以后,我中国人民志愿军进入朝鲜战场,抗美援朝。为牵制中国,美国总统杜鲁门派第七舰队进入了台湾海峡,实际上与台湾组成了军事联盟。美国因此给了台湾不少军援,派出了不少军

脚　印
　　——人民英雄麦贤得

事专家帮助国民党训练军队。为了提高国民党军队的战斗力，美国也把"二战"中一些已经用不上的武器装备，送给了台湾，包括"剑门"号和"章江"号这两艘军舰。虽然是美国已经用不上的武器装备，但对于当时的台湾和正在经历建国不久存在的许多经济困难的大陆来说，无疑提升了蒋介石军队的战斗力，会给我人民解放军和沿海安全带来一定的威胁。因此，蒋介石的军队常常在海上耀武扬威，我方也一直在寻找战机，要打击一下国民党军的气焰。所以，毛泽东主席在听到周恩来总理告诉他，要打"剑门"号和"章江"号的时候，说了一句：狠狠教训一下蒋介石。给人感觉是憋了一股气。

　　为了应对美国和台湾国民党军队的挑衅，摧毁蒋介石"反攻大陆"的痴心妄想，根据我国的国情和台海军事力量对比的特点，我国通过向苏联购买和改进仿制了一批武器装备，有针对性地提高我国近海近空的防卫力量，其中高速护卫艇和鱼雷快艇，就是在这种情况下发展起来的。

　　此次参战的我海军高速护卫艇，艇长只有38.78米，排水量121.4吨。它的最大航速却可以达到每小时28海里，几乎是"剑门"号航速的一倍。所以，在"八六"海战中，我海军在收拾完"章江"号后，仍能追上已经逃离了战场的"剑门"号，就是因为这种高速护卫艇最大的战斗力——快，速度快，机动快，能够迅速地进入战场，也能迅速地脱离战场。早先，国民党军搞的"海狼队"，使用的也是一种高速的"海狼艇"，用以骚扰我方海上渔船和商船，打一下，立即逃之夭夭。可"海狼艇"基本上都只是装了高速螺旋桨的小艇，艇上只配备了一挺机枪，几个人操作，骚扰一下渔船商船可以，攻击舰艇火力却不行。后来，"海狼艇"在我高速护卫艇出现以后，就不是对手了，渐渐就

第五章
"八六"海战是如何打起来的

退出了战场。我方的这种高速护卫艇,战斗定员36人。它的武器为设在首尾的2座61式双联37毫米炮,中部两舷2座61式双链25毫米炮,可携带8枚深水炸弹及烟幕施放器,并可携带6枚锚-1型水雷,具有较好的近海防御和攻击的能力。

护卫艇作为一个舰种,早在16世纪时就已经出现了,当时人们把一种三桅武装帆船称为护卫舰。到第一次世界大战时,由于制造技术先进的德国造了很多潜艇,大量地肆行海上,对当时的协约国商船队造成了很大的威胁。为了保护海上交通线的安全,协约国一方开始大量建造护卫舰。当时最大的护卫舰排水量已达到了1000吨,航速达到了16节,这在当年已经是一种相当高的速度了,而且具有开赴远洋作战的能力。第二次世界大战期间,希特勒秘密建造的更加先进的德国U型潜艇,又在海上故技重演。今天我们从很多英美等国拍摄的纪录片以及电影电视上看到,当时的纳粹德国,采用"狼群"战术,打击同盟国的舰船和补给战略物资的商船队,使用的就是这种德国的U型潜艇,它是"二战"中德国最神秘的武器。在大西洋上,德国的U型潜艇肆无忌惮地在盟军的海上交通线上"猎杀"盟军的船只。仅仅在1942年11月,德国的U型潜艇就击沉了盟军的118艘商船与护航舰队中的舰艇,创下了一个月共击沉743321吨级船只的纪录,给反法西斯同盟造成了难以承受的巨大损失。纳粹德国甚至把潜艇开到美国的近海岸,升上潜望镜都能看到美国沿岸城市的灯光,给美国造成很大的心理威胁。

作为对应策略,反法西斯同盟开始大量建造护卫舰,整个"二战"期间反法西斯同盟共建造了2000多艘的护卫舰,排水量最高的达到了1500多吨,航速提高到18～20节,使反法西斯同盟对商船护航中的防空、防潜能力都有较大的提高。直到1943年以后,由于大量护卫舰的护航，德国潜艇的战斗力逐渐减退，海上军事力量的对比也发生了转变，战争的天平才向反法西斯同盟一边倾斜。

国际上一般把排水量500吨以上的称为舰，500吨以下的称为艇。"二战"期间的舰艇一般都是采用柴油为动力能源，艇的吨位小，所能容载的油也就相对少，这样就限制了艇的续航能力，艇，无法进入大洋作战，一般都用在国家的近海防卫。第二次世界大战中建造的护卫艇，排水量一般为25～100吨，航速约为25节；武器有20～57毫米舰炮1～2座，机枪数挺，深水炸弹30枚。护卫艇体积小，速度快，机动灵活，有较强的火力，而且一般护卫艇上阵都是"兄弟父子兵"，集群作战，施行"围殴"，形成较强火力网，攻击性有着其特殊性，在特定的战况下，其战斗力不可小觑。艇的缺点是，除了续航能力小，适航性也较差，自我防护能力相对比较弱。

"二战"以后，许多国家仍保留有护卫艇，艇体结构、动力装置、武器和电子设备等都得到进一步的改进。苏联的"牛虻"级巡逻艇，排水量210吨，航速36节，装备有76毫米单管全自动舰炮1座，"顿河"Ⅱ导航雷达和炮瞄雷达各一部，一直都在使用。

我国于20世纪60年代初，研制出了"062"型护卫艇，参加"八六"海战中的护卫艇，基本上都属于这一型。麦贤得所在的611号艇，就是刚刚才从厦门黄浦造船厂接回来的。后来，又出了改进型，正常排水量135吨，最大航速28节，续航力750海里，装有双管37毫米舰炮和双管25毫米舰炮各2座。20世纪80年代，又建成了导弹护卫艇，满载排水量达到了430～520吨，最大航速32节。装备有舰舰导弹4～6枚、双管37毫米舰炮2座、双管14.5毫米机枪2挺。

中国人民解放军海军护卫艇部队，在打破敌人封锁、收复被占岛屿、保卫近岸海域安全，以及平时执行巡逻、警戒任务中发挥了重要作

第五章
"八六"海战是如何打起来的

用,并在万山群岛战役、"八六"海战、崇武以东海战等多次海战中取得显著战果。

19世纪后期,鱼雷的问世,使海战全靠火炮的局面被打破,能发射鱼雷的小艇也可击沉火力凶猛的大舰。于是,鱼雷快艇开始出现。

鱼雷快艇,是以鱼雷为主要武器的小型高速快艇。特点也是体积小,航速高,机动灵活性强,由于小又快,所以隐蔽性好。它与护卫艇的不同之处,在于其以鱼雷为主要攻击武器,因而威力大。主要在近海区与其他兵力协同作战,攻击敌人的大、中型舰船,也可以进行反潜和布雷等任务。鱼雷艇体采用合金钢、铝合金、木质和混合材料结构,动力装置多数采用高速柴油机,少数采用燃气轮机或燃气—柴油机联合动力装置,航速更快,可以达到40~50节。艇上装有2~6枚鱼雷和1~2座单管或双管舰炮。此外,还有火箭、深水炸弹发射装置,及声呐、指挥系统、通信导航设备等。

鱼雷艇最初出现于美国南北战争时期。当时还没有真正的鱼雷,而是在艇艏部突出一根长长的撑杆,撑着爆炸物向敌舰猛烈撞击,而将敌舰炸毁,人们称这种爆炸物为水雷,把这种快艇称为水雷艇。1864年,北军的水雷艇就用这种办法炸沉了南军的"阿尔比马尔"号装甲舰。1866年在奥匈帝国工作的英国工程师怀特黑德,发明了世界上第一颗能够自动航行的水雷。由于它能像鱼一样在水下运动,因而被称为鱼雷。后来就制造了专门用来发射鱼雷的舰艇,这便是鱼雷艇的由来。

世界上第一条鱼雷艇,是英国人于1877年建造的"闪电"号。几乎与此同时,俄国人建造的"切什梅"号和"锡诺普"号水雷艇也诞生了,这可以看作是最早的鱼雷艇。1887年1月13日,"切什梅"号和"锡诺普"号,第一次用鱼雷击沉了土耳其海军的"因蒂巴赫"号通信船。

此后，欧洲各国海军都相继制造和装备了鱼雷艇，鱼雷艇的性能也不断得到改善。在第一次、第二次世界大战中，鱼雷艇都取得了较大战果。在1918年6月10日，2艘意大利鱼雷艇，用2枚鱼雷，就击沉了奥匈帝国的万吨级战列舰"森特·伊斯特万"号。

20世纪50年代初，中国向苏联购买了36艘P-4型鱼雷快艇，组成了第一批鱼雷快艇部队。这种以铝质为艇体的鱼雷快艇长19.3米，宽3.7米，吃水深1米，标准排水量19.3吨，满载排水量为22.4吨，动力为两台柴油发动机，共计2400马力，最高航速46节，最大航程达700多公里，战斗定员12人。武器配备有450毫米口径的鱼雷发射管2具，双联装14.5毫米机枪两挺。P-4型鱼雷快艇虽个头小，但在海战中却屡立战功，除击沉过国民党的"太平"号护卫舰外，还在1958年金门附近的海战中，击沉过国民党海军4000多吨的"台生"号运输船，以及470吨的"灵江"号和"瀛江"号两艘炮舰。

不过，该型鱼雷艇没有配备雷达，需岸上雷达指引寻捕目标。在海战中，尤其在夜战中，因双方配合不当，多次发生鱼雷艇找不到目标，或半路丢失目标的事情。在"八六"海战中，就发生了在途中与指挥艇失去联系的事故。

1953年，苏联根据与中国签订的海军技术协议，向中国有偿转让了P-6型木质双管鱼雷快艇建造权。1955年，芜湖和广州两个造船厂用苏联提供的技术资料和器材设备分别开工建造，前后共建造了63艘鱼雷快艇，代号6602型。其排水量为67吨（满载），艇长25.4米，宽6.2米，吃水1.2米，动力4800马力，最高航速为45节，最大航程为800公里。艇上配备20人。武器为533毫米鱼雷发射管2具，25毫米双管火炮2门。

鱼雷快艇虽有体积小，航速高，机动灵活，隐蔽性好，攻击威力大

第五章
"八六"海战是如何打起来的

的特点，但也存在着防护力薄弱、远航能力差和靠近火力凶猛的敌舰不易等天生弱点。20世纪50年代初，解放军确定以小艇打大舰战略方针时，曾有两种设想：一是以鱼雷快艇利用夜暗或白天放烟幕高速接近大舰；二是以高速护卫艇打先锋压制敌舰的速射炮，掩护鱼雷快艇逼近敌舰进行攻击。"八六"海战采取的就是这种战术。

当时我海军的鱼雷快艇主要分为两种型号：P-4级鱼雷快艇和P-6级鱼雷快艇。P-4级鱼雷快艇，以铝合金为艇体，艇长19.3米，宽3.7米，吃水1米，B型艇排水量20.74吨，K型艇排水量21吨，总功率2400马力，最高航速为每小时42海里，配备为2具457毫米鱼雷发射管，鱼雷自重918千克。

P-6级鱼雷快艇属木制艇壳滑行型艇体，长25.4米，宽6.2米，吃水1.24米，满载排水量66.5吨，最高航速为每小时43海里，艇员15人。配备有533毫米鱼雷发射管两具，用来发射53-39型直航鱼雷，艇的首尾各设置1座25毫米双管炮，尾部还可以携带小型深水炸弹。P-6级鱼雷快艇已经装有"秃头"平面搜索雷达一部，其攻击威力和自卫能力比P-4级艇大，艇上的25毫米双管舰炮，可在攻击前压制敌舰火力，攻击后掩护撤退，提高了战斗的灵活性。

在"八六"海战发生时，显然国民党海军的两艘军舰与我方的快艇相比，都是庞然大物。但，我方快艇除了航速快，灵活机动性强，战艇数量也多，能形成密集的火力网。另，在当时还没有导弹的情况下，鱼雷的攻击性，对体形较大的舰船威胁相对是比较大的。再加上我方采取的是"夜战、近战、集群作战"的战术，有群狼围大象的优势。这在后来的海战中创造出的战绩，被周恩来总理称为"小艇打大舰"。毛泽东主席的称赞则更形象，叫"蚂蚁啃骨头"。

脚 印
——人民英雄麦贤得

8月6日凌晨，孔照年命令快艇编队全部停止射击后，让艇队展开战斗队形逐渐近敌，以实施近战集群作战的战术。

这时，"剑门"号和"章江"号正以各种火炮，向孔照年指挥的快艇编队猛烈射击，孔照年率领大家冒着危险，在炮弹激起的"水柱林"中穿行，直到肉眼都看到黑乎乎的敌舰黑影轮廓，在指挥艇上已经清楚地看到敌舰桅杆时，孔照年这才下令各艇一齐炮击。

各护卫艇上的指战员一直高度紧张地憋着一口气，此时听到"开火"的命令，大家一下从紧张状态迅速进入兴奋状态，各艇上的火炮、机枪可以说是"万箭齐发"一齐开火，在海面上形成了一条条扇形火链，呼啸着朝着敌舰飞去。有的炮弹击中了敌舰，就在甲板上爆炸，机枪的子弹在敌舰的钢板上，激起一个一个的火星。

孔照年知道越近对敌舰造成的威胁就越大，因此，他带领快艇编队利用我方快艇航速快和机动性强的有利条件，连续发动了两次突击和抵近射击，明显地压制住了敌舰的炮火，并将"剑门"号和"章江"号冲开了。

此时，"剑门"号上的国民党海军第二巡防舰队司令胡嘉恒，一直窝在指挥塔台里，他是此次来犯的国民党海军中军衔最高也是职务最高的指挥官，据说是蒋介石亲自点名要他来压阵指挥这次行动的。所以，"剑门"号舰长王蕴山一看来了这么多快艇，马上向胡嘉恒司令报告。胡嘉恒命令一边还击，一边向东规避，同时呼叫"章江"号一同规避。

而此时的"章江"号，却被4艘高速护卫艇紧紧咬住了，不能动弹。孔照年根据吴瑞林司令"先打'章江'号"的命令，带领我海军四艘护卫艇紧紧咬住了"章江"号不放。他们从远处冲上来，到距"章

第五章
"八六"海战是如何打起来的

江"号500米处开始与敌舰同向射击,一直打到100米以内已经到了敌舰的眼皮底下了,最近时护卫艇离敌舰只有50米,充分利用敌舰的射击死角,掩护自己攻击敌舰。

"章江"号作为单舰其吨位和火力都比护卫艇强,可这时我方却是四艘护卫艇,每艘护卫艇上有2座61式双联37毫米炮,中部两舷还有2座61式双链25毫米炮,四艘护卫艇一共有16座各式火炮,都在集中火力朝着"章江"号炮击,把"章江"号打得顾此失彼晕头转向,甲板上已经中弹起火。这时,"章江"号知道自己处在极为不利的境况,它拼命顽抗,边还击边后撤,想脱离接触逃走。我海军突击编队的598艇、601艇、611号艇和后来追上来的588艇,加速冲击堵截,紧紧咬住。

战斗打得十分激烈,炮火把整个东山岛以东海域都映红了。由于是深夜,隆隆的炮声,甚至在汕头海湾都能隐隐听见。

孔照年的家刚刚搬到汕头基地,虽然军人四海为家,但作为一个职业军人(孔照年15岁当兵,从一个普通士兵做到海军的副司令,后人生虽有起伏但仍以副兵团干部待遇离职,在北京部队干休所休养,直到2019年2月去世,享年93岁,一生没有离开过部队),他的家基本上妻子在哪儿,家就在那儿。

自从1940年,孔照年走出家乡山东省平阴县刁山坡镇孔集村后,就一直跟随共产党的部队南征北战。没有结婚前,部队就是家;结了婚,所在部队在哪儿,家就安在哪儿。那年他从三亚海军榆林基地调到汕头水警区,熟悉工作一年多后,就把家从三亚搬到了汕头。"八六"海战发生前,刚刚才把家安顿好。8月5日那一天下午他跟妻子说,晚饭不回来吃了,去护卫艇大队和同志们聚餐,可却连招呼都没有打一声,就率领护卫艇大队和鱼雷快艇大队紧急出海了。作为军人的妻子,孔照年的爱人知道丈夫出海迎敌去了，迎敌就是又要打仗了，你能说，她不担心吗？

  我没有查到孔照年是哪一年结婚的资料，但我知道那一年孔照年40岁，在40年当中，从抗日战争到解放战争有差不多10年，孔照年都在枪林弹雨之中，从他身上有那么多的伤疤，妻子就知道丈夫经历过多少战斗多少危险。中华人民共和国成立后，本应解甲归田转业地方，可孔照年却调入新成立的海军，一切从头开始学习，并进入海军军事学院深造，成为一名海军一线的指挥员。他的军人生涯，从原来脚踏大地的陆军，变成驾舰驰骋大海的卫士，战场变成了万里海疆。

  跟了孔照年这么多年，她了解丈夫的个性，知道丈夫有敢于跟敌人刺刀见红的胆量。敢于刺刀见红，就是敢于近身肉搏，近身肉搏就会有更多的危险。所以，作为他的妻子，对丈夫就有着多一份的担心。军人的妻子往往都不能一直在丈夫的身边，她们不能像普通人妻子那样，把心中的那份焦虑唠叨出来，只能在心里默默地担心牵挂。入夜了，水警区基地的宿舍区，变得格外的安静，可那一家家的窗户，不管仍亮着灯和没有亮灯的，都不会像这个夜一样的安静，多少人的心思都在海上。这一夜，孔照年的妻子一直都在屏着呼吸，竖着耳朵，静静地、静静地听着海上的动静，彻夜难眠。

  深夜，静谧，终于被隐隐传过来的炮声打破。

  不知道有多少军人的妻子，神经立即绷紧了，有些窗户刚刚熄灭的灯光又亮了。军人的妻子都是这样，她们虽不在战场上，可她们在牵挂、担心等待中所承受的煎熬，不亚于上了战场。所不同的是，上了战场的战士们，在炮火连天中战斗，在生与死之间奔跑，在你死我活中厮杀，他们红红的眼睛里，只有夺取胜利，所以一般很难记得战斗中的过

第五章
"八六"海战是如何打起来的

程与细节,因为在枪林弹雨中所有的精力,都只会集中在歼敌上。可,在等待中的军人妻子就不同了,在漫漫的长夜里,她们在一点一点地熬着,甚至在心里默默数着炮声的多少,耳朵里响着时钟的"嘀嗒……嘀嗒"的声音,默默地祈祷着丈夫的平安归来。此时一个风吹草动,都会惊动她们,哪怕是风儿吹动着窗棂,月影在窗纸上的移动,不合时宜的猫儿跳过屋檐和孩子们的梦呓,都会惊动她们。她们往往能记住那夜的一些细节,例如,某一个时段炮声最激烈,某一个时段又突然变小了。她们就这样一点一点地伴随着时间,等待着战斗的结束,等待着胜利的消息,等待着丈夫的归来。

那晚,出海迎战的不止孔照年一个干部,因此,在海军汕头水警区基地的干部宿舍区里,彻夜未眠的也远不止孔照年妻子一人。是夜,甚至有人穿衣起床,就站在院子里,踮脚眺望汕头海湾。海湾里平时停满快艇的水警基地码头,现在空空的,再往远看,远处什么也看不见。

麦贤得的家乡饶平,在南澳岛与东山岛之间,比汕头离东山岛要近七八十公里,麦贤得家所在的洪洲湾就是一个面临南海的镇子。所以,从海上传来的隆隆炮声洪洲湾人最早听到,也听得更清晰。敌舰"剑门"号和"章江"号上那个76.2毫米的大口径炮,发出的炮弹爆炸后,使整个洪洲湾都感觉到了震动,不少人在睡梦里被震醒,一些人纷纷走出家门,站在高处眺望着海上。虽然看不到东山岛海域,但是大家心里都明白那儿发生了激烈的海战,因为这些年,蒋介石一直在叫嚣"反攻大陆",饶平也处在东南沿海的前线,老百姓几乎人人都知晓,也几乎人人都参与了备战。

此时,在洪洲湾洪北村丰源巷那间麦贤得家的老屋里,麦贤得的母亲林昉醒了,作为一个渔民的女儿、船民的妻子,海上的风吹草动,她都是最早感知的。虽然林呖并不知道儿子麦贤得就在那场海战中，但林呖自打记事起，就对海特别敏感。父亲是个渔民，一家人靠海生存，也就最怕海上的意外。南海又是个多台风的地方，每年台风季节，每一个渔民人家，哪一家不牵肠挂肚？可台风季节往往从每年的四五月直到10月末，有时到了11月还在刮台风，长达半年多，渔民人家都在担惊受怕中。所以，面对大自然的无奈，渔民们只能求助神灵，于是在东南沿海就有一个充满着母性的神灵——妈祖诞生了。妈祖就是保佑海上安全消灾避难的"护航女神"。

其实敬仰妈祖的林呖不知道，神灵妈祖历史上真有其人，她和林呖还是宗家，都姓林，也是单字名，叫林默，1000多年前诞生于福建莆田湄洲湾的一个小渔村。林默生于官宦人家，自幼聪颖，长大后，矢志不嫁，精研医理，防疫消灾，为乡亲们排难解忧，行善济世，深受民众敬仰。宋太宗雍熙四年（987）九月初九，在一次海上搭救遇险船只时，林默不幸被桅杆击中头部，落水身亡，年仅28岁。人们为了纪念她，在她的家乡建了妈祖庙，至今妈祖神庙遍布东南沿海，目前全世界45个国家和地区，共有上万座从福建湄洲祖庙分灵的妈祖庙，有3亿多人信仰妈祖。20世纪80年代，联合国有关机构授予了妈祖"和平女神"称号。2009年9月30日，妈祖信俗就被联合国教科文组织正式列入人类非物质文化遗产，也成为中国首个信俗类世界文化遗产，可见其在世界的影响之大。

妈祖林默，护佑的是千千万万在海上讨生计的人们，一个渔民的女儿林呖，牵肠挂肚最多的当然是海上她的亲人。

渔民们在海上谋生，留在家中的妻女就在等待着他们平安回来。林呖自小只要父亲一出海，她就跟着母亲求神灵保佑自己的父亲，保佑全家的顶梁柱平安回来。然后和母亲一样望眼欲穿地看着大海，希望看到

第五章
"八六"海战是如何打起来的

父亲所在的渔船帆影。所以,无论中外在海边总有这样形似石头,被人们拟人化地称为"望夫石",那是反映了人的一种期待。千年的"望夫石",千年的期待。在渔民的心目中,对海的感觉是复杂的,一边要从海里讨生活,一边又十分害怕海对亲人的伤害。

成年以后,渔民的女儿林吶嫁了一个船民的丈夫麦阿记,还是离不开对大海的期待,这是一种宿命?丈夫麦阿记长年在海上跑运输,一走有时就是数月,而且没有一点音信。在台风季节,常常是生死未卜,麦阿记的一生不止一次在海上遇险死里逃生,所以才有当儿子麦贤得上钩钓船当上一名船员的时候,他对儿子说的那一段话"有福共享,有难相救"。那段话既是教儿子如何做人,也是教儿子如何逃生。作为一个船民的妻子,林吶从年轻的时候就一直站在海边,对海的深处望眼欲穿,揪心地等待着海平面上出现丈夫的船影。这种感觉,你说是对海的热爱,还是怨艾?林吶说不清。大海给了她生计,养活了她的儿女,她自然对海充满着感激,可大海也让她一直都在为父亲和丈夫担惊受怕,她对海有着敬畏,有时也有怨艾。所以,她敬妈祖,保平安。

林吶一共生了10个孩子,留下了9个,大部分生孩子的时候,丈夫麦阿记都不在身边,麦贤得是出生了二十多天后,麦阿记才匆匆从海上赶回来的。不是麦阿记不想尽丈夫的责任,而是生活所迫,船要出航,不走不行啊,要为了家中那一个个嗷嗷待哺的孩子讨生活。所以,林吶的一生都对海有着一种特别的感觉,有一种特别的敏感,海上一有风浪,她总是最早感受到的。她的心惊肉跳,也是随着海的风浪大小而起伏。因此,她并不热爱大海,她希望家人尽量少经历一些大海的危险。麦阿记每一次在海上遇到的危险,甚至经历生死的考验,哪一次不让林吶心惊肉跳,常常在午夜里眼泪都哭干了。因此,直到麦阿记退休离开了海船以后,林吶那颗心才放下。

可是，儿子麦贤得参军后进入了海军，又投入了大海。虽然，她觉得儿子在部队，那是最有保障的地方，有首长和铁甲军舰，儿子是不会像他阿爸麦阿记那样在海上遇到危险的。但自从儿子当了海军以后，林呖对海又敏感起来了。海上乌云厚了，风浪变大了，林呖都自然而然地想起儿子，都不由自主地把心事放在海上。

这天夜里，林呖就被隐隐的炮声惊醒了，醒了以后，心里就七上八下。虽然，她并不知道儿子出海参战去了，但一种母子连心的下意识，让她整夜无法再入眠。海上的炮声越来越清晰，也越来越激烈，好像离洪洲湾并不远，她再也躺不住了，把睡在一旁的丈夫推醒，让他听听海上的炮声。

麦阿记虽然在海上跑了一辈子，经过许多大风浪，但听到炮声并不太多，他也翻身起床。林呖让他出去看看，虽然她也知道什么都看不见，但她还是让丈夫出去看看。麦阿记披衣出门，看到巷口已经有人站着，大家议论纷纷，却也说不出个所以然来。

麦阿记又回到家中，他觉得打仗那是部队的事，老百姓操心没用。蒋介石翻不了大浪，他倒头又睡了。

但，林呖作为一个母亲，一直放不下心，却也说不出什么来。

天亮了，油盐酱醋，一日三餐，林呖又投入到周而复始的日子当中。

可，就是从这一天开始，日子变了。

林呖怎么也没有想到，第二天太阳升起来的时候，她成了一位英雄的母亲。这位英雄的母亲后来的故事，既让人敬佩，也让人唏嘘。

海上当然充满着危险，战争就是血肉之躯与钢铁火药的搏斗，生命

第五章
"八六"海战是如何打起来的

的危险无处不在,所以,我们反对战争,渴望和平。但,有时候不得不用战争来消灭战争,即所谓以战止战。这看起来像个悖论,却是千百年来,直到今天仍然存在的残酷事实。

无论"剑门"号还是"章江"号,都是大型军舰,都有较强的火力,虽然我们掌握了海战中的主动权,但战场上仍然充满着危险,而危险带来的就会是牺牲。两艘敌舰一直在向我护卫艇开炮,尤其是"章江"号拼死突围,打来的炮弹已经不仅是在海中激起水柱了,而是不停地落在我护卫艇上。

激战中,我601号艇一连中了4发炮弹,有一颗炮弹就落在指挥台上爆炸了,一块弹片打进了年轻的艇长吴广维的头部。吴广维正在指挥射击,嘴里一直在喊着"打、打、打——",弹片击中头部以后,像是被人猛击一拳,身体一侧,一头栽倒在指挥台上。倒在地上的吴广维,嘴里仍然还在喊着"打、打、打……",但声音渐渐地弱了下去,直到闭上了双眼,再也没有起来。年轻的艇长吴广维不幸牺牲了,他应是"八六"海战中的第一位烈士。

这时,正在一旁跟艇实习的中队长王瑞昌,立即接过指挥权,指挥继续战斗。王瑞昌并不是601号艇的干部,他只是在艇上实习,正巧赶上了"八六"海战的发生,立即跟艇出海作战。可他在关键时刻,表现出我海军基层干部的良好素质,及时接过指挥权,使601号艇能够继续坚持战斗。

601号艇上的枪炮兵朱永德,也被弹片击中了,弹片打进了腹部,肠子被打断,流了出来,他没叫一声痛,一手压着伤口,仍然在叫喊着"快……快压弹"。

"章江"号利用这个时机,左冲右突,想加速摆脱"群狼"的围殴,寻找机会逃走。但孔照年指挥各艇紧紧地咬住不放,一个逃,一个追，战斗空前的紧张。炮声中，孔照年的嗓子都喊哑了，他让各艇紧紧地跟着，围着"章江"号群殴，用火力压着它打，绝不能让它跑了。他知道"章江"号是一艘钢铁大舰，仅靠护卫艇的火力很难击沉它，最后还是要靠鱼雷快艇施放鱼雷，但鱼雷快艇的防卫比护卫艇弱，他要保护鱼雷快艇免受敌舰炮火的袭击，让它在关键时刻发挥作用。关键时刻，就是战机，他在寻找战机，让鱼雷快艇有最佳的机会和位置，发射鱼雷击沉"章江"号。在没有找到机会前，护卫艇一直要咬住"章江"号，拖住它，绝不能让它跑了。而此时孔照年手上只有这4艘护卫艇，每一条艇都要发挥作用，每一条艇都要始终保持战斗力，所以谁也不能落后。

可就在这个紧张的时候，一直冲在前面，甚至冲到我快艇编队与敌舰之间，把自己置入危险境地的611号艇，即麦贤得所在的艇，却突然减速了，而且慢得有点不可思议？

发生了什么？！

第六章

⚓

英雄是如何产生的

611号艇是跟随孔照年从汕头军港出海的第一梯队的四艘高速护卫艇之一，它是我国于20世纪60年代初，自行设计建造的第一代高速护卫艇，代号为"062"型。由于最初提出其建造性能指标的会议是在上海召开的，国外称其为"上海"级，后由大连、黄埔、桂江、芜湖等造船厂建造。611号艇就是刚刚建造完成的一艘新出厂的艇，艇长就是那位坚决要求参战的崔福俊。由于艇刚从厂里接回来，艇员大部分是原527号艇的艇员，其他艇员是临出发前才配备齐的，无论是人员，还是设备都还没有经过充分的训练磨合。虽是一艘新艇，但所有参战人员无论是艇长还是战士，无论在哪个岗位上，大家都各司其职，努力配合，表现得非常英勇，到目前为止打得也还顺手，没有出现任何意外。

此刻艇长崔福俊正在指挥台上，执行着孔照年的命令，紧紧地咬着"章江"号，嗓子也喊哑了，两眼一片血红，咬住了"章江"号就是不放。"章江"号在拼命反击，利用舰上的一切火力，炮击我快艇编队，谁离得它近，炮火就朝谁飞来，打来的炮弹在611号艇旁掀起一片冲天水柱，爆炸后的弹片撞击在611号艇钢铁的舰身和甲板上，叮叮当当地响成一遍，威胁着我艇上指战员的生命。我护卫艇充分利用速度上和艇小灵活度大的优势，冒着敌舰的炮火拼命靠近敌舰，从500米、300米、100米朝前冲，因为靠得越近，敌舰的射击死角就越大，对我艇就越有利。但从远处逐渐靠近时，必然有一段对敌舰炮火有利的距离，在这个距离里也是最危险的时候。

在这个时候，"章江"号知道自己的危险越来越近，所以越发疯狂拼命反抗，回击的炮火更加猛烈。就在这时，"咣！咣！"，两发炮弹打到了611号艇的甲板上，爆炸后腾起了巨大的烟雾，弹片四飞，烟雾还未散去，人们发现机电军事长杨映松倒在地上，还没等人们来包扎抢救，满身是血的杨映松已经没有了呼吸，壮烈牺牲了。

艇长崔福俊知道战斗正在关键时刻，不能停止追击，他不让护卫艇减速躲避炮弹，而是加速继续前进。这时，又"咣！咣！咣！"，三发炮弹打来，一发就打在了驾驶台上，两发竟然打进了机舱。驾驶台上的航海兵陈炳仁一头栽倒在地；艇长崔福俊也腿部中弹，血，立即从裤子里渗了出来。可他这时顾不了自己，却感觉到机舱里的轰鸣声突然减弱了，611号艇一下失去了部分动力，速度即刻慢了下来。着急的崔福俊大声对身边的副指导员周桂全喊："周副指导员——，快，快到机舱里去看看，发生了什么事？"

周桂全立即转身，下机舱去了。

顺着舷梯火速下到机舱里的周桂全，发现舱内一片漆黑。原来，刚才打进机舱里的炮弹爆炸后，把发电机给打坏了，机舱里失去了照明。

611号这款"062"型护卫艇，为了保证其高速，一共安装有4部主机，分别设在前后两个机舱。麦贤得是前舱轮机兵，就是负责维护前舱主机的。此时，他正坚守在岗位上。当头两发炮弹落在甲板上爆炸后，

第六章
英雄是如何产生的

后机舱的一部主机停转了。前机舱班长黄汝省见快艇动力在减弱，就拉了拉身边的麦贤得，因机舱轰响声太大，外面炮弹的爆炸声也此起彼伏，讲话听不清，所以黄汝省班长就用手电筒射向后机舱。麦贤得立即明白后机舱一部主机出故障了，班长要他过去看看。麦贤得立即拿起手电筒，穿过一个仅有60厘米宽椭圆形舱洞，到了后机舱，用手电筒一照，看见后机舱班长罗焕文正弯腰在紧张地排除故障，麦贤得赶紧过来协助。正在这时，密集的炮火中，又有两发炮弹落进了机舱，两声巨响，弹片横飞，罗焕文被击中，一头栽倒在地……

爆炸后的一块高温弹片，在机舱里弹跳着，烙铁一样扎进了麦贤得的头部。这块弹片，后来经过医生检查，发现是从右额骨穿进，深入麦贤得的颅内二寸多深，最后插在左侧的额叶上。当即，流出的脑脊液和血，一下就糊住了麦贤得的眼睛，他什么也看不见了，一头倒下，昏迷了过去。

那天下午才刚刚上艇到后机舱当轮机兵的陈文乙，也被弹片擦伤，但伤情较轻，他见班长罗焕文和麦贤得都倒下了，就惊叫一声，但在炮火中谁也听不见。他只得上前扶起罗焕文，摸出一个急救包，包住了罗焕文流血的头，然后将他放在舱板上，又转身去包扎昏迷中的麦贤得。

就在这时，副指导员周桂全沿着舷梯下来了，正在适应着机舱里的黑暗时，陈文乙急忙举起了手电筒。周桂全看到如此惨烈的情景，一句话也说不出，他急忙从陈文乙手中接过急救包，让陈文乙赶快去抢修停转的主机，自己来包扎麦贤得流血不止的头。周桂全对麦贤得比较熟悉，他去年到虎门沙角海军学校接新兵，一眼就喜欢上了这个个子高高的、见人一脸笑的小伙子，并把麦贤得接到了汕头水警区。现在他满头是血地躺在自己的怀中，周桂全眼睛就湿了。

这时麦贤得有了一点意识，他抬起左手吃力地指着机器，但说不出话来，周桂全明白他的意思是要战友们把机器照管好，战斗在继续，主机不能停！

周桂全把麦贤得抱在怀里，激动地说："小麦，要听话，赶快包扎，要服从命令。"麦贤得这才放下双手又昏迷了过去。周桂全随后将包扎好的麦贤得轻轻地放在地上，找了一件军衣给他盖上，同时让陈文乙抓紧修理后机舱机器，自己抓紧就去了前机舱看看情况。

此时，打到前机舱的那颗炮弹爆炸后，一部主机也停了。

副指导员转身离开机舱后不一会儿，麦贤得从昏迷中迷蒙地醒来了，全身上下除了血就是汗，此时他就躺在血与汗水中。为写此书，我查阅了大量的资料，发现很多资料上都忽略记载了一个重要的背景：温度。8月的南海上，就是夜间气温也不低，又在狭窄的机舱里，每一部高速运转的主机都是发烫的，散出来的高温让本来就不怎么通风的机舱闷热无比。前面我在介绍机电兵时，曾经说过水面温度零摄氏度时，运转中的机舱里都会有40摄氏度的高温，可在8月的南海，海面上夜间的温度也会在20摄氏度以上，那么机舱里的温度会有多高呢？没有具体资料记载。采访中，我进过今天的舰艇机舱，就是在今天现代化程度越来越高的导弹快艇的机舱里，仍是十分闷热的。而当年中国的作战快艇条件更差，在有着半年酷热期的华南沿海，艇内更是如同蒸笼。大白天如遇阳光暴晒，弹药仓会出现超高温，这就需要不断地泼水降温以防止引爆。所以说，当兵艰苦。当时战斗中的611号艇机舱的温度，一定不在40摄氏度以下，所以，躺在地上的麦贤得，就是躺在血与汗水中。

醒来的麦贤得，一个轮机兵的职责使命，使他首先感到前机舱主机的轰鸣声好像也减弱了，那里是他的岗位。难道是刚才的炮弹打坏了机器？他感到，舰艇航速明显变慢了。麦贤得艰难地从地上爬起来，他觉

第六章
英雄是如何产生的

得自己不能在这儿躺着,战斗仍然在激烈地进行中,因为炮声仍然隆隆,舰艇需要动力。他要去前机舱,他的岗位在那儿,现在岗位一定需要他。他还想知道爆炸后,他的班长黄汝省受伤没有?他用手支撑起自己沉重的身躯,左手按着身旁的机器,艰难地站了起来,在黑暗的机舱中,摸索着向前机舱走去。头很痛,眼睛睁不开,用手去摸,摸了一手的血。现在的麦贤得不能靠眼睛看路,只能靠对机舱的熟悉,靠自己的双手去摸索,往前机舱一步一步地挪。那双带血的手,在机舱里的机器上、管道上留下一个个血手印。血,还顺着身体往下流,因此随着一个一个踉跄的脚步,也留下一个一个带血的脚印。从这一刻起,那已是英雄的脚印……

以上的情景,都是后来人们记录英雄事迹的时候所忽视的历史细节,就是脑部严重受伤的麦贤得,也只能断断续续地叙述当时的情景。后来通过当年许多战友们的回忆,还有那艘至今还停泊在广州黄埔港的,已退役并留给后代做革命传统教育的611号艇,我努力地收集还原了当时的细节。

生活中的细节,极易被人们忽视,但细节是作家们苦苦追寻的,因为细节是最真实的历史,细节也最能形象地还原现场,让作者与读者一同感受历史。为了真实地记述麦贤得一生的事迹,我在本书创作中,所做的一个重要的努力,就是在一切采访和资料收集中,苦苦地追寻和挖掘历史的细节,还原历史,还原英雄真实的行为和事迹。

日子,当你不赋予它重要意义的时候,它就是一个时间符号。但这一天是你的生日,那就是你生命的起点。在1965年8月6日的那个凌晨,在东南沿海东山岛附近海面的611号艇上,脑部中弹的麦贤得,一步一步地从后机舱挪向前机舱时,这个日子,从某种意义上来说,是麦贤得生命的起点(后来我在采访中,听麦贤得的妻子李玉枝说,麦贤得脑部受伤后，已经记不起自己的生日，家人就在每年的8月6日这一天，为麦贤得庆生）。此时，麦贤得走向前机舱的每一步，也是一个英雄的起点。

其中，我还对一个当时被人们忽视了的细节好奇，就是他在身负重伤的困境中，从后机舱到前机舱时，他那一米七八的高大身躯，在漆黑的机舱里，在严重的脑外伤下，在血和脑浆糊住了眼睛的情况之下，他是如何从后机舱钻过中间那只有40厘米宽、60厘米高的窄窄机舱洞，到达前机舱的？并且——这里的"并且"好像只是一个轻轻的转折词，可在当时的机舱里，麦贤得一定是用生命来演绎的，因为他随时可能倒下，也可能倒下了再也起不来了。

由于专业知识的局限，我也一直没有弄明白，从前机舱到后机舱，为什么只开了那么一个窄窄的舱洞，这并不便于轮机兵的前后通行。后来我想，极有可能是因为舰艇的主机，分别安装在前后机舱里，前后机舱之间有钢板舱壁隔开，只开了窄小的舱洞，大概是为了在战斗中，任何一个机舱进水，防止它流向另一个机舱，这样还有主机在提供动力。

当麦贤得到达前机舱时，前机舱两部主机中的一部在爆炸中停机了，班长黄汝省倒在血泊中昏迷过去了，周桂全副指导员和陈文乙正在帮他包扎。由于炮弹爆炸在狭窄的机舱里，黄汝省当时所在的岗位前没有任何遮挡，无数个炸裂的细小弹片扎进了黄汝省的血肉之躯，黄汝省伤得非常严重。后来在医院的抢救过程中，医生发现，在黄汝省的身上，留下了大小36块弹片，所幸没有打中头部，当时黄汝省已经完全失去了意识。

此时，战斗正在激酣之中，战艇动力减弱，就如同搏斗之中的人，一下没有了气力。作为轮机兵的麦贤得，尽管头部受伤，仍然明白这意

第六章
英雄是如何产生的

味着什么。他必须要尽快找出原因,并排除它,让战艇获得力量,这是一个战士的责任。

为了成为一名优秀的轮机兵,平时在苦练基本功中洒下无数汗水的麦贤得,把机舱主机的性能、结构、线路布局等,都一一刻在脑海里,就是在脑部受到如此严重外伤的情况下,他也能从逐渐减弱的机器轰鸣声中判断出,可能是哪处气阀或油阀的螺丝,被爆炸的气浪震松了,不是漏气就是哪儿漏油,使机器的动力下降。可是,那么多的气阀,那么多的螺丝,那么多的管道,哪一处松动了呢?

这时,机舱里一片漆黑,什么也看不见,虽有手电筒,可血和脑浆又糊住了麦贤得的眼睛,他只能用手去一一摸查。

过硬的基本功,关键时刻发挥出了惊人的能力。麦贤得平时训练时就是蒙住自己的眼睛,在机舱里千百遍地摸探每一个螺丝和阀门的位置,每一条管道的走向和连接,并一一熟记于心的。今天,就是在几十条管道,上千颗螺丝中,他竟然把那颗震松动了的螺丝摸出来了,并且,只用了很短的时间,真的很短。因为,在如此紧张的战斗中,如果时间一长,战机就失去了。战斗中的快艇,迫切需要动力。

麦贤得又在黑暗中找出扳手,把震松了的螺丝拧紧。终于机器的轰鸣声变得有力了,主机在慢慢地恢复它的动力,可麦贤得又从机器虚浮的轰鸣声中,感受到主机制动器坏了,发动机的马力上不来,舰艇就仍然恢复不了高速度。他又用手摸了过去,果然,爆炸的震动使变速箱移位了,就像行驶中的汽车,挂不上高速挡。此时,因流血过多,伤势太重,麦贤得非常虚脱,他已经没有力气再把变速箱复位了,只得将整个身子扑到变速箱上,双手死死地压住杠杆,终于——终于主机有力地震动起来了,战舰迅速恢复了航速,像一匹战马恢复了力气,一下又冲上前去。

高大的麦贤得，就是以这个雕塑般的姿势，扑在变速箱上死死地压住杠杆，一直坚持到战斗结束。

此时驾驶台上的航海兵一声欢呼："艇长，马力恢复了！"崔福俊艇长一阵欣喜，立即下令："全速前进！"

恢复了航速的611号艇，立即向"章江"号扑去，很快就又咬上了"章江"号，而且咬得很紧，咬到最近的距离时都不到50米了。这时，护卫艇几乎都不用瞄准了，艇上所有的枪炮，都猛烈地朝敌舰发射，既紧张又兴奋的枪炮手们，一边开炮，一边连声地喊着"打——打——打——"，嗓子都喊破了。

孔照年立即抓住战机，指挥艇队集中火力，围着"章江"号猛打。护卫艇上的火炮口径不大，但射速快，加之采取了编队齐射，每一艘快艇上的火炮又是双管的，也就是说，一门炮等于两门炮的火力，4艘护卫艇发出的炮弹形成火网，像猛烈的冰雹一齐砸向"章江"号，打得"章江"号上火星四射。

"章江"号左突右拐，怎么也摆脱不了4匹"狼"的撕咬，几分钟后，"章江"号甲板上中弹起火了，冲在前面的611号艇艇长崔福俊已经能看到敌舰甲板上的水兵乱作一团，真的像热锅上的蚂蚁一样，慌乱地四处奔跑，甚至都能听到敌舰上士兵的喊叫声。

但，护卫艇相对于猎潜舰"章江"号来说，毕竟还是小型快艇，其火力再猛，对于"章江"号这个钢铁的大家伙来说，还是无法将其一下子击沉，最终还是需要鱼雷快艇发挥威力。

这时，孔照年命令鱼雷快艇编队抓住时机，找好自己的战斗位置，发射鱼雷，击沉"章江"号。鱼雷快艇编队立即冲上前去，找好角度，开始发射鱼雷。鱼雷不是导弹，没有精准制导，它在水下前行，因水的

第六章
英雄是如何产生的

阻力,其速度更没有炮弹快,受各种因素制约,第一批鱼雷施放后,并没有将"章江"号击中。

孔照年必须马上调整战术,准备第二次进攻。

后来,吴瑞林将军在他的回忆里说:

> 由于这是我舰队的第一次实战,部队情绪十分紧张,第一梯队鱼雷快艇的鱼雷攻击未果,敌"章江"号冒着滚滚浓烟向外海逃窜。经过一个小时的激战,未能将"章江"号打沉。
>
> 情况报到舰队作战室,气氛立刻紧张起来,所有人的目光都集中在我的身上,我略一思索,沉着下达命令:"使用穿甲弹,打敌舰指挥塔和水线以下的部位,要集中火力!坚决击沉它!"

孔照年接到吴瑞林的命令后,正准备调整快艇编队,这时"章江"号首先改变战术了。

敌舰显然也是训练有素的,被护卫艇咬住的"章江"号,知道自己的航速跑不过我方的高速护卫艇,就突然来了一个大转向,鱼死网破地高速向孔照年的护卫艇编队冲来,企图利用大舰吨位大的优势,冲乱孔照年的攻击队形,甚至想利用其舰身大,钢板厚,撞沉我护卫艇。

这时,紧紧咬住"章江"号的601号艇、558号艇和598号艇,赶紧避让。新冲上来的611号艇几乎与"章江"号擦身而过,使它与敌舰突然处于平行状态。这就给611号艇创造了一个机会,因为此刻611号艇前后的三门火炮,都处在了最佳射击角度。艇长崔福俊抓紧这个有利战机,下令:"减速!朝敌舰指挥台开炮!"

瞬间,三门火炮齐发,终于击中了敌舰指挥台,中弹后的敌舰指挥台火光一闪，立即腾起一股浓烟，接着，看见"章江"号指挥台烈火腾空而起，很快熊熊燃烧起来。不一会儿，指挥台竟然烧塌了。这就如同砍去了敌人的脑袋，敌舰失去了指挥，其他快艇乘机冲上来，朝着"章江"号又是一阵猛烈开火，几乎弹无虚发。

孔照年利用这个时机，命令赶上来的鱼雷快艇，迅速找到有利位置，朝"章江"号发射鱼雷。我鱼雷快艇编队，迅速寻找最佳位置，最佳位置就是最好的角度，现在最佳位置当然是"章江"号的两舷，两舷面宽目标大，便于鱼雷命中。护卫艇也配合鱼雷快艇，边掩护，边让出最佳位置，让鱼雷快艇上。

鱼雷快艇迅速找好位置，艇长一声令下"放——"，只见哗的一声，一枚鱼雷像鱼儿一样贴着海面直朝敌舰滑行，又一声"放——"，又一枚鱼雷贴着海面直朝"章江"号而去。不一会儿，只听"咚！咚！"两声巨响，两颗鱼雷命中了"章江"号水线以下的位置，立即爆炸，把敌舰的舰体钢板打穿了，并且在"章江"号内部引起连续的爆炸。大量的海水，涌进了鱼雷重创舰体后形成的大窟窿，进入敌舰，接着"章江"号像泄了气一样开始缓缓下沉。吴瑞林将军之所以命令打水线以下，就是因为打中了水线以下的舰体，海水就会立即涌进去，敌舰必然下沉。

"章江"号，终于在3时33分慢慢地沉没于东山岛东南方向约24海里处，至今仍静静地躺在海底。

击沉"章江"号后，战场上瞬间安静了下来，此时"剑门"号已经不见了踪影，它朝着外海方向逃遁了。按照南海舰队司令部"集中力量打一条"的命令，孔照年已经完成了任务，可是此时他的注意力还在"剑门"号上。他通过无线电与岸上"观通站"联系，了解"剑门"号

第六章
英雄是如何产生的

的位置。岸上"观通站"一直密切追踪着"剑门"号,马上发来信息,告诉孔照年"剑门"号没有走远。孔照年朝远处漆黑的海面望去,虽然什么也看不到,但他知道"剑门"号就在前面,一心想追上去歼灭它。但面对这个比"章江"号还要大一倍多的大家伙,孔照年不得不看看自己余下的战斗力量,6艘鱼雷快艇基本都在击沉"章江"号的战斗中,施放完了携带的鱼雷,没有鱼雷的快艇只有自卫火力,没有攻击的力量,不得不退出战场返航。余下的4艘护卫艇,都有不同程度的损伤,但有3艘还基本保有战斗力。

唯有611号艇,虽然坚持参加完了击沉"章江"号的战斗,并立下战功,但由于前后机舱都中弹,4部主机3部被打坏,受伤人员太多,战斗减员严重,再让它继续参加追击"剑门"号的战斗,已经不可能了。另外,艇上的重伤员也急需要送回母港抢救。孔照年先命令611号艇退出战斗返航。余下的3艘护卫艇,孔照年想乘胜追击,准备率编队去追赶"剑门"号,同时向舰队司令部请求支援。于是,孔照年急忙向南海舰队司令部吴瑞林报告了战况。

正在这时,吴瑞林的命令到达了。

吴瑞林将军在其回忆录中写道:

此时,已是8月6日凌晨,天将破晓。敌舰"剑门"号仍在外海游弋,既不敢前来救援"章江"号,又不敢向台湾逃窜。这一带海域,距台湾较近,敌空军飞机可迅速抵达海战海域上空,将对我参战艇队造成极大的威胁,甚至有全军覆没的危险。

舰队作战室的气氛又一次紧张起来,我站在海图前面,仔细地听取了作战处、情报处以及航保处的关于当前情况的汇报,然后果断地下达了命令："追上去，抓住它！"同时又命令："第二梯队开上去，与第一梯队会合，受海上指挥所指挥，打掉敌'剑门'号。"

这个命令发出后，我立即打电话向海军肖劲光司令报告。肖司令说："照总理的指示办。"

东方欲晓，显出了鱼肚白，李天佑副总参谋长给我打来了电话，说："老吴，天要亮了，是否打下去？"我说："坚决打下去。""准备放鱼雷。"

过两分钟之后，李天佑又来电话："蒋介石已命令4架战斗机从台湾起航，我已令我兴城机场派出8架飞机去掩护你们。"

这时，"剑门"号与"章江"号分开后，并没有走远，一直在西南3海里外转悠观察。当时舰上的国民党海军少将胡嘉恒，一直在犹豫。走，怕回去不好向蒋介石交代；打，又实在害怕我方的鱼雷快艇。还有一个重要的情节，可能已经被人们忘了，即此次蒋介石派胡嘉恒来督战的真正目的，也许是和那几个换了解放军军装的已经乘小艇下海了的国民党特情人员有关，胡嘉恒一直在这一片海域转悠不走，是不是在等待接回这几个特情人员？关于这一点，我下面有专门的章节分析。但此时，"剑门"号被我海军雷达锁定了。

就在这时，南海舰队指挥部的吴瑞林司令给孔照年发来一份电报："继续追歼'剑门'号，另有第二梯队9艘快艇前来支援。"一直在南海舰队司令部里的吴瑞林，知道"章江"号已经被打沉的消息后，决定立即增加力量，将原先准备的预备队4艘高速护卫艇，包括汕头基地做预备队的161号艇和5艘鱼雷快艇，调给孔照年统一指挥，追歼"剑门"号。

第六章
英雄是如何产生的

这正是希望乘胜追击的孔照年所企盼的,他立即组织剩下的战艇高速前进。我方快艇充分利用航速快的优势飞速前进,大家纷纷把航速推到最大,在海面上划出一条条白色浪花,最前面的就是孔照年的指挥艇598号艇。这里需要补充一下,598号艇之所以成为指挥艇,还有一个重要原因,即在各项训练中,它一直表现优异,因此获得了一个光荣称号"海上先锋号"。现在,"海上先锋号"在战场上一直是先锋,表现十分突出,无愧于自己的光荣称号。在指挥艇的带领下,快艇编队虽然只剩下3艘艇,但很快就勇敢地追上了正在那儿犹豫不前的"剑门"号,并且立即死死地咬住不放,实施围攻,拖住"剑门"号,边打边等待着支援大队的到来。

而此时,新的打击力量鱼雷快艇大队的5艘快艇,在鱼雷快艇大队政委刘维焕和副大队长张寿瀛的带领下,正以鱼雷快艇最高航速每小时42海里的速度,飞速地朝东山岛海域战区驰来,在海面上真的像"飞"一样地急驰,有时快艇的船底瞬间都离开了海面,贴着浪花滑行。据当年参加"八六"海战的鱼雷快艇大队的老兵回忆:当时快艇真的有飞起来的感觉。政委动员说:"飞到了,就赶上了。赶不上,一切战功都谈不上。"于是,大家就铆着劲地"飞",指挥台上的操作人员手都攥出汗了,快艇贴着海面高速滑行,飞起的浪花打在战士的脸上,已经不是痛,而是麻了。5艘鱼雷快艇充分体现出自己的速度优势,在黎明即将到来的时刻,像一排巨笔在貌似平静的墨绿色的海面上,划出了一道道十分绚丽的白色浪花。它们像高歌猛进的勇士,朝着那个庞然大物——"剑门"号冲去。

远处已经听到炮声了。

脚　印
——人民英雄麦贤得

此时，孔照年带着598号、588号、601号护卫艇，正与"剑门"号打得难解难分，虽各护卫艇集中火力猛烈炮击，艇上双管37毫米舰炮和双管25毫米舰炮形成了密集的火力网，打得"剑门"号上火星四射，但护卫艇火炮的口径相对比较小，面对着"剑门"号这个1250吨排水量的钢铁大舰，作为小艇的我方火力，无法对"剑门"号进行致命一击，就像打"章江"号一样，没有鱼雷，一时间打不沉它。这时采取的战术就是拖住它，不让它跑了，等待着鱼雷快艇的到来。

而"剑门"号对我护卫艇也无可奈何，因为我方护卫艇都冲到了"剑门"号的跟前，在"剑门"号大炮射程的死角内，"剑门"号上大口径的76.2毫米炮无法发挥作用，四门40毫米炮也几乎在盲射，无法对我高速机动运行中的护卫艇，形成真正的威胁。双方就是这样在海上胶着，只要胶着，就拖住了"剑门"号，这对我方就有利。

护卫艇上的37毫米炮和25毫米炮，比"剑门"号上的炮要小得多，虽然一下无法将"剑门"号打沉，但将敌舰上打得一片狼藉。据后来被俘的"剑门"号舰长王韫山交代，当时护卫艇上火力密集，不时有炮弹打在指挥台附近，坐在指挥台里，只见周边一片噼里啪啦的声音。"剑门"号由于航速远比护卫艇低，因此怎么也脱不了身。

胡嘉恒面如死灰地窝在指挥台里不肯出来，而我方护卫艇火力又集中打指挥台。突然，我方一颗炮弹打进了敌舰的指挥台，爆炸后弹片四飞，胡嘉恒一头栽倒在地，再也没有起来。实际上，台湾国民党海军第二巡防舰队少将司令胡嘉恒，早在我鱼雷快艇击沉"剑门"号前，就已经阵亡了。

正在双方胶着之时，第二梯队的9艘快艇，包括4艘护卫艇、5艘鱼雷快艇及时到达了东山岛附近的战斗区域，一直负责传接通信的海岸"观通站"，立即报告给了孔照年。

第六章
英雄是如何产生的

鱼雷快艇大队政委用无线电向孔照年大声报告:"孔副司令,鱼雷快艇大队向您报到,请求加入战斗。"其他4艘护卫艇,也请求加入战斗。

孔照年见关键时刻支援的快艇到了,特别是鱼雷快艇大队赶到了,太及时了,心里一阵兴奋,他命令道:"各快艇迅速投入战斗,命令各护卫艇把敌舰侧面的有利位置让给鱼雷快艇,以便于鱼雷攻击!"

孔照年让鱼雷快艇大队迅速投入战斗,以免延误战机。正在交火中的各护卫艇让出了"剑门"号侧面的有利攻击位置,将"剑门"号的舰身最大限度地暴露在鱼雷快艇面前,所有参战的护卫艇,都掩护到来的鱼雷快艇,好使它们集中火力施放鱼雷。

此时,由于我方的炮弹击中敌舰指挥台,把敌人的指挥中心给摧毁了,敌舰失去了指挥,舰上一片混乱,反击显然弱了下来。

5时20分,增援来的鱼雷快艇编队冲到离敌舰只有2至3链的距离,也就是说,只有陆地上500米左右的距离,排成一排集中施放鱼雷。只听"嗵——嗵——嗵——",一枚一枚鱼雷像鲛龙入海,贴着海面哗哗哗地直袭"剑门"号的水线。

这时,"剑门"号上的国民党官兵几乎都能肉眼看到,我鱼雷快艇发射的鱼雷,哗哗哗地刺开海面掀着浪花直奔他们而去。"剑门"号上哀号一片,大家抢夺救生圈,像下饺子一样,纷纷往海里跳。

"剑门"号舰长王韫山看到胡嘉恒被炮弹炸死后,正站在燃烧着的指挥台旁边无所适从的时候,扭头一看,我鱼雷快艇施放的鱼雷正朝"剑门"号而来,绝望中,抄起一个救生圈,双手一举熟练地套进了身子,纵身一跳从舰上直落大海。一时间,海面上漂着许多跳海的国民党水兵。

"咚——咚咚——"几声沉闷的爆炸,我鱼雷快艇施放的鱼雷,

101

有3枚命中了目标，"剑门"号受到致命一击，随后舰上的弹药舱被引爆，又发生了一串的连锁爆炸，接着燃起了熊熊大火，舰上冒出浓浓的黑烟。

这次我鱼雷快艇击中的位置都在"剑门"号的水线以下，"剑门"号的船体被炸出了几个大窟窿，海水立即哗哗哗地涌进船舱，接着，开始缓慢地下沉。"剑门"号上还活着的能动的国民党海军官兵们，仍在纷纷跳海，漂在海上的人知道"剑门"号马上要下沉了，包括舰长王蕴山在内怕被下沉的漩涡吸进去，拼死地往外围划，在海面上腾起一片片水花。

国民党海军少将司令胡嘉恒，随着逐渐沉没的"剑门"号葬身海底了。这次我在查找资料时，有资料中说，此时已经沉入海底的"章江"号舰长李准，是胡嘉恒的小舅子。如果此事属实，那么这场海战，胡家就有两人成了蒋介石的牺牲品。

"八六"海战至此取得完全的胜利。

此次战斗，自孔照年率艇队出航，到战斗结束后返回汕头水警区基地，历时12小时45分，与敌舰战斗持续了3小时43分，取得了中华人民共和国成立后人民海军最大的一次海战胜利。我海军官兵牺牲4人，负伤28人，2艘护卫艇和2艘鱼雷快艇受损。

而国民党海军两艘军舰"章江"号和"剑门"号被击沉，敌少将司令胡嘉恒、"章江"号舰长中校李准以及170多人沉入海底，还有现在海面上漂浮着的"剑门"号中校舰长王韫山、中校参谋黄致君等一大片跳海逃生的国民党官兵被俘……

"剑门"号毕竟是一艘千吨级以上的钢铁军舰，它在下沉时，重力在海面上形成了一个巨大的漩涡。海水在旋转中形成一股强大的吸力，

第六章
英雄是如何产生的

将周边海面上的漂浮物,包括"剑门"号上跳到海里逃生的国民党海军官兵,吸进了漩涡里。

588号艇代理艇长戴寿怀在后来的回忆中说,他看到了那个巨大的漩涡就在自己的眼前,像个充满着引力的黑洞,仿佛要把整个舰艇吸进去,他的第一反应就是立即让护卫艇倒车,迅速地退到安全的距离,以防被漩涡吸进去了。孔照年也立即让其他快艇保持安全距离。

人们看到"剑门"号缓缓地沉下去了,当最后那根桅杆也消失在海水中后,海面又复归平静。刚才炮声隆隆、人声鼎沸的战场,一下安静了下来,只有那海水轻轻地拍着我方快艇的船舷,发出似有似无的水花声。

刚才被硝烟熏黑了脸庞,因厮杀而喊哑了嗓子的年轻的官兵们,也都安静了下来,默默地观望着那突然平静得让人不习惯的海面。一位枪炮手怀里还抱着一颗准备压进炮膛里的炮弹,可他知道炮击已经停止了,敌舰已经被打沉了,还需要炮弹吗?他迟疑着,站在那儿发呆。

忽然,人们看见海面上飞来了一群海鸥,它们盘旋在刚才"剑门"号沉下的地方,观察着海面上的那些漂浮物里有没有它们的食物,它们要参与打扫战场?不知道它们晓不晓得,这儿刚刚发生了一场战争,一场你死我活的海战,留在海面上的是战争的遗物。

孔照年深深地松了一口气,但他一直紧绷着的神经,这时也松弛不下来,浑身的肌肉竟然一阵阵酸痛。他知道战场上的炮声已经停止了,可自己的耳朵还一直在轰鸣,他下意识地拉了拉自己的耳垂,想赶走那让人回不到现实中来的、还在耳朵里嗡嗡作响的炮声。他知道直到现在他才可以说,胜利地完成了任务。自从海军军事学院毕业以后,在东南沿海亲眼所见蒋介石海军的不断挑衅,自己作为一个军人,一直憋着一

脚　印
　　——人民英雄麦贤得

股劲，今天终于有机会狠狠地教训了一下不自量力的蒋介石，让台湾付出了惨痛的代价。这个胜利真的是来之不易，是非常值得庆贺的胜利。

当然，作为一个军人，那时他还没有想到这个胜利，惊动了中南海，传遍了全中国，甚至世界。此时，他所想到的就是命令整个快艇编队返航：班师回朝，胜利而归，这是所有出征部队的荣耀。

孔照年明白，东山岛海域离台湾很近，敌人的飞机和舰艇都会在短时间内到达这片海域，尤其是飞机，速度会很快，如果到达，攻击我海面来不及撤退的参战艇队，会造成意外伤害。

当孔照年张开嘴巴准备发出命令时，却发现自己因为一直呼喊，嗓子都哑了，这时，听到一阵阵呼救声。他将头伸出指挥台外，看到了一幅不忍看到的情景：随着"剑门"号的沉入大海，海面复归平静的时候，"剑门"号上那些跳海逃命或落水的官兵，现在星星点点的全都在海面上漂浮着，有的穿有救生衣，有的抱着救生圈，也有的什么也没有，是在舰艇沉没时落水的，现都在扑通扑通地挣扎于海水中，呼救声一片。

虽然十几分钟前双方还是战场上你死我活拼杀的对手，可现在那只是落在海里的生命个体。尽管我方快艇都不大，艇上乘员都有限制，而且每一条艇几乎都有一定的损伤，但现在如果不及时救他们，他们当中的很多人可能会死在海上。尽管担心台湾的飞机随时会来报复，但孔照年还是下达了命令：所有快艇抓紧时间打捞俘虏。

当孔照年带领大家打捞漂落在海面上的俘虏时，南海舰队司令部里的吴瑞林却心急如焚。这时战斗已经完全结束了，我南海舰队取得了喜人的战果，也是中华人民共和国成立以来取得的最大的海战胜利，为什么吴瑞林又心急如焚呢。因为，作为一名身经百战的高级军事指挥员，

第六章
英雄是如何产生的

此时的吴瑞林最大的担心，就是所在海域离台湾太近，蒋介石得知两艘军舰被我击沉后，一定会派飞机和舰艇来报复，而经过激战后的我快艇编队，部分战艇已经受创严重，干部战士因为伤亡有一定的减员，战斗力自然会大幅下降，甚至连弹药都消耗得差不多了，我鱼雷快艇编队所携带的鱼雷，也在攻击"剑门"号的战斗中，消耗完了。所以，这时如果蒋介石从台湾派来无论是飞机还是舰艇，对我快艇编队的威胁太大了。我快艇编队很难承受敌人海上和空中的联合打击，甚至会让战局发生根本的转变。如果，蒋介石派来的飞机和舰艇重创了我快艇编队，那么"八六"海战的结局，就彻底扭转了。

果然，就在这时，总参副总长李天佑给吴瑞林打来电话告知："蒋介石已命令4架战斗机从台湾起飞，我已命令我兴城机场派出8架飞机去掩护你们。"

吴瑞林得知消息后，急令孔照年尽快返航。

天，完全亮了。孔照年的快艇编队用了一个多小时，才把漂浮在海上的所有国民党落水官兵，全部打捞上来了。在打捞上来的俘虏中，包括"剑门"号舰长王韫山和国民党第二巡防舰队的中校参谋黄致君。除此以外，从海里救出或者说俘虏了其他国民党官兵31人。好笑的是，王韫山被救出水的时候，我快艇士兵询问他的身份，他竟然慌乱地说他是少尉，可他身上穿着没有来得及脱掉的中校军服，暴露了他的身份。后来，经国民党俘虏指认他就是舰长。这些国民党俘虏全部被带回了汕头基地，至今还留下了一张珍贵的当年押送俘虏上岸的照片。俘虏中，同样有不少受伤人员，有的伤势还不轻，汕头地方政府专门腾出了一所医院，抢救受伤的国民党官兵。

在采访写作中，我一直有一个想法，如果能找到当年的这些国民党俘虏兵，就可以更清楚地了解到更多当时在"剑门"号和"章江"号上发生的情况。我也关心这些人后来的命运，他们伤势的恢复，他们后来的生活是怎样的？

可后来一个人也没有找到。我以为他们应该经过教育或改造，现在都在大陆生活，一定有不少人还健在。可问了好多人，都说不知道。我在许多资料上都查不到他们的踪迹，心中就一直有一个疑问：他们都到哪儿去了？

此次在我重写此书之际，在查找资料时，从《东方卫视》那两期专题片上看到了一些蛛丝马迹。有研究"八六"海战的军事专家说，这些被俘的国民党官兵，经过一段时间的治疗后，最后尊重他们的意愿，全部通过海上遣返回了台湾。我突然想起，现在有一些零零星星的国民党老兵回忆"八六"海战的资料，恐怕都是这些被遣送回台湾的老兵，在台湾留下的有关当年"八六"海战的珍贵回忆资料。

当然，包括胡嘉恒、李准等国民党中高级军官在内170多人的国民党官兵，随着军舰一起沉没在东山岛海底，如今国民党在台湾失去了执政权，获得了执政权的民进党拼命打压他们，因此在台湾，除了他们的家人，恐怕很少有人再会想起这些官兵们了。"剑门"号和"章江"号这两条由美国送给台湾的军舰，当初的美国一定是想让它们给共产党执政的大陆制造一些麻烦，结果它们却至今仍静静地躺在东山岛附近的海底。

所以，我们希望台海和平，渴望早一天祖国和平统一。

另外，当年被蒋介石撤职的替罪羊国民党海军总司令刘广凯，在蒋介石死后，也写了回忆录，对"八六"海战留下了他的回忆资料。这也从另一个方面，披露了一些"八六"海战台湾方面的内幕，对于今天的

第六章
英雄是如何产生的

研究者来说,包括我这个书写者,也是珍贵的资料。

还有一个疑问,孔照年他们在东山岛海域打捞了一个多小时的俘虏,台湾方面的飞机和舰艇,尤其是飞机,怎么就一直没有到呢?

根据台湾解密后的资料,"八六"海战结束后,蒋介石不仅派来了飞机,还派来了军舰,赶来营救的国民党空军和舰艇到达现场时,见到的只有漂浮在海面上的两舰碎片和油污,我海军的高速护卫艇和鱼雷快艇编队,由孔照年带领着已经胜利返航汕头了。

可见他们来晚了,可为什么?为什么会来得这么晚?

据台湾方面的资料称,"八六"海战当时逃回台湾的只有5人,至于这5人是不是由赶来营救的舰艇救回的,没有具体资料说明。

这时,我猛然想起了一件事,即那几个穿了解放军军服乘小艇下海的情报人员,他们到哪里去了?

我感觉,有一个被研究者和记录者都忽视了的情节,但十分重要,也是"八六"海战最神秘的地方,即"剑门"号和"章江"号这次出海到底执行的是什么任务?据后来回到台湾的国民党老兵回忆,在东山岛海域从"剑门"号上放下的小艇上,那几个穿了解放军制服的特情人员,他们后来到哪儿去了?战斗打响后,运载他们到东山岛海域的两艘军舰,后来都被击沉了,那么他们将怎样返回台湾呢?他们潜伏到大陆了吗?

根据种种资料显示,当时这班特情人员的任务,并不是潜伏大陆。否则"剑门"号和"章江"号,放下他们以后早就离去了。当"章江"号被孔照年的快艇编队咬住以后,已经逃出危险区域的"剑门"号为什么停在不太远的地方不走,但也没有前来增援"章江"号,让吨位和火力均小于"剑门"号的"章江"号和孔照年他们单打独斗?有人提供了

脚 印
——人民英雄麦贤得

一个信息，说"章江"号舰长李准是胡嘉恒的小舅子，所以胡嘉恒在不远处等待着自己的小舅子突围。也有一些研究者和记录者，都说"剑门"号没走，是在等待"章江"号。

我觉得，胡嘉恒这一次是蒋介石亲自指定前来为这次行动压阵的，可见这次行动的重要性。据"剑门"号舰长王韫山被俘后交代，胡嘉恒上舰后，一直都窝在指挥台里始终没有出来，可见他高度关注着这次行动。"章江"号遇上危险，他再想搞连襟关系，也不敢冒这么大的风险，使自己的行动失常，因为，蒋介石随时会撤他的职。同时，这也有点违背军事常识，"剑门"号是旗舰，火力和战斗力都应该比"章江"号强，此时它要么加入战斗，支援"章江"号，要么迅速脱离战场，驶离危险区域。为什么"剑门"号脱离了战斗，还留在危险区域、等在那儿，最后让孔照年收拾了"章江"号后，又在吴瑞林的指挥下，率增援鱼雷快艇追上了"剑门"号，并且把它打沉了。"剑门"号孤单的一艘军舰，虽然其吨位大，但航速只有18节，面对速度比它快近一倍的我方鱼雷快艇群30节左右的航速，等在那儿不是在等死吗？

这是一个有点诡异的行为，而当时任国民党海军第二巡防舰队司令的胡嘉恒，就是因为没有迅速离开而葬身大海，是他的指挥错误，因而自食其果？还是另有连海军司令刘广凯都不知情的原因？

从一个人们忽视的资料中，我也许看到了诡异的原因，即海战结束后，当时，孔照年率领的快艇编队，为了打捞国民党落水俘虏，在现场坚持了一个多小时，一定是基本把海面上的国民党士兵都打捞完了。而且当时是凌晨了，天已经亮了，海面上不像陆地还有可躲藏的地方，海面上是一目了然的，而且这些国民党水兵落水后，都不可能游得太远，可当时台湾方面宣称，有5人返回了台湾。这5个人又怎么会躲过了孔照年他们的快艇编队，一直等到姗姗来迟的国民党海军舰艇搭救他们？

第六章
英雄是如何产生的

这5名士兵也不可能游回台湾,因为从东山岛海域游回台湾差不多有近100海里,人的体力几乎是不可能的。可是,从国民党公开的档案中,确实有5人回了台湾。

后来,我突然想到,这5人会不会是那小艇上放下来的国民党特情人员,而在东山岛海域没有走的"剑门"号,不是在等待"章江"号,而是在等待这批特情人员回来,这就是胡嘉恒他们没有走的原因。

可,当国民党两舰被打沉后,这批特情人员也无法回去了,但是他们有小艇,也一定有联系设备和方式。后来台湾派来了救援的舰艇,他们极有可能和救援的舰艇联系上,然后被接回去了。由于,任务十分保密,又遭此惨败,也不可能对外公开了。后来,随着"反攻大陆"计划《国光计划》文件的公开,这些细节才随着当年老人的回忆而一点一点地被披露出来。

历史,常常不愿敞露真相。

吴瑞林将军在他的回忆录中写道:

> 这次海战,对盘踞在台湾的蒋介石集团产生了巨大的震动,据国民党的《中央日报》报道,此次海战,国民党海军伤亡整整两艘军舰数百名官兵,逃回台湾的仅仅只有5名,还是伤痕累累,狼狈不堪。蒋介石极为震怒,在8月30日即下令撤掉其所谓的海军总司令刘广凯。
>
> 这次海战,在世界范围内引起了巨大的反响,8月7日,美联社即发出报道:"美联社东京六日电 中共海军渔船护航舰队,近日在中国东南海前线击沉两艘中华民国猎潜舰。"
>
> 在英国统治下的香港的《星岛日报》8月7日头版头条大字报

道:"金门以南发生海战,国军两炮舰遭中共舰艇围攻,共方宣称击沉两猎潜舰"。

日本、英国等国的报纸都迅速报道了此次海战的消息,并发表了相应的评论,认为中国海军正在逐步取得近海的制海权和制空权。

吴瑞林将军在其后来的回忆文章中写道:

北京中南海,毛主席接到战报后,心绪起伏,遥望南天:"从太平天国、甲午战争以来,我们都是在海上挨打,都是丧权辱国。这次我们打掉敌人的两条军舰,为国争光,打了翻身仗,是建国以来第一次海战的重大胜利。"

毛主席提出:"'八·六海战'要公开发表。"

毛主席这样讲了,就震动了全国,对国外震动也很大。

8月12日上午,在汕头地委礼堂召开庆功表模大会。

参加这次盛会的主要是,参加这次战斗的有功部队、舰队、水警区及汕头地市委机关干部及工作人员;广东省委和省府、福建省委和省府的负责领导同志;广东省副省长李嘉人,广东省副省长魏今非,共青团中央书记处候补书记胡启立,41军军长江燮元,42军政委陈德,福建漳州地区代表和汕头地委书记罗天、专员邹瑜。

此外,还有舰队、各编队的代表,新华社、人民日报的记者和各地各省各军区的分社都派出了记者,纷纷云集,前来采访。总计有1000余人。会议由我主持并致开幕词。

庆功会之后,我们向党中央、中央军委送上"八六"海战的总结报告。

第六章
英雄是如何产生的

报告经中央军委报到毛主席,毛主席将报告看得很仔细,画了很多杠杠,甚至在一些地方画了双杠杠。主席阅后,在报告上欣然批示:"仗打的好,电报也写的好。"

此后,舰队英模代表团前往北京,受到了毛主席、周总理的亲切接见,中央领导对"八六"海战做了高度的评价,英模代表载誉返回,极大地鼓舞了舰队官兵的士气,我们都做好了再次打仗的准备,准备迎击蒋介石的军舰。

但蒋介石派出的军舰知难而退,没有敢来。

我还有一个疑问:"八六"海战发生时,东山岛海域离台湾只有100海里左右,而当时无论是在南海舰队司令部里的吴瑞林将军,还是在北京的总参副总参谋长李天佑将军,都非常担心蒋介石会派舰艇和飞机来报复,特别是飞机,从台湾起飞很快就可以到达东山岛海域,而实际上,后来台湾派来的飞机当时都到了汕头上空。这时候,连因中弹主机受损严重的麦贤得所在的611号艇,都已经回到了汕头水警区基地港口。为什么台湾的飞机来得那么晚,让孔照年已经打扫完战场,捞完俘虏,从容地离去。

关于这一点,我在本书快要完稿时,又找到一些较为重要的资料,不仅回答了我的疑问,还清楚地说明了当时"剑门"号和"章江"号到东山岛海域真正的秘密任务。

在台湾,"八六"海战解密后,台湾的"国防部"公开尘封近半世纪的最高机密文件《国光计划》,台湾"国防部"访谈了17位当年参与"国光计划"的退役将领,编写完成《国光计划口述历史》一书,公布了所谓"反攻大陆"的秘密。走访的这些当年参与制订《国光计划》的当事人中，就包括已经90多岁的"国光计划作业室"主任朱元琮，当年他是国民党军的中将。这些亲历者的回忆，后来陆续登载在台湾的一些报纸上，主要是《联合报》和《联合晚报》。

2006年3月27日，台湾的《联合晚报》第4版《焦点话题》栏目登了一条新闻，标题是《国光计划秘辛　八·六海战，空军忘了支援》，这条新闻解开了我的"为什么国民党空军来得那么迟"的疑问。

> 1965年的"八六"海战，空军未出动战机支援，居然是因为空军忘记了。
>
> 徐学海是海军中将退伍，他在"国防部"出版的《国光计划口述历史》中透露，1965年8月6日的"八六"海战发生前，他曾亲自将海军出动"章江""剑门"军舰的作战计划，交给空军"擎天作业"室，但是他们忘了再交给空军作战司令部，等申请空援时，空军完全不知道有这项作战，他还与空军吵了一架，空军才派出飞机。等战机到汕头海域，只见漂流物，我军舰全不见。

也是在这份所谓《国光计划口述历史》中，由当年的"国光计划作业室"主任朱元琮透露出"剑门"号和"章江"号到达东山岛海域的真正秘密任务。这个信息登在2009年4月20日的台湾《联合报》第4版上。

据朱元琮说："八月六日，海军'剑门''章江'军舰执行'海啸一号'任务，运送特战人员在大陆沿海侦测登陆作战所需情报，却遭中共鱼雷艇伏击沉没，殉难官兵近二百人。"这是第一次由当年的内部核心人员透露"剑门"号和"章江"号的秘密任务，也解释清楚了为什么"剑门"号留在东山岛海域不走的原因。

第六章
英雄是如何产生的

"八六"海战的惨败，使蒋介石闻讯后大发雷霆，据说当时把电话都摔了。紧接着"八六"海战的伤口尚未抚平，"乌丘海战"的大败又接踵而至。

台湾方面称为"乌丘海战"，而我方称为"崇武以东海战"，是在"八六"海战发生三个月后的1965年11月13日夜间至14日晨，由我海军东海舰队一部与国民党海军军舰在福建省惠安县崇武以东海面进行的一场海战，也是我海军与退守台湾的国民党海军在1965年进行的第3次海战，这一次又是人民海军充分发挥了"小艇打大舰"的成功战例。周恩来总理亲自参与了指挥。

崇武以东，指的是福建省泉州市惠安县东南的一片海域，这里处于台湾海峡的中段，隔海相望的就是台湾的台中市，比东山岛离台湾更近。崇武，取自"崇尚武备"之意，最有名的是它的古城，当年建设这座古城就是为了战备。它至今保存完好，是中国现存最完整的丁字形石砌古城。乌丘，位于福建省湄洲湾外海，崇武古城的北边，台湾金门岛与连江县的中心点，辖区由乌丘屿组成，与湄洲岛相隔仅18海里，而湄洲岛距大陆仅有1.82海里。乌丘，原属福建省莆田县，实际自1949年以后由台湾当局控制，于1954年设乌丘乡，并改由金门县"代管"至今。全乡面积仅1.1平方公里，是台湾面积最小的乡镇。

1965年11月12日，国民党海军"临淮"号（原"永昌"号）护航炮舰离开左营军港到了澎湖列岛的马公。1965年11月13日13时20分，国民党海军南区巡逻支队旗舰、大型猎潜舰 "山海"号（原"永泰"号）率护航炮舰 "临淮"号，又由马公隐蔽出航，驶往乌丘。当时，位于崇武北侧的乌丘岛由国民党军控制。国民党海军的"山海"号也是一艘猎潜舰，舰号62，1942年下水，排水量640吨，全载903吨，比"剑门"号略小，比"章江"号大，装有2门76毫米炮，3门40毫米炮，6门20毫

113

米炮。"临淮"号护航炮舰：舰号61，1944年下水，排水量650吨，全载945吨，装有2门76毫米炮，2门40毫米炮，6门20毫米炮。这两艘舰艇原称"永泰"号和"永昌"号。1965年1月初，国民党海军将"永泰"号改称"山海"号，将"永昌"号改称"临淮"号，而我大陆不少资料上仍沿用其旧称，有时容易产生混淆。此处，我统一为其改称后的名称："山海"号和"临淮"号。

两舰虽然隐蔽出航，但一进入解放军东海舰队大雾山"观通站"的雷达最大探测距离内，就被大雾山"观通站"发现了。大雾山"观通站"立即向东海舰队司令部报告，然后密切地跟踪着这两艘台湾舰艇。

我海军东海舰队福建基地获悉后，决定将作战海区选在乌丘正南8海里附近，以护卫艇6艘和鱼雷艇6艘组成突击编队，由海坛水警区副司令员魏垣武担任编队指挥员。为保障作战部队侧翼安全，防止金门敌舰前来支援，护卫艇第31大队4艘护卫艇进至崇武东南15海里处，担任警戒和海上救援。护卫艇第29大队3艘护卫艇驶至西洋岛以东海域实施佯动，以钳制东边的敌舰。海上编队于21时25分由娘宫起航，22时10分到达东月屿。各艇群行驶途中雷达不开机，保持无线电静默，严格灯火管制，以单纵队航行，舰艇之间保持目视距离，以防止有艇掉队，航速24节。

23时14分，编队指挥艇在距离自己10.5海里处，发现了国民党海军的"临淮"号和"山海"号，正在向乌丘航行。23时33分，护卫艇群距"临淮"号和"山海"号0.5海里时，编队指挥员魏垣武下令集中火力攻击前面的"临淮"号，国民党两舰随即还击。交战时，我573号指挥艇和576号预备指挥艇先后中弹。573号艇驾驶台中弹2发，护卫艇第31大队副大队长李金华和中队指导员苏同锦当即牺牲，魏垣武以下7人负

第六章
英雄是如何产生的

伤,罗经被打坏。罗经是测定方向的仪器,用于确定航向和观测物标方位,罗经被打坏后,护卫艇向左转向。大队参谋刘松涛头部负伤、右臂骨折和食指被打断,仍然挺身而出代替操艇,直至返航。魏垣武负重伤后仍坚持指挥护卫艇编队向敌舰射击。国民党军舰遭打击后,"山海"号即转向规避远离,向乌丘方向逃窜。"临淮"号边规避边射击。

23时36分,由于双方处于相对运动中,速度又快,国民党军舰逃离了我海军艇队的射程以外,我海军护卫艇编队火力很快与国民党军舰失去了接触,也就是说我们护卫艇打出去的炮弹够不着敌舰了。编队指挥员立即下令停止射击,并下令召唤鱼雷快艇进行攻击。

鱼雷快艇编队接到攻击命令信号后,即以第二组131号艇、152号艇向"临淮"号攻击。"临淮"号继续南逃。鱼雷快艇编队指挥员、支队副参谋长张逸民冒着国民党军舰的炮火,率领第一组132号艇、124号艇和第三组145号艇、126号艇4艘高速鱼雷快艇追击"临淮"号。14日0时21分,鱼雷快艇编队抵近"临淮"号至10链距离时,即展开两舷攻击。0时30分,第三组145号艇接近到敌舰左舷90~100度、距离已经到了4链时,艇组指挥员下令:"单艇攻击!"145号艇冒着国民党军舰的密集炮火,逼近到300米的距离上发射了2枚鱼雷,其中1枚鱼雷击中了"临淮"号舰尾部,打坏了敌舰的螺旋桨,"临淮"号当即失去了动力,开始下沉。人们看到"临淮"号舰首翘起,逐渐沉没,便转向撤离。1时06分,"临淮"号沉没于乌丘以南15.5海里处。突击快艇编队捕捞了9名俘虏后,于3时05分奉令返航。

"山海"号逃至乌丘后,依托岛上炮火掩护,多次盲目射击,企图支援"临淮"号。乌丘屿上的陆地炮火曾7次盲目射击。战斗中有国民党飞机4批8架临空支援,但未得逞。

此次海战,从我海军快艇编队开火,至"临淮"号沉没,历时1

小时33分。击沉国民党海军"临淮"号、击伤"山海"号，俘敌9名。"临淮"号舰长陈德奎以下14人被后来赶到的美国驱逐舰救起外，其余80余人全部丧生。战斗中，我海军指战员牺牲2人，伤17人，这是继"八六"海战胜利之后，人民海军取得的又一次重大胜利。

先前因"八六"海战的失利，暴露出当时国民党海军诸多作战准备与协调的问题，重挫了蒋介石"反攻大陆"的决心。随后崇武以东海战失利，再度印证大陆军事力量日渐稳固，国民党海军连台湾海峡的制海权都逐渐丧失。崇武以东海战后，年过八十的蒋介石对于"反攻大陆"逐渐死心，于是此后"国光计划"逐年缩减，最终于1972年裁撤。

至此，国民党海军受到我人民海军的重创，海上优势荡然无存。而这两次海战对蒋介石的打击也是致命的，年迈的蒋介石再也没有"反攻大陆"的信心和勇气，开始逐步放弃"自力主动反攻"战略，调整为"攻守兼备""待机反共"的策略。

"八六"海战和"崇武以东海战"对于当年的台湾局势影响很大，国民党方面在海上的窜犯基本就停止了。后来"反攻大陆"口号变成了"防卫台澎金马"。

据已经公开的部分蒋介石日记，在"八六"海战结束不久，蒋介石在日记中写道："这次反攻在即之际，忽遇此不测之事，不仅海军士气无法维持，三军旺盛士气亦将为此动摇，此后果影响之大也，奈何！"

在这样的情势下，"国光计划"开始慢慢淡出台湾的视野。

蒋介石完全放弃"反攻大陆"的《国光计划》还有一个原因，20世纪50年代，美国虽然与台湾签订了《共同防御条约》，在台湾驻有军事顾问团，美海军的航空母舰在台湾海峡游弋，并且给了台湾大量的军援

第六章
英雄是如何产生的

装备物资（当然有些是其二战后退役下来的武器），帮助训练国民党军队。但是，美国出于自身战略利益的考量，始终把台湾当作手中的一张牌，虽然1953年1月艾森豪威尔上台后，公开鼓励台湾国民党军袭击大陆，但是后来特别是通过朝鲜战争与我志愿军的较量，知道共产党的军队并不是好惹的，他们也担心蒋介石把美国拖进战争的泥淖，所以后来他们并不支持蒋介石"反攻大陆"，认为国民党"反攻大陆"不仅不可能成功，反而可能因此丧失台湾这块基地。台湾丧失了，美国人手上就少了一张牌，从战略上看，对于美国是不利的。到后来他们已经是极力反对蒋介石的所谓"反攻大陆"计划，并始终提防着蒋介石的行动。

因此，蒋介石与美国面和心不和，对美国全面封锁"国光计划"制定的任何信息。为了掩盖"国光计划"，蒋介石还指派专人另外搞了一个台美联合的"反攻大陆"的"巨光计划"。据说其规模像诺曼底登陆，这完全是糊弄美国人，骗取美国军援。

1966年2月，"国光计划作业室"更名为"作战计划室"，改由作战次长督导，编制仍为四处一室，但将原"巨光作业室"改编为"作战计划室"的第二处，将原来第二处敌后作战业务并入第一处，而原业务管制则移入第四处，工作人员额定军官48人，士官3人，但副主任减为3位。

1967年10月20日，为配合台"国防部"的精简政策，该机构工作人员减至36人。1967年12月1日，为加强保密工作，减少参与攻势计划的作业人员，"作战计划室"大幅缩减下级单位人员编制，由原来的207人缩减为105人。蒋介石听取简报的次数也大为缩减，1970年以后，蒋介石再未听取过汇报。

1972年7月20日，"国光计划作业室"被彻底裁撤，并入台"国防部"作战次长室，存在长达十几年的"反攻大陆"的"国光计划"亦被束之高阁。

至此，自1961年4月1日，在台北县三峡山区设置"国光计划作业室"，由朱元琮担任主任，研拟"三军"联合反攻作战计划以来，10年间，"国光计划作业室"提出了5类26项作战计划，214个参谋研究案；计划都详细拟到了师一级的任务层级，前后向蒋介石汇报97次。

1963年5月2日，蒋介石甚至指示参谋研拟如何炮击大陆3、4天，诱发大陆炮战，再向世界宣布"大陆挑衅"，作为行动借口。但5月30日台军方参谋提出"难以执行"的看法，蒋介石几经考虑，采纳了这位参谋的意见。

"国光计划"在1965年达到最高潮。1965年6月17日，蒋介石在陆军官校召集军队基层干部会议，以"官校历史检讨会"的名义发表讲话，预备发动"反攻大陆"。

紧接着，于1965年8月5日派出"剑门"号和"章江"号两舰，送特情人员到东山岛海域下海，就是在刺探登陆区域情报，为发动"反攻大陆计划"做前期准备。没有想到，这次行动的惨败和后来紧接着发生的"乌丘海战"的惨败，与"国光计划"由盛转衰，密切相关。台海军接连失败，而且输得很惨，让蒋介石逐渐死心，反攻梦醒，"国光计划"规模逐年缩减。

再加上后勤补给不足，美方持续施压反对，终于于1972年7月20日，《国光计划》正式终止，被束之高阁，列为绝密档案密封。

非常有意思的是，这个花费了蒋介石十年心血后被密封的《国光计划》，包括当年"国光计划作业室"的办公之地，后来被台湾地方政府

第六章
英雄是如何产生的

桃园县，列为旅游资源，对外开放了。从我寻找到的资料中，我看到这样一条报道，同样是登在台湾的2009年4月20日《联合报》A4版上：

> 五十年前"国军"秘密拟定"反攻大陆"的《国光计划》手稿，即将在桃园后慈湖曝光。五月一日起，桃园县政府将在老蒋时代的后慈湖战备办公室，展示包括"国光计划""黑猫中队"等纸本，游客可了解当年蒋介石如何计划"反攻大陆"。
>
> 桃园县政府与"国防部"整修半年后，当年国光计划"元首"进驻的五个战备指挥所，将改为不同主题的展览馆。一号馆将展示蒋介石亲笔批示的《乌丘海战检讨报告》。

虽然我去过台湾，也去过桃园，但那时这个"国光计划展览馆"还没有建成，如果有机会，我一定去看一看这个展览，看一看蒋介石当年花了那样大的心血和气力所拟订的"反攻大陆"计划是如何的不自量力。去看一看，当年为了蒋介石这个连美国人都觉得根本不可能实现的所谓"反攻大陆"计划，而充当了炮灰、失去了生命的那些国民党士兵们，在这个展览馆里有没有记载？更想看一看，"八六"海战国民党方面的背景和记录，以完善我对英雄的书写。

当年蒋介石精心准备十年的"反攻大陆"的"国光计划"，如今变成了台湾的旅游观光资源，这就是历史，这个历史比战争好。

如今审视蒋介石精心准备的《国光计划》，就可以看出其注定要失败的结果。

虽然台湾当局将"国光计划"形容为"最完备的反攻准备"，但是仔细检视该计划，似乎并不是国民党形容的那样完美，其中很多的因素，注定了"国光计划"不可能成功。

在台湾有研究"国光计划"的学者，总结出如下几条：

第一，两岸实力的差距程度决定了国民党"反攻大陆"不能成功。时任台湾"副总统"的陈诚坦承，当时台湾的"国力"只能支持初期登陆作战，登陆作战后便要以战养战，即以3个月的准备，打6个月的仗。"国光计划作业室"主任朱元琮中将认为，这"实难做到"。

第二，《国光计划》的保而不密，致使大陆对国民党军队的行动了如指掌。虽然国民党当局将《国光计划》列为最高机密，但是，据后来担任"海军司令"的国民党海军上将叶昌桐回忆说，当时一位负责保密防护的官员告诉他，才刚刚开完会简报的案子，第二天大陆就通过广播公开了。叶昌桐也认为，泄密到这种程度，登陆上岸的部队就形同瓮中之鳖了，这个仗根本不能打。还发生过对于台湾是不可思议的事情，著名的台湾空军"黑猫中队"飞行员，在飞赴大陆上空进行侦察任务时，竟然能听到自己在大陆的父亲在广播里喊话的声音。

第三，国民党对美援的过度依赖，严重掣肘该计划的实施。时任"国光计划"内"光明作业室"主任的王河肃承认，"若无美国的武器装备和经济支援，以当时台湾的能力与大陆对抗，其成功率为几，不难获知"。而时任"启明作业室"主任的吴文义少将指出，"在作业期间最感困难的事，是计划所用兵力后，支援作战的能力感到不足"。在突击登陆时，所需的登陆小艇如登陆运输车等，多数不能满足突击登陆需要，而美国为了阻止蒋介石"反攻大陆"，刻意不向台当局提供这些装备。

所以，台湾军方内部不少人都知道，"国光计划"无法实现。这些人多年后，都出来说了实话，可当年在蒋介石面前，没有多少人敢讲真话。

第六章
英雄是如何产生的

半个多世纪的烽火硝烟已经一扫而过。回首两岸历史，深感和平的宝贵和时间的轮回。当前，两岸关系应迈入和平发展的轨道，两岸理应珍惜和平发展的机遇，通过建立互信、加强交流来发展来之不易的和平形势。

第七章

与死神的毫厘之差

现在，让我们再回到1965年8月6日的凌晨，回到"八六"海战还未完全结束的那个黎明到来前的时刻，回到福建东山岛的那片海域，因为，脑部中弹的麦贤得和他所在受损严重的611号艇，还在海上。

我们把目光重新聚焦到611号艇上，再次进入那个窄小的机舱，因为脑浆溢出的麦贤得，还在他的岗位上。

611号护卫艇在击沉敌舰"章江"号的战斗中，一共中了17发炮弹，舰艇人员伤亡很大，当大家还在目睹着燃起熊熊烈火而缓缓下沉的"章江"号时，周桂全副指导员神色凝重地从机舱里爬了上来，向崔福俊报告说："艇长，轮机班人员受伤严重，前后舱班长和战士麦贤得都负了重伤，现在只剩下一名机电兵还在岗位上，三部主机受损。崔福俊艇长听说后，让周桂全副指导员留在驾驶台上，自己立即转身下到机舱里去查看。

机舱里仍是一片黑暗，崔福俊拿着一个手电筒照射着，一步一步往前走。在前机舱看到了大队参谋长王云鉴和机电业务长李光宗，正在抢修已经停车的一部主机，就先朝后机舱走去。

第七章
与死神的毫厘之差

穿过那狭小的舱洞，崔福俊不禁大吃一惊：机舱在打进的炮弹爆炸后，到处都是弹痕，后机舱班长罗焕文躺在地上，头上包着的纱布全是血。他上前一看，在手电筒的光照下，罗焕文看到艇长来了，嘴巴翕动着，像是要说什么，但又没说出来。崔福俊上前握着他的手，说："躺着，躺着。我们胜利了。"然后将那件军衣往上拉了拉，把罗焕文盖好。后机舱轮机兵陈文乙也在抢修机器，崔福俊隔着机器对陈文乙大声说："照顾好你们班长。"又向前机舱钻去。

在前机舱的一个角落里，他看到了地上躺着的班长黄汝省，黄汝省比罗焕文伤得更重，衣服被弹片打得支离破碎的，浑身上下都是血，躺在那儿一动也不动，陷入了昏迷之中。崔福俊急忙上前蹲下摸了摸黄汝省的鼻子，还有呼吸，他将黄汝省的头扶正，拿了一件工作服垫上，以让他呼吸通畅一点。这时，他抬起头来，问："麦贤得呢？小麦呢——"

崔福俊用手电在机舱里寻找，在另一部仍在轰鸣着的主机操纵台上，他看到了一个高大的战士，血人一般的站在那儿。头上包扎着的绷带已经被鲜血浸透，殷红的血从绷带里渗透出来，顺着额头、眼睛、鼻子、面庞、脖子往下流，流出的血已经凝固了，糊住了他的眼睛，使他睁不开。此时，他双目紧闭，是那样的专注、那样的认真、那样的一丝不苟，整个身子顶着变速箱，双手紧握着杠杆，保证了主机的运转。

英勇的战士麦贤得，在那一刻静止成了一个永恒的画面。

崔福俊眼睛湿润了，他上前轻轻地拍了拍麦贤得的肩膀，大声喊道："小麦，小麦——伤得重吗？战斗结束了，敌舰被我们打沉了，我们胜利了，你休息一会儿吧！"

麦贤得没有反应，仍然保持着他那坚守岗位的姿势。

这时，一直在紧张地忙着修理机器的陈文乙也跑了过来，他一把将自己这位在海军学校的同宿舍同学麦贤得抱住，不禁哭出声来，大声喊道："小麦，小麦，你快躺下，战斗结束啦。"

崔福俊终于忍不住流出了眼泪，他上前和陈文乙一道，把一点反应都没有的麦贤得，轻轻地放到地上，脱下自己身上的衣服给他盖上。他要把这样的好战士带回去，要救活他们。于是，他立即朝驾驶台跑去。

崔福俊向孔照年副司令员报告了611号艇损伤情况，孔照年知道611号艇已经无法再参加追击"剑门"号的战斗了，命令他们返航。

几乎是"千疮百孔"的611号艇，在发电机被打坏，两部主机停机的情况下，带着牺牲烈士的遗体和身负重伤的战友们，艰难地返航。这个过程十分地艰难，不仅是由于失去了部分动力，611号艇行驶得非常缓慢，而且在回家的路上，还充满着危险。

老艇长崔福俊如今已经过世了，我无法采访到他本人，但是非常荣幸的是，他在1991年去世前，将当年611号艇返回汕头军港的过程，详细地记录了下来。以下是崔福俊艇长的回忆记录：

凌晨4点多，我就接到了海上指挥台（即孔照年所在的598艇，作者注）要我611艇返航的命令。我艇是这次海战中损伤最严重的战艇。人员伤亡和艇体损伤都比较严重。我指挥全艇官兵抢修（损坏的）主机、(发)电机和操纵（系统）三部分，经抢修两部主机已能运转，可发电机因（损）坏严重无法修复。没有照明，看不清罗盘，辨不清航向。

当时，我611艇已经成了一艘受伤掉队的孤艇。在茫茫大海中，艇上艇下一片黑暗，返回基地约有100海里航程，很难把握航向返航。全艇的安危犹如千斤重担压在我的肩上。在这种情况下，

第七章
与死神的毫厘之差

我根据以前学过的夜航应急知识,凭着对海域的熟悉,我把航海兵拉到跟前,用手指着一颗星星,让他划根火柴,先看一下罗盘的指针,然后让他对着这颗星星的方向前进。航海兵按照我教的方法,一会儿划火柴看看星星,一会儿划火柴看看罗盘,摸索着航行。一直坚持了近两个小时,天才慢慢放亮。

通过崔福俊艇长去世前的回忆,我们了解到611号艇返航当中的许多珍贵细节。

611号艇因伤亡严重是孔照年最早命令返航的,当时是凌晨4点钟左右,天还完全黑着。这时,虽然主机修好了两部,艇已经有了动力,但发电机因损坏严重没有修好,所以艇上没有照明,一片黑暗,这样就看不见为返航辨别方向的罗盘,在茫茫的大海上,崔福俊艇长只能凭着经验,参照星星为坐标,指挥着611号艇缓慢地前进。

更大的困难,艇上不仅没有电,与陆地指挥部联络的报话机也被打坏了,无法将自己的情况和方位报给指挥部和岸上的"观通站",以请求支援。因此,在茫茫的大海上,611号艇真像是一只落群的孤雁。

崔福俊在回忆录中继续写道:

在这段时间里,我艇的报话机一直没有完全修好。只能收不能发,耳朵里不时地传来水警区司令部的呼叫:"'611',你在哪里?'611'请报告你的方位。""'611'赶快返航,赶快返航。"我艇的信号却始终发不出去,无法与上级取得联系。

这时的崔福俊真的是心急如焚啦!能听见基地的呼叫,却无法和基地取得联系,而此时的611号艇是非常需要支援的。这时,天仍然没有亮，由于看不清罗盘，担心偏航，611号艇也不敢加快速度。

接着，黎明终于到来了，海平线慢慢有了轮廓，这时太阳还没有升起，只是从海的尽头渐渐出现了一道白光，逐渐地看得见海面，也看得清罗盘了。这时崔福俊心里就踏实多了，因为长年在这一带海域训练，他熟悉这一片海况，现在就是没有罗盘，他也有信心不会迷失方向，把大家带回家。

可又一个意外发生了。

他继续回忆说：

> 天，已经大亮了，我辨别确切611艇的方位和航向没有错向。估计距离军港也只有七八十海里，这才放开胆子下令加速前进。
>
> 可是，我发现战艇不但加速加不起来，而且艇前方在慢慢地往下沉，心中不由地咯噔一下，意识到情况又不妙，赶快命令停机抛锚，进行检查。原来是因为前舱漏洞进水，已经没膝了，而且海水从漏洞处仍在继续喷涌，若不立即采取措施排水堵漏，611艇有沉没的危险。

这个漏洞，就是那个打进前舱的炮弹所形成的窟窿，随着快艇的前进，海水加大往舱里涌，给快艇造成很大的危险。如果不及时把窟窿给堵上，把海水排出去，随着海水不断地涌入，快艇就会下沉。

崔福俊艇长面临空前的挑战，关键时刻依靠的仍然是英勇的士兵。

> 一夜的海上拼搏和激烈战斗，同志们又累又饿，浑身无力。可一听说艇体在下沉，全艇官兵的大无畏革命精神一下子又振奋起

第七章
与死神的毫厘之差

来。我指挥大家要沉着应付，注意保持艇体平衡，边排水边堵漏。排水，在当时也不是一件容易的事情。首先是没有电，抽水机早就失去了作用。能用的工具只有几口铝锅、铝盆，最后连钢盔也用上了，大家排起长队，一锅锅、一盆盆、一盔盔地传递着往外舀水，硬是将前舱的积水用双手舀了出去。几个战士撕破了棉被和床单，加固堵塞了漏洞。随着艇体慢慢上浮和恢复正常，我提着的心也慢慢地放下去。经过一番紧张的抢修，战艇又启航继续前进。

窟窿终于堵上了，崔福俊从前舱回到甲板前，又特意去看了看黄汝省和麦贤得，两人仍然不省人事，都在深度昏迷之中。崔福俊从来没有像今天这样，归心似箭，此时他只有一个念头，尽快地把大家带回去，还有那么好的战友需要赶快抢救。其实，崔福俊自己的腿部也被弹片打中，只是此时他顾不上自己了。

他站在甲板上，深深地吸了一口南海湿润的空气，用望远镜朝着前方瞭望，仿佛已经看到了汕头军港，他下令战艇逐渐地加速。于是，顽强的611号艇，又劈开了墨绿色的海面，在辽阔的南海上冲出一道白色的浪花。

突然，有人喊："艇长——有敌情！"

崔福俊一抬头，大吃一惊，这一次可不是一般的吃惊，因为他从远处天空上看到飞来了几架飞机，他立即判断出，这是台湾国民党派来报复的敌机。

我心头顷刻又布上了一层乌云，充满了危机感。我马上回到艇舱通报敌情，要大家做好战斗准备。全艇官兵个个义愤填膺，眼睛里充满了仇恨，恨不得马上就和敌人拼个你死我活。我看到大家依然高昂的战斗情绪，心中一下涌起满腔同生死、共患难的战友激情。我激动得几乎要流出眼泪，只说了声："同志们，准备战斗！"此时此刻，不用说，大家早已做好了战斗到底随时准备牺牲一切的准备。下定了敢于以身殉职、报效祖国、与艇共存亡的决心。

多年以后，崔福俊的回忆虽然已经处于平静之中，可我此时却从他貌似平静的文字里看到了悲壮，看到整个611号艇的悲壮。已经是伤痕累累，在海上蹒跚而行的611号艇，突然又面对着飞来的国民党空军飞机，无疑是面临灭顶之灾。但战士们仍然严阵以待，拼死战斗。此时，艇长的一声："同志们，准备战斗！"我听到的分明是："同志们，准备牺牲。"可面对牺牲，没有人畏惧，更没有人退缩，也无处可退。因为他们身后就是英勇的战友杨映松、黄汝省、麦贤得……

何为英雄？这就是英雄！

关键时刻，又一桩意想不到的事发生了，就在国民党空军飞机气势汹汹地在611号艇上盘旋时，从天边又飞来一群飞机，直朝国民党飞机而来，这是我人民空军的战机，他们遵照中央军委的命令，为"八六"海战的舰艇护航来了。

国民党空军飞机见我军飞机直冲而来，而且数量比他们多，他们不敢迎战，迅速地飞走了。

611号艇再一次脱险，乘风破浪回家了。

虽然是比较早退出战场的，却是最后一个返回汕头军港的快艇。当他们到达汕头时，所有战艇在打沉"剑门"号后，已经全部顺利返航了。

第七章
与死神的毫厘之差

崔福俊在回忆录里写道：

8月6日上午10点多，我拖着疲惫受伤的身体，咬着牙指挥着这艘千疮百孔的611艇，经历了五六个小时的艰难航程，终于走完了最后一段里程，驶入了急切盼望我艇返航的军港。

码头上，人山人海，锣鼓喧天，鞭炮齐鸣，一片欢呼声。有前来接我艇的部队首长和战士，有前来祝捷慰问的地方领导和群众。我们像见到了久别重逢的亲人一样，忘记了疲劳和伤痛，忘记了饥饿和口渴，心情十分激动。我挺着受伤的身体，上岸向大队首长敬礼握手后，只说了声："我们回来了！"一股冲动的感情和一阵伤口的疼痛，使我几乎昏迷过去，便被人们簇拥着，用担架抬上救护车，送进了医院。

妻子听说我从海上打仗挂花进了医院，此情此景自不用说……

崔福俊在回忆的最后，没有忘记记上一笔军人妻子的挂牵，虽然只有那么一句，但毕竟有了军功章另一半的身影。其实，妻子哪里只是听说，从昨天晚上直到今天黎明，知道自己的丈夫在海上，听到隐隐的炮声，哪里合过眼？上午，见到港口热闹非凡，水警区首长和汕头地方政府领导都在码头迎接返航的战艇，可就是一直没有见到丈夫的战艇回来，那提着的心，怎么能放得下？这就是军人的妻子。

战斗是结束了，战果也非常辉煌，胜利的喜讯通过广播像春风一样吹遍了大地。在汕头军港，一列长长的国民党兵俘虏，被我解放军战士押送着，经过码头，穿过那闻讯赶来的欢呼着的人山人海，让我们至今仍然可以想象出那经典的画面。

脚　印
——人民英雄麦贤得

　　同时，我参战部队的伤亡人员，也被人们用担架抬下快艇，那也是长长的一排。这次参加战斗的汕头水警区官兵，当场牺牲了的有601号艇艇长吴广维、611号艇的军事长杨映松；身负重伤的有611号艇的麦贤得、黄汝省、陈炳仁，611号艇伤亡最重。另外，全大队有近28人受伤。

　　同时，从海上打捞上来的国民党兵俘虏，也有一些伤员，他们被送进了汕头市立第二医院救治。

　　战争是什么？我，一个作家的理解，战争就是爆炸后的钢铁与人的搏斗。参与战争的人，无论胜者与失败者，付出的代价都是血肉之躯。所以，我们最终是要反对战争，希望和平的。

　　伤员回到汕头后，地方政府做了全民动员，当时的汕头地区叫潮汕专署，汕头市是潮汕专署的所在地，因此有地区医院、市立第一医院和市立第二医院。我海军受伤人员全部被安置在汕头市立第一医院，国民党兵伤员安置在市立第二医院，汕头地区医院作为备用应急医院。后来怎么也没想到，这个备用应急医院，很快就用上了。

　　一个地级市的医院，一下接收了这么多的枪炮伤伤员，整个医院系统都被紧急动员起来了：病房不够，轻伤伤员甚至被安置在走廊上；重伤伤员为了便于随时抢救，被安置在离手术室最近的妇产科病房里，产妇都被调整到其他病房了。当时整个汕头地方政府领导，都全力以赴地投入到了抢救伤员的工作中，消息通过广播报纸公布以后，汕头的老百姓自发地来到医院，排着长队要给伤员献血。

　　麦贤得被救护车送到医院后，就被安置在离手术室最近的妇产科病房里，此刻，他静静地躺在那儿，什么也不知道，深陷昏迷之中。

第七章
与死神的毫厘之差

头天晚上被炮声惊醒的麦贤得母亲林呖,第二天一天仍然有些心神不宁。傍晚,也在当船员的三儿子阿有下海返航回家,他进门就问母亲:"阿妈,昨天晚上听到炮声了吗?"

林呖说:"是啊,你也听到了吗?"

阿有说:"听到了,昨晚我们船就停在海上,听到东南面有炮声,闷闷地响,后来还看到东山岛方向有一团一团的火光,好像那边在打仗。"

林呖心里一惊,问:"真的在打仗?难怪昨天夜里总睡不着,不知你二哥参没参加?"

母子俩正说着话,只见公社民兵营长也是本家亲戚的麦长福,一脸心事地匆匆走了进来,"阿嫂,阿记在家吗?"麦长福是来找麦贤得的父亲麦阿记的。

林呖告诉他,"阿记到海边码头修船去了,长福,有什么事吗?"

麦长福欲言又止,最后还是对林呖说了:"阿嫂,让阿有去把阿记喊回来吧,刚才公社武装部打来电话,说阿得昨晚在海上战斗中受了重伤,让你们赶快去一趟汕头。"

林呖听后慌了神,不由自主地对儿子阿有说:"快……快,阿有,把你阿爸喊回来。快……快。"

那时女人的主心骨总是丈夫,尤其是潮汕女人。麦贤得的父亲麦阿记急急赶回家中时,天已经黑透了,虽然大家心急如焚,恨不得立即赶到汕头,看看儿子的安危,但饶平离汕头,现在高速公路修直了还有七八十公里,那时山道弯弯足有一百多公里,晚上又没有了长途汽车,大家只能等待明天。

林呖几乎是坐等天明的。

那一夜,一位母亲所有的心思都在百里之外病房里儿子的身上,哪

脚 印
——人民英雄麦贤得

一位儿子不是母亲的心头之肉,因此,林呖此时甚至都能感受到儿子身上的疼痛,一丝一丝地都连着她的心。

实际上,这种母子连心的感觉,从8月6日的午夜,从东山岛方向传来的隐隐的炮声时,就开始了。

第二天,即8月7日,一夜没合眼的麦贤得父母,天没亮就起了床,夫妇俩,加上家中的三儿子阿有,还有民兵营长麦长福一同出发了。

乘长途汽车赶到汕头时,已经是中午了,林呖和麦阿记都顾不上去吃一口饭,急着要去医院看生死未卜的儿子。在市立一院门口,部队安排有接待人员,听说是麦贤得父母,赶紧就领着他们到了安置重症伤员的病区,接待人员让他们稍等,就急匆匆地找领导去了。

走到病房门口的林呖,急不可待地喊道:"阿得,阿得。"病房里没人答应。大家就傻眼了,满房间里躺着的都是重伤员,基本都不能说话,每一个人都是外伤,都包着绷带,绷带上都渗着隐隐的血迹,大家都穿着一样的病号衣服,都静静地躺在那儿,所以看不出哪一位是麦贤得。

林呖急着要见儿子,又喊了几声:"阿得,阿得——"还是没人答应。麦长福就说:"阿嫂,不急,不急,去找部队领导了,很快就来。"在海上经历过许多风险的麦阿记,也慌了手脚,他从未见过这么多的外伤伤员。三儿子阿有,虽然已经在船上工作了,但也毕竟才是十几岁的男孩,不知所措地扶着母亲站在那儿。

麦阿记和麦长福他们只好在走廊上等着,可林呖等不及了,她甩开阿有的手,径直走进了病房,挨着床铺找,她不看伤员的脸,因为多数伤员脸都被绷带包着,而是一个一个地看脚。在一张病床前,林呖停了下来,这张病床上躺着的伤员,满头都包着绷带,眼睛也被包了一半,

第七章
与死神的毫厘之差

所以根本看不清他的脸，静静地躺在那儿，由于昏迷一动不动，可他的一双脚，却露在被子外面。林呖突然伸手摸了摸那只脚，将伤员右脚跟上的一个旧伤疤，握在手中摩挲了几下，然后叫了起来："这是我的阿得！"

知儿莫如母，林呖想起了麦贤得小时候赶海时，脚被贝壳划破过，右脚跟留有一个伤疤。哪个儿子的身影不是母亲最熟悉的，哪个儿子身上的印记不一辈子刻在母亲的心头，林呖清楚地记得儿子小时候留下的这个伤疤，认为眼前这个人事不知的伤员，就是自己的儿子麦贤得。

正在这时，麦贤得部队的政委和主治医生都匆匆赶来了，那个脚握在林呖手中的伤员，正是昏迷之中的麦贤得。

得到确认以后，只听一声撕心裂肺的哭喊："阿得啊——你还太年轻，你不能走啊！"

林呖见儿子伤得已经不成人形，整个头肿得几乎变了样，又一动不动地躺在那儿，似乎没有知觉，她以为儿子要死了，再也憋不住自己的悲伤，哭天喊地叫了一声，然后因受不了这样大的刺激，再加上中午没有吃饭，身子一软，就晕了过去。

医生和护士们，又手忙脚乱地去救护林呖。

麦贤得自从611号艇上被送到医院后，就一直在昏迷中。汕头市立一院虽然是汕头最好的医院，可也从来没有接收过这么多的外伤伤员。自1949年10月汕头解放，虽然多年来蒋介石一直在窜扰沿海、叫嚣"反攻大陆"，但十几年来汕头地区也没有发生过大的战斗，今天一下收进了这么多的外伤伤员，整个汕头市的医疗卫生系统都紧张起来了，汕头市卫生局长就坐镇在市立一院里，但，还是手忙脚乱的。特别是面对像麦贤得这样严重脑外伤的伤员，医院里包括整个汕头市，都没有经验丰

脚　印
——人民英雄麦贤得

富的医生。

就在这时，又传来一个坏消息，这个坏消息来得太突然，也很不幸，腹部受重伤的战士陈炳仁，经过手术抢救以后，却不幸感染了气性坏疽细菌。坏疽，就是死亡的肌肉，是由于细菌的侵入，造成伤口发生严重的感染，引起伤口四周广泛性肌肉坏死。这种感染会使细菌在局部生长繁殖，并分泌多种外毒素和酶，进而威胁生命。陈炳仁就是因为伤口感染了这种细菌，再加上受伤后失血过多，体质虚弱抵抗力下降，病情迅速恶化，经抢救无效牺牲了。

气性坏疽细菌传染速度很快，现在医院里住了20多个"八六"海战受伤的干部战士，市立一院领导非常担心会大面积地传播，因此紧急向市卫生局领导汇报，卫生局领导在向市领导报告后决定，为了防止其他伤员被感染，紧急将所有伤员转移到了备用医院——汕头地区医院。

麦贤得又被转移到了这儿。

连日来，插入脑部、深入额叶的弹片，严重损伤了麦贤得的脑神经，导致他神志不清、无法言语、肢体无力、生命垂危。

当时，汕头最好的脑外科医师于8月8日上午，对麦贤得进行了第一次手术清创。这次手术为麦贤得清理伤口，但更多的是带有探查性质，即进一步查清楚，麦贤得的伤到底有多重。

麦贤得的伤有多重，关键看那块弹片有多大，打得有多深，打在脑部的什么位置。50多年前的医学，不论是医术还是医疗检查设备，都远没有今天先进，在很多情况下，大部分都是要靠医生的经验。通过清创探查和X光检查，医生发现那块弹片扎得太深，从右额骨穿进，到达左侧的颅内，在脑袋上开了一个可怕的血洞。

脑部是人的生命中枢，扎进麦贤得脑部的弹片又是金属锐角，所谓锐角，即爆炸后裂开的金属弹片边沿就像刀片一样，扎在脑子里，脑组

第七章
与死神的毫厘之差

织又是那么柔软，你轻易动它，弹片的锐角有可能会再次割伤脑组织，造成二次伤害而再次带来危险。所以在取弹片时，医生非常担心弹片的锐角无论割破了脑部哪个位置，都可能会造成死亡。医生通过探查发现麦贤得的伤势非常严重，自己从未做过这样的手术，根本无法取出弹片，甚至无法找到弹片的精确位置，所以，第一次手术就只是做了清创，清除了血肿，修补了硬脑膜，没有取出弹片。

对于这样颅脑内深部取异物的脑神经外科手术，整个汕头医院都没有医生做过，只能向上级医院求援。

过了两天，麦贤得醒过来了，虽然说不了完整的话，但神志慢慢地清楚了，能认出身边的人，还跟陪在旁边的三弟阿有要水喝，大家非常欣喜。

正好这一天，南海舰队司令员吴瑞林来到汕头慰问参战部队，他到医院来看望伤员，这时他已经听过关于麦贤得英雄事迹的汇报，现在听说他醒了，急忙从别的病房里赶了过来。

吴瑞林握着麦贤得的手，说："麦贤得同志，你好！"

麦贤得想给首长敬礼，可手在首长手里握着，只好说："首长——好！"

吴瑞林大声地说："麦贤得同志，你是好样的，我们已经把你的事迹上报给中央军委，上报给毛主席了。毛主席看了很高兴，都称赞你呢。主席夸我们仗打得好。主席说，是蚂蚁啃骨头，啃得好！"

那个时代，毛泽东主席是一个神圣的存在，又是最高统帅，全民都敬仰他。毛主席称赞了，对于部队里的一个19岁的小战士，那更是极大的精神上的鼓舞。麦贤得激动地说："毛主席……"但他说不出完整的话。

脚　印
　　——人民英雄麦贤得

　　吴瑞林笑着说："你要好好养伤，把身体养好。毛主席要在北京接见我们，你伤好了，就上北京去见毛主席。"

　　也许这句话是吴瑞林在看到麦贤得伤势那样重，在宽慰麦贤得，鼓励着麦贤得战胜伤痛，实际上是要他战胜死神的。当时，麦贤得虽然醒了过来，但那块弹片扎在脑子里那样深，取不取出来，都有生命的危险。

　　可"上北京去见毛主席"的这句话，对于一个海边长大的船民的儿子，对于从未去过北京的麦贤得来说，精神上的鼓舞，是今天的人们无法理解的，只有从那个时代走过的人们，才能理解这股精神力量有多大。从那一刻起，麦贤得的心里就装着一个愿望，尽快地好起来，我要去北京见毛主席。

　　那个时代一种特有的巨大的精神力量，在支撑着麦贤得战胜死神。

　　吴瑞林临走的时候，关照要尽一切力量，救治好麦贤得。

　　8月10日，广州军区广州总医院派来了脑外科专家。专家和汕头医院的医生一起做了会诊，对麦贤得又进行了仔细地检查，他赞同汕头医生的意见，说："这块弹片扎得太深了，从目前X光透视能看到弹片的位置，是从右脑钻到左脑一边了，如果从打进去的伤口处进去取，弹片金属的锐角有可能会造成二次伤害，只有从左边颞骨开窗取，距离弹片的位置反而近一些，危害也就会更小。但仅凭X光透视，弹片扎进左边颅脑深度和位置都不是很清晰，那么左边颞骨的开窗能否准确，是个关键的难题。"

　　于是，有人建议送广州军区广州总医院手术，毕竟那儿的专家多，设备和条件都会更好。

　　广州来的专家担心说："从汕头送往广州，开车差不多要一天，

第七章
与死神的毫厘之差

汽车沿途颠簸，危险性太大。弹片打进去已经5天了，如果弹片在颠簸中移动，伤害了脑部哪个位置都是极大的危险。我们还是要冒险试一试。"

于是，决定第二天（8月11日）上午8时30分，由广州来的专家进行第二次手术。

第二次手术进行得比预计的还要不顺利。

广州来的专家与汕头的医生，进行了很好的配合，汕头地区医院也做了充分的准备，医生护士都进行了再动员，从手术室到病房都安排了经验丰富的护士长。而此时麦贤得的事迹通过报纸广播的报道，在汕头已经是家喻户晓了，在那个崇敬英雄的时代，医院内外，人们都被这位年轻战士的英勇事迹所感动，一心希望能救治好麦贤得。血库那天一下来了很多人，专门来排队为麦贤得献血的，甚至医院内O型血的医生护士都抢着要为麦贤得献血。

但，手术进行了18个小时，最后还是失败了。医生做了很大的努力，18个小时里只喝了一点牛奶，站在手术台前两腿都麻木了，就是不想放弃。手术方案是对的，从左边颞骨开口，也是对的，可就是找不到那块弹片的具体位置。那时除了借助X光片，还没有今天这样先进的影像定位仪器和技术，专家经过长时间的努力，仍然找不到弹片，因此就无法将它取出来，最终只得宣告手术失败了。

手术前麦贤得躺在手术台上，还神志清醒地期待着广州来的专家，帮助自己把脑子里那块弹片取出来，他信心满满地对手术室护士说："我要去北京见毛主席。"但手术后的麦贤得，一句话也说不出来了，再次陷入昏迷，并且开始高烧。

麦贤得的病情恶化了。汕头地区医院投入了全部力量，千方百计地抢救命如游丝一般的麦贤得。听当年的老护士说，当时在给麦贤得用药之前，医生和护士甚至亲自试药，以了解药的副作用，然后才用到麦贤得的身上。可麦贤得一直没有醒来。

第二次手术失败的消息传到了广州军区，也传到了北京。周恩来总理得知消息以后，在操劳国务的百忙之中，让叶剑英和陈毅负责派飞机，把麦贤得等几位重伤员送到广州军区广州总医院救治。至此，毛泽东主席、周恩来总理都一直在关心着麦贤得的救治工作。

中央军委决定：马上派直升机将麦贤得等另外三名重伤员，送至广州军区广州总医院。8月15日下午，一架直升机将昏迷中的麦贤得、黄汝省和另外两名重伤员送到了广州军区广州总医院救治。

8月17日下午，毛泽东主席、周恩来总理等中央领导在北京人民大会堂会见"八六"海战孔照年等11名有功人员。611号艇因为表现突出，以艇长崔福俊为代表的9名官兵被评为一等功，其中包括麦贤得和两位牺牲了的烈士杨映松和陈炳仁。因此，崔福俊代表着"八六"海战的有功人员，也代表着611号艇的有功人员，来到北京接受中央领导的会见。在毛泽东主席会见前，周恩来总理领着贺龙元帅、罗瑞卿总参谋长等中央领导和中央军委领导，与孔照年等有功代表座谈。

周总理说："你们打得好，毛主席看了你们的战报，称赞你们打得好，蚂蚁啃骨头，打了一个漂亮的歼灭仗。我也在你们舰队的报告上看到，611号艇那个轮机兵叫麦贤得的，在头部受重伤的情况下，还坚持战斗三个多小时，真的了不起，的确是毛主席的好战士！"

周总理还特意问道："他们艇长来了吗？"

崔福俊马上起立："到。"并向周总理敬了一个军礼。

第七章
与死神的毫厘之差

周总理夸奖说："你们艇出了这样一位顽强的战士，离不开你这位艇长的培养啊。他现在伤势怎么样？"

崔福俊回答说："还在昏迷中。"

孔照年接着汇报说："麦贤得已经送到了广州军区广州总医院。他头上的那块弹片扎得太深了，在汕头医院做手术没有取出来，现已经紧急送到了广州。"

周总理听后，神情变得有点凝重，他扭头对陪同他的贺龙元帅和罗瑞卿总参谋长说："这是一位英勇顽强的战士，不管如何，我们一定要千方百计地把他救活，使他早日恢复健康。"

贺龙直点头。罗瑞卿总参谋长说："是，总理，我们会想尽一切办法的。"

座谈结束后，正在北京开会的军队和地方代表，集中在人民大会堂大厅里等待着毛泽东主席等中央领导的接见，被安排站在前排的是"八六"海战的有功人员代表。

2点刚过，毛泽东主席出现在大厅里，在全场雷鸣般的掌声中，朝着代表们走来，后面紧跟着的是刘少奇、周恩来、邓小平、董必武等十几位中央领导。

毛泽东主席和所有中央领导，在周恩来总理的陪同下，首先朝着"八六"海战有功人员代表走来，微笑着和所有人员一一握手，一个也没落下。接见完后，还和所有代表合影留念。

毛泽东主席在接见结束后，还在关心地询问麦贤得的伤情，大家向他做了汇报。

可此时的麦贤得躺在广州军区广州总医院的病房里，高烧已达41摄氏度，仍在昏迷之中，生命垂危。

脚　印
——人民英雄麦贤得

　　广州军区广州总医院是一家历史悠久、医师力量雄厚的大型部队综合医院，它始建于1933年，前身是国民党陆海空联勤总医院。广州解放后被我解放军接收，后成为广州军区广州总医院，如今它更名为中国人民解放军南部战区总医院。

　　麦贤得被直升机送到了广州，广州军区广州总医院已经做了充分的准备，成立了专门的救治领导小组，由军区总医院主要领导担任组长，一位分管业务的副院长负责麦贤得的救治工作，安排了最好的脑外科医师组成专家小组，由著名的脑外科专家刘明铎主任担任麦贤得的主治医师，抽调了经验丰富又特别有责任心的护士长李金爱、护士许曼云，24小时专门护理麦贤得。

　　这时麦贤得的英雄事迹已经传遍了医院上上下下，大家都对英雄充满着敬意。据说，麦贤得被送到医院后，他的担架是由总医院的院长、政委、分管副院长和主治医师刘明铎主任四个人亲自抬进病房的，昏迷中的麦贤得当然不知道这一切。

　　这里要重墨介绍一下刘明铎主任。麦贤得能活到今天，创造了生命的奇迹，有几个重要的人物在关键的时刻发挥了关键的作用。当然首先是周恩来总理，他一直高度关心着麦贤得的救治，多次亲自过问，给有关方面打招呼，对抢救麦贤得的工作包括医师、专家、医疗方案，甚至派飞机到汕头将麦贤得接到广州，都是周恩来总理具体细致的要求，周恩来总理还从全国抽调有关专家参与麦贤得的抢救。所以，一些报道中就说周总理是麦贤得医疗救治小组组长，不是没有道理的。再就是刘明铎主任，是他精心救治了麦贤得，亲手把麦贤得从死神处拉了回来。

　　可是这位我国我军神经外科创始人之一的著名神经外科专家，留下的资料却很少，在百度上都没有找到介绍这位著名专家的词条。甚至在

第七章
与死神的毫厘之差

一些报道和资料中,一直把他的名字错写成了"刘明锋"。后来,我特意向麦贤得的妻子李玉枝求证,经李玉枝确证,叫刘明铎。因为麦贤得后来曾带着妻子李玉枝,专门到广州军区广州总医院去拜访过刘明铎主任,与刘明铎主任保持着长时间的联系。李玉枝也一直陪着麦贤得到广州军区广州总医院复查、复诊,对这位老人印象深刻。

我通过多方资料查找和求证,特别是最后找到一份珍贵的刘明铎主任逝世时发布的《讣告》,使我了解到刘明铎主任的基本情况。

刘明铎1914年9月出生于湖南长沙。1939年10月毕业于国民革命军贵州安顺军医学校大学部医本科。解放前历任国民党国防部军医署陆海空第二总医院外科医师,南京陆海空总医院外科主治医师,青岛总医院外科总主任。刘明铎是因为对医术的精益求精,在脑神经外科有着很好的声誉。当年中国发行量最大的报纸《申报》,曾发表过《杏林新星——"刮脑疗疯"圣手青年医师刘明铎》的长篇报道。"刮脑疗疯"是当年一种先进的脑外科手术,据说,刘明铎一共做了60多例,例例成功。后来,他被调到国民党广州陆军总医院任脑神经外科主刀。广州解放后,他随医院一起被我人民解放军接收过来,继续在后来的广州军区广州总医院行医。刘明铎当时已经是著名的脑外科专家,因此,1954年组建广州军区广州总医院神经外科时,刘明铎即任主任,也是医院专家组成员。

据与刘明铎主任共过事的同志们介绍,刘明铎是传统的中国知识分子,为人十分宽厚,工作细心严谨,对自己要求严格,用今天的标准来说,医德高尚,深受病员和科室同志们的爱戴。

刘明铎主任是广州军区广州总医院神经外科的创始人,随后开展了许多在国内外有影响的新医疗技术创新,尤其是在颅脑损伤方面的救治,取得了许多突破性的进展。刘明铎主任对严重颅脑损伤的抢救,具

脚 印
——人民英雄麦贤得

有较高的诊治水平。所以，在周总理的关怀下，麦贤得被送到了广州军区广州总医院的神经外科，刘明铎主任亲自担任了麦贤得的主治医师。刘明铎主任以高度的责任心，精湛的医疗技术，夜以继日地工作在病房里，最终挽救了麦贤得的生命，而受到了周恩来总理、贺龙元帅、陈毅元帅等中央领导的接见。

这位可敬的老人已经于2004年12月18日，于广州逝世，享年90岁。有关他的介绍资料，最权威的就是我最终查到的这份2004年12月30日广州军区广州总医院神经外科对外发布的刘明铎主任逝世的《讣告》，这也是能查到的唯一一份有关刘明铎主任生平履历的资料。

《讣告》对刘明铎主任的一生评价很高，也重点提到了刘明铎主任抢救麦贤得的事迹。刘明铎主任一生救人无数，但抢救麦贤得无疑是其一生中的最大亮点。他是在无数的关注目光下来抢救麦贤得的，因此，抢救麦贤得也无疑是其一生中压力最大的一次救治工作，当时几乎全国上上下下都在关注着麦贤得的生命。近的是医院的院长、政委差不多就蹲在病区里，军区领导亲自来医院开会动员，传达了党中央、毛主席、周总理的指示，再三强调抢救麦贤得工作的重要性。远在北京的中央领导、中央军委领导，除了周恩来总理，还包括几位老帅，都密切地关注着麦贤得的救治，医院领导每天都必须向军区领导报告麦贤得的病况，军区领导说，"抢救麦贤得只许成功，不准失败！"并且特别强调，这是周总理对军区领导的要求，那么军区领导也这样要求军区总医院。

不准失败的压力，落在谁的肩上？医院的领导当然荣担重任，可最终都会集中到一线医师、麦贤得的主治医生、神经外科主任刘明铎的身上，我们可以想象当时他身上的压力有多大。那时的刘明铎主任，差不多24小时都在病房里。麦贤得的生命就像一个易碎品，就在他的手上。

我最后所看到的记录刘明铎主任一生的，就是这个《讣告》。

第七章
与死神的毫厘之差

但《讣告》简短，看不到刘明铎主任漫长曲折的一生。我从两个时间点上，可以看出刘明铎主任的这一生，也一定是充满着坎坷。一是，中华人民共和国成立前刘明铎主任在国民党军医院行医的履历，这在改革开放前"以阶级斗争为纲"的极左思潮的年代里，一定在刘明铎主任的生涯中，是一个巨大的阴影，并一直伴随着他；一是，如此这样的一位著名专家，如此这样为救死扶伤而贡献一生的我国我军神经外科创始人之一，又在部队医院工作了一辈子，可他1979年2月才入党，这一年刘明铎主任已经65岁了，而他自1950年开始就在我广州军区广州总医院里工作了，这中间一定充满着坎坷的故事，这是题外话了。

当年医院为麦贤得组织了一个特别护理小组，抽调了护理经验丰富又十分有责任心的许曼云和李金爱护士24小时护理麦贤得，当时许曼云是两个年幼孩子的母亲，而李金爱的孩子才10个月大，接到通知后当即给孩子断了奶。许曼云比麦贤得大9岁，那一年28岁；李金爱比麦贤得大10岁，那一年29岁，两人都是科室护士长。当年她们都是年轻的母亲，如今都是两鬓斑白年过八旬的老人了，她们俩在麦贤得病床前精心护理了370多天，和刘明铎主任以及其他医师护士一道，将麦贤得从死神处拉了回来。

李金爱护士长还专门记下了护理麦贤得的《护理日记》，这本《护理日记》她一直保存到今天，给我们留下许多当年珍贵的细节。

在李金爱护士长8月16日的日记里，我们看到了麦贤得被送到广州军区广州总医院第二天的情景：

> 今天下午，输了1000cc的血，但（麦贤得）仍不能清醒，刘主任几乎一天一夜20多个小时蹲在我们身边。院长来了，政委来

了，军区首长也来了，大家脸色都是十分沉重的。麦贤得不苏醒，大家心头都压上一块大石头，一块沉重的大石头啊！我几乎急得要哭了。

　　下午，没人时，我就看见许曼云眼眶红红的，我也一阵心酸，不觉也流出泪水。一转身，给刘主任发现了，他鼓励我们道："小许，小李，放心吧。我们会把他抢救过来的。"听了刘主任的语气，他似乎是蛮有把握的样子。

在8月17日的日记里，我们通过李金爱的记述，看到以下情节：

那天，上午下着小雨，中午的时候太阳又出来了，这是南方亚热带地区特有的一种气候现象，叫"太阳雨"，即出着太阳时，却在下雨。这种天气由于气压低空气湿度大，云层也低，飘到哪儿，哪儿就会下雨，可太阳却在更高的地方普照着大地。这种时候，气温并不一定很高，那天的气温就只有33摄氏度，33摄氏度的气温在干燥的北方，并不一定显得特别热。可在南方的广州，由于空气中湿度大，热度散不出去，天气就会显得闷热。这时候人的身体反应就是容易出汗，而且出了汗干不了，非常不舒服。

仍在昏迷中的麦贤得躺在床上不停地出汗，额头上冒出一层密密麻麻的汗珠，他还在发烧。为了唤醒麦贤得、降低他的体温，医生采取了"冬眠低温治疗"。可那时病房没有空调，麦贤得在发烧，也不敢将电扇直接朝他吹。许曼云和李金爱她们就将冰袋挂在墙上，将电扇朝着冰袋吹，通过融化冰袋里的冰块给病房降温。这种降温的方式是有限的，麦贤得仍然在出汗。因此，许曼云和李金爱她们只好不停地用温水毛巾给麦贤得擦身子，两个人在麦贤得浑身上下反复地擦洗。

昏迷中的麦贤得显得有点躁动，老是要翻身，一翻身，脑袋就会歪

第七章
与死神的毫厘之差

到一边。他的左颞骨在汕头医院开刀时打开了一个小窗,弹片还没有取出来,头骨窗口还包扎着绷带,翻身侧到左边,李金爱就担心伤口压在枕头上,麦贤得会痛,可他在昏迷中说不出来,又担心时间长了,伤口会出血发炎。

所以,麦贤得一往左侧翻身,李金爱就慌忙上去扶住他,尽量不让他压住伤口。可麦贤得一个姿势躺得太久会痛苦,挣扎着一定要往左侧躺,急得李金爱只得把手轻轻插进他的左额边,用手作为枕垫。后来,许曼云想了一个办法,她用布缝了一个小棉垫,当麦贤得往左侧睡时,她就把这个小棉垫放到麦贤得左面颊下垫住,以免他压住伤口。

李金爱在日记里说,那一天她就是在用手做枕垫时,感觉到麦贤得的脸颊没有刚来两天那样发烫了,体温明显在下降,她拿来体温计一量,果然只有39度了,可进医院的那天麦贤得的体温是41摄氏度。体温的下降,表明了麦贤得的情况在好转。

但是,他还在昏迷之中,没有醒来。

那段时间大家都在盼着麦贤得早一点醒来。

和麦贤得一同送到广州军区广州总医院的黄汝省,此时和麦贤得在同一间病房里。麦贤得在昏迷中,黄汝省已经清醒了,但他伤了眼睛,两眼都包着纱布,看不到一切。这位老班长时刻关心着麦贤得的醒来。他与麦贤得是潮汕老乡,在没有医生来看病的时候,他就用潮汕话与麦贤得说话,希望能唤醒麦贤得:"麦仔,醒醒了,敌舰打沉了,你立功了,这么多人来看你,这么多专家医生来治你,你还睡着,好意思吗?醒醒了,麦仔。"只要医生不在,双眼包着纱布的黄汝省就这样和昏迷中的麦贤得说话。直到他伤好转院,麦贤得还没有醒来。

8月18日,那天是麦贤得转入广州军区广州总医院的第三天,许曼云至今还清楚地记得，那天的清晨，医院的广播里播送的仍是那首全中国人民都耳熟能详的歌曲《东方红》。那个年代，普及最广、影响最大的传播工具就是广播，那时神州大地几乎所有的地方和单位，清晨的时候，播送的第一首歌曲就是《东方红》。因此，在一些单位，《东方红》就变成了起床号。

一夜都在看护麦贤得的许曼云，又走到麦贤得的床前，观察他的病情。麦贤得仍在昏迷中，三天都没有清醒，这些天全靠输液提供营养。医院领导几乎是一天三次前来探望，刘明铎主任虽然表面上沉着冷静，却是日夜守在病区，随时有情况就会立即出现在麦贤得的病床前。他对许曼云说："不能着急，现在的关键是让麦贤得尽快地醒来，尽快地增加体力，否则无法经受再一次手术，也就无法取出脑子里的那块弹片。"

此时的许曼云非常担心，麦贤得的生命真的如同一线游丝，一个风吹草动，都怕被吹断，她怎么会不着急。李金爱甚至暗自躲在一旁掉眼泪。

经过3天的治疗，麦贤得的体温已经在逐日下降，那天早上许曼云洗漱完后，本来应该下夜班了，她还是不放心地回到病房里再看一看麦贤得。她发现今天的麦贤得面部比往日安详，由于连日输血，脸颊也出现了红晕，她正准备转身离去。

忽然，她感觉到麦贤得的嘴唇好像在轻轻地翕动，她以为麦贤得想说什么，立即俯下身去，只听见跟着窗外广播播送的歌曲《东方红》的节拍，麦贤得在轻轻地唱："东方红，太阳升……"

突然，他的眼睛睁开了，眼神像相机的焦距，慢慢地定在许曼云的脸上，满脸迷惘，显然他不知道自己在什么地方，直愣愣地望着李金爱，眼睛里全是孩提般纯朴的神情，他似乎在问：我还活着吗？

第七章
与死神的毫厘之差

"啊！——"许曼云不由自主地一声惊呼，"麦贤得醒来了！麦贤得醒来啦——"她高兴得不能自已，下意识地转身往外飞奔而去，奔去哪儿？当然是刘主任的办公室，她知道刘主任也是一夜没合眼。

许曼云在病区的走廊上，一边跑，一边叫："麦贤得醒来啦，麦贤得醒来啦——"整个神经外科病区都被许曼云的叫声惊动了，无论是医生还是护士，无论是病员还是陪同的家属，大家都纷纷打开房门，探出脑袋，惊讶地问："醒来啦？醒来啦！"好像在那个时刻，世界上只有这一种声音，一种人们渴望着的声音。

连日来一直都在医院里值班的院长、政委和刘明铎主任，分别从不同的地方都赶来了，最先到达的当然是刘明铎主任，因为他就在病区里。然后院长、政委都到了，他们拥到了麦贤得的床前，只见麦贤得眨巴着眼睛，脸上却带着那纯得似水的微笑。麦贤得那纯朴得没有一点杂质的微笑，一直带到几十年后的今天。只有内心纯朴的人，才会有这样纯朴的笑。他不一定明白眼前的状况，毕竟脑子被弹片打中了，又经历了不成功的18个小时的脑部手术，但是他仍以如此纯朴的笑容示人，那是他的天性，那是他的本质。他也不明白，此时为什么有那么多的人围在他的床前，脸上都带着笑容，眼睛里却是泪花。

人们的眼神里只有一句话：太好了，麦贤得，你终于醒来了！

不仅是神经外科病区，而是整个医院都沸腾了，大家都奔走相告，传播着喜讯。广州军区的首长接到消息后，也驱车前来看望醒过来的麦贤得。

那一天，消息立即被传给北京的周总理，传给中央军委的领导……

经过医院专家们的评估，认为当时麦贤得的身体状况，还不能适应马上再做一次手术来取出弹片，必须让他的体质有一个必要的恢复过程。同时也要让刘明铎主任有一个充分的时间准备手术方案。其实，从麦贤得住院的那一天开始，经过检查后，刘明铎主任就在精心地准备手术方案。那段时间，刘明铎主任的办公桌上就放着一个人的脑部模型，他整天在对着模型琢磨，考虑着每一种可能性。他完全明白这次手术的风险。在汕头为麦贤得做第二次手术的医师，也是广州军区广州总医院的一位专家，他没有成功，说明了这个手术的复杂和难度。就是没有军区领导那句"手术只能成功，不准失败"的指示，刘明铎主任也知道，这个手术的危险性，失败意味着什么。

人的大脑有多么的复杂和脆弱，被弹片击中已经是很大的伤害，而已经经过二次脑部手术，对麦贤得来说，或多或少对脑部都有一些影响。人的大脑，能经住多少这样的折腾？所以，再一次手术只能成功。因此，方案一定要细致，方法一定要正确，准备一定要充分，手术只能成功，因为对于麦贤得来说，很难再经受一次失败的手术了。那么这个手术就要百分之百的成功率，世界上的事情有多少百分之百？所以，我们可以理解刘明铎主任当时的压力有多大！

醒过来的麦贤得，手脚有些不听使唤，李金爱发现他身体右侧有些轻瘫，右手运动不自如，舌头也向右边打转，一开始说不出完整的话，只能"咿……咿……咿"地叫唤。过了几天才能说出几个字的话语，但语焉不详，大家一下听不明白他说的是什么意思。别人听不明白，麦贤得就更着急，一急话更说不清楚，常常为一句话急得脖子发红。刘主任和许曼云、李金爱就耐心地理解他要说什么，渐渐地就能基本弄明白麦贤得那含糊不清的话语是什么意思了。

麦贤得的身体在逐步好转，体温已经渐渐恢复正常，食量也在逐步增加。一周后一天的早上，他突然坐了起来，这是他住进广州军区广州

第七章
与死神的毫厘之差

总医院后第一次坐起来了，然后就要下床。把正在值班的李金爱吓了一跳，急忙上前扶住他问要干什么？他红着脸说着一个字"尿，尿"。

李金爱明白了，给他拿来了尿壶。他却还是满脸羞红地要下床。李金爱笑着说："小麦，你尿，我不看你。"说着背过身去，麦贤得这才尿在尿壶里。尿完以后，不好意思地把尿壶递给李金爱，自己转过身子又睡去了。其实在麦贤得昏迷的时候，都是许曼云和李金爱帮助他处理大小便的。

又过了一二天，麦贤得就坚持要自己下床去厕所了。

那天，麦贤得坐了起来，然后将双脚垂到床下，许曼云急忙上前想扶住他，他却拦住了，坚持自己起身下床，结果发现这是困难的，这个重复了千万次的下床动作，今天对于他来讲是那么的艰难。他呆呆坐了一会儿，不得不让许曼云扶他起来。双脚落地，这是自他8月5日在婶婶家听到紧急集合的号令，迈开大步往基地跑以后，第一次自己下地，双腿却是那样的无力，站在地上身体有点发抖，右脚最没力。但他不能回到床上，厕所是一定要自己去的。

麦贤得迈开了第一步。

人，自打蹒跚学步开始，这一生不知道要走多少步。人只要基本健康地活着，每天都会在行走中，所谓生命在于运动，行走是人类最基本的运动。可有时候，这个人类最基本的运动，对于人，却是那样的困难，例如此时的麦贤得。他不一定知道此时迈出的这一步，对于生命的意义，但他知道，必须要自己走。自从弹片打进了他的脑子，行走，对于他竟是第一考验。

麦贤得迈出了第一步，这一步，缓缓地，每挪动一下，身体都微微发颤，那不太长的走廊，对于他好像是没有尽头，显得非常漫长。许曼

脚　印
　　——人民英雄麦贤得

　　云搀扶着他，一步一步地走，准确地说，是挪，一步一步地往前挪，终于走到了厕所门口。他转过身坚决不让许曼云扶他进去，而是自己扶着墙走进了厕所，尿完后，自己又走了出来。这是麦贤得受伤后第一次自己行走，第一次自己上厕所。

　　刘主任看到麦贤得自己行走，非常高兴，他对许曼云和李金爱说，从现在开始每天都要扶他到院子里散步，以增加他的体能。而第一天就是刘主任亲自来搀扶他，他把麦贤得无力的右手搭到自己肩膀上，像父亲带着儿子学走路一样，搀着麦贤得一步一步地朝院子里走去。至此，麦贤得算是真正下床了，而且从每天一次散步，逐渐增加到每天三次。运动加快了麦贤得身体的新陈代谢，消耗大了，反过来食量也大了，身体对营养的吸收也增强了，麦贤得的心情也因运动而变得愉快。

　　医院又组织了一次专家组对麦贤得进行会诊，大家都同意刘明铎主任的意见，要经过一段时间的精心调理，让麦贤得的身体恢复得更好，才具备手术的条件。刘主任因此要求许曼云和李金爱要更加小心地护理麦贤得，让麦贤得的体质恢复得更好一点，尤其不能让他感冒。

　　可担心什么，就来什么。一天晚上，许曼云忽然发现麦贤得在流清鼻涕，她给他擦去以后，一会儿又流，直到躺下了才好一点。

　　第二天一早她就把这个情况告诉了李金爱，李金爱也非常紧张，她担心麦贤得感冒了，马上给麦贤得量体温，可是体温是正常的。问麦贤得哪儿不舒服，麦贤得摇头，表示自己没有哪儿不舒服。许曼云也说，他既不咳嗽，也不打喷嚏，可只要坐起来就流清鼻涕，她们赶快把这个情况告诉了刘明铎主任。

　　刘主任来到病房，对麦贤得做了一番检查后，让麦贤得坐起来，仔细观察了流出的清鼻涕，然后对许曼云说，弄一点鼻涕去化验。

第七章
与死神的毫厘之差

化验结果出来以后，让大家大吃一惊：麦贤得竟然是脑脊液鼻漏！

弹片打进麦贤得的脑子后，不仅留在脑子里，巨大的冲击力还造成麦贤得的前额骨折，使脑脊液不仅透过伤口外流，还从骨折的地方流进鼻腔，又从鼻腔里流出来了。前些日子麦贤得一直昏迷不醒，总躺在床上，流进鼻腔的脑脊液往咽喉里去了；现在麦贤得能起床了，身体直立后，脑脊液就顺着鼻腔流了出来，像是清鼻涕。

刘明铎主任马上向院长做了汇报，院长又组织各科主任进行会诊，结论一致。大家都同意刘明铎主任的意见：待麦贤得体力恢复到能接受手术时，先做脑脊液鼻漏修补术。

取弹片的手术不得不又要往后推。

11月5日，北方已经进入深秋了，可在南国的广州，正是天气宜人的时候，院子里的树木仍然绿油油的，地上也没见萧条的落叶，空气里仍然散发着米兰的清香。

一大早，麦贤得就醒了，毕竟年轻，他的身体恢复得令人满意，虽然仍不能说完整的话，但今天他很高兴，吃早餐时甚至有点手舞足蹈的。

经过评估，决定今天给麦贤得做脑部手术，修补他的脑脊液鼻漏。

麦贤得不紧张，而是非常兴奋。他心里藏着一个秘密：做了手术，身体好了，他就可以去北京了。他要去北京见毛主席！

上午8点30分，麦贤得在许曼云和李金爱的搀扶下，自己走进了手术室。门关上的时候，麦贤得转过身来，朝站在门外的许曼云和李金爱露出一个笑容。李金爱一直记得，麦贤得那一排白白的牙齿。

手术从上午9点一直做到下午4点，整整做了7个小时。

一直焦急不安地等待着手术结果的许曼云和李金爱，看到刘主任虽

脚　印
——人民英雄麦贤得

然满面倦容，但堆满着笑地走了出来。她们就知道：手术成功了！

许曼云高兴得转身拉住了李金爱的手。从麦贤得入院到今天，80多个日日夜夜的付出，今天算是一个欣喜的回报。

这是麦贤得脑部受伤后，第三次手术。

第三次手术后，刘明铎主任继续加强对麦贤得的体能恢复锻炼。每天，刘主任都坚持带着麦贤得去散步，像老鸡领着小鸡，在蓝天下啄食，在阳光下一步一步地积累着麦贤得的体能，积累着终于可以手术取出弹片的身体条件。

刘主任没空的时候，就是许曼云和李金爱陪着麦贤得散步。日复一日，日日积累，不是亲人，胜似亲人。

麦贤得像个纯朴的孩子，其实那一年他就还是个19岁的孩子，跟在"父亲"的身后，走在"姐妹们"的目光里，重新蹒跚学步。这个"学步"比孩提时代更艰难，因为那块弹片对他的伤害太大了。这个过程的艰难和痛苦，麦贤得知道，刘明铎主任知道，李金爱和许曼云也知道，这两位姐妹不止一次为麦贤得的伤痛流泪。

第八章

⚓

第四次手术取弹片

这段时间里,中央人民广播电台、《人民日报》及全国的报纸广播,都在不断地报道麦贤得的英雄事迹,使得麦贤得在全国几乎是一个老幼皆知的英雄人物。中央领导和中央军委的老帅们,也在关心着麦贤得的治疗。

1966年2月8日的上午,刚刚当选全国政协副主席的叶剑英元帅和主持中央军委工作的贺龙元帅,专门来到广州军区广州总医院看望麦贤得。麦贤得得知老帅来看他,早早地就站在医院病区的走廊上,等待着老帅们的到来。两位老帅下了汽车看见站在走廊上等待他们的麦贤得,非常高兴地将带来的两束鲜花送给了他,然后一人拉着麦贤得的一只手,一同走进病房坐下来。贺龙元帅首先对麦贤得说:"毛主席对你很关怀,派我们来看望你。"麦贤得一听,是自己日思夜想去北京见的毛主席,就激动起来,但又不知道说什么:"谢谢谢谢!毛主席!"叶剑英元帅接着说:"毛主席要你全心全意地把伤养好。"麦贤得还是那句话:"谢谢!谢谢!"

贺龙元帅听过医院领导和刘主任关于麦贤得的治疗情况介绍后,

说："小麦，你为党和人民立了功，你是英雄。"叶剑英说："现在全军都向你学习。"

麦贤得更是紧张地说道："不够，不够。"

这时，贺龙站了起来，轻轻地脱下麦贤得的军帽，仔细地观察他头上的那个伤口。叶剑英对麦贤得说："毛主席要我告诉你，要安心把伤养好。你要听毛主席的话，好好养伤，早日康复。"

麦贤得直点头，"我听话，我听话。"

毛主席的关怀让麦贤得激动得不能自已，他突然站起来放开声音唱了起来："我是一个兵，来自老百姓……"

贺龙听后高兴地说："唱得好，唱得好，你受伤后还能记住歌词，你的伤是能够好起来的！"

两位老帅离开的时候，麦贤得反复只说着一句话："谢谢！毛主席！"

其实他还有一句话没有说出来：我想去北京见毛主席！

1966年的3月7日，南国已是温暖的春天。每年的这个季节是最宜人的时候。那天上午，时任国家副主席的董必武在中共中央中南局第一书记陶铸的陪同下，专程来到医院看望麦贤得。此时已整整80岁高龄的董必武，特意为麦贤得作了一首长诗，并亲自以遒劲的毛笔行楷手书，送给了麦贤得。

麦贤得激动得啪的一个立正，向董老行了一个军礼。

3月23日，有关方面在广州召开大会，会上宣布了国防部授予麦贤得"战斗英雄"称号，麦贤得自己走上了主席台，接受了奖状。会后，时任全国人大常委会副委员长的徐向前元帅，专门接见了麦贤得，鼓励他早日恢复健康。

第八章
第四次手术取弹片

在中国的历史上,恐怕没有一位战斗英雄在活着的时候,如此受到国家主席、共和国总理和诸多的中央领导的关怀,如此众多的部队老帅的关爱,如此众多的荣誉。

有一次,李金爱问麦贤得:"光荣么?"

没想到麦贤得竟然红着脸非常认真地回答说:"不够,不够,真的不够。"

一天,曾同住在一个医院的班长黄汝省过来看麦贤得,已经很久没有见到曾经朝夕相处的老班长的麦贤得,高兴得拉着黄汝省的手不放,脸上一股孩子般的灿烂笑容。班长黄汝省对麦贤得说:"小麦,你为人民立功了。这些都是你应得的荣誉。"

激动得说不出话来的麦贤得,情急之下,拿起笔,用左手在纸上写下了大大的两个字:不够!

一天下午,许曼云陪着麦贤得在院子里散步,这时医院的广播里正在转播全国都在"学习战斗英雄麦贤得"的新闻。突然麦贤得停了下来,在认真地听。许曼云就说:"你听,大家都在向你学习呢。"没有想到,麦贤得突然把手一甩,大声地说:"不要,不要!"

还有一次,许曼云在教麦贤得用左手写字的时候,在一张纸上随手写下了:向战斗英雄麦贤得学习。麦贤得竟然用笔将"学习"两个字涂掉了,甚至把纸都画破了,嘴巴里还大声地说:"不要,不要。"

这,并不是麦贤得的谦卑,他恐怕都不懂得什么叫谦卑,这是他发自内心的感受。受伤几十年来,忍受着伤痛的折磨,他从来没有觉得自己为国家受伤,成了一个残疾军人,就应该受到国家的照顾,他总在努力地做,尽其所能地做,这是麦贤得最为可贵的地方,也是今天我再次书写他的意义。

磨难和伤痛并没有因为麦贤得得到那么多的关怀和荣誉而退去，更大的病痛开始了。

还没有到手术为麦贤得取出弹片的时候，5月的一天凌晨，睡梦中的麦贤得突然大叫一声，然后四肢抽搐，满口白沫，接着就呼吸停止了。

当时正在值夜班的李金爱，慌忙叫醒许曼云，让她马上去找刘明铎主任。刘主任也住在病区，很快就来了，接着院长、其他科主任都赶来了。他们紧急进行抢救，使麦贤得恢复了呼吸，又一次把他从死神那儿拉回来了。

所有的人都惊出一身汗。

然后大家会诊分析，排除了脑出血和术后脑部脓肿的可能，那么只有一个可能了：癫痫发作。

癫痫，就是我们日常所说的"羊痫风"，医学上的解释是：大脑神经元突发性异常放电，导致短暂的大脑功能障碍的一种慢性疾病。引起癫痫发作的原因有多种，其中一种符合麦贤得的病况——颅脑外伤。因脑部受伤疤纹形成及异物刺激，引起脑部异常放电致癫痫发作，这是脑部外伤的后遗症。

专家们会诊后认为，除了进行癫痫发作的防治，脑中弹片的摘除手术需要抓紧进行。癫痫是一种反复发作的疾病，专家们担心癫痫发作时，由于病人对自己的身体不可控，摔倒或痉挛，这不仅对于一位脑部有弹片的病人是危险的，也担心会造成脑部弹片移位。一天不把弹片取出来，麦贤得就不能算真正脱离了危险，意外随时都会发生。

1966年5月10日，麦贤得来广州住院差不多已经9个月了，这一天，广州军区广州总医院再一次召开了麦贤得手术的专门会议。院长亲自主

第八章
第四次手术取弹片

持，医院的有关科室专家们参加了会议，共同研究麦贤得的最后手术方案。这个手术方案自1965年下半年麦贤得的体质有了一定的恢复以后，就开始制订了，方案由刘明铎主任主导，反反复复吸纳了本院专家的集体智慧，在周总理的关心和指示下，还征求了国内有关权威专家的意见，最后确定了下来。

会议认为，为麦贤得做手术的条件已经成熟，因此决定，5月18日为麦贤得做颅内弹片摘除手术和颅骨修补手术，由刘明铎主任主刀。

医院将手术方案报给了广州军区，广州军区又报给了中央军委和周恩来总理。周恩来总理在百忙中还指示解放军总医院和第四军医大学，派出有关权威专家前往广州军区广州总医院配合。

此时麦贤得的身体除了党中央、毛主席、周总理和中央军委老帅们的高度关注，通过报纸广播知晓麦贤得英雄事迹的全国人民，也都在关心着麦贤得的身体康复。当时每天从全国各地寄给麦贤得的信件就有上百封，还有人从遥远的北方寄来偏方、单方和营养品，这是一种支持关怀的力量，对医务人员来说，更是一种责任和压力。

刘明铎不仅是在中央领导高度关注下，也几乎是在全国人民的注视下，给麦贤得做手术，这真是一次不许失败的手术，作为一个医师，我们能想象到他的压力有多大。

5月18日，又是一个18日，不知是有意还是无意，反正总有一种美好祝愿在里面。在麦贤得受伤后的第九个月，在经过充分的治疗调养，尽最大可能增强了麦贤得的体质后，在周恩来总理亲自关心下，邀请了全国著名专家和广州军区广州总医院的专家们集思广益，共同研究制订的手术方案，在这一天实施。

上午9点，刘明铎主任和从北京赶来的专家走进了手术室。主刀当

脚 印
——人民英雄麦贤得

然是刘明铎，但手术台周边还围着一群医生，他们都是刘明铎的后盾。

广州军区和海军的首长也来了，他们就坐在手术室前的走廊上，大家所有的注意力都集中在那扇紧闭着的手术室的门上。

许曼云和李金爱自然是百感交集，她们不由自主地相互握着手，那份紧张和期待，不亚于此时走进手术室的刘明铎主任。9个月的精心护理，270多天的朝夕相处，不仅仅是工作责任，已经形成了姐弟般的感情，在期盼着麦贤得手术成功的同时，更增加了一份她们所特有的焦虑。

这种紧张弥漫在所有等待在手术室门口的首长和同志们的身上，毕竟是一次开颅脑中取弹片的大手术。

反而是麦贤得不怎么紧张，他相信医院，相信刘主任，相信自己能好起来，他心中只有一个愿望：早日康复，我要去北京见毛主席。

手术从上午一直做到中午，手术室的那扇门依然紧闭，人们在时间一分一秒的行进中等待着手术室的门再次打开。焦急等待之中的人们，就会觉得时间走得特别的慢。直到下午3点40分，手术室的门终于打开了，刘明铎主任从里面走了出来。

此时的许曼云和李金爱就想看到刘主任的脸，因为，只要刘主任的脸上带着笑容，那么手术就是成功了。可此时刘主任戴着口罩，看不到面容。只见刘主任往外走，走着走着，也许是想起来了，他伸手摘下了口罩，许曼云突然叫了一声，转身抱住了站在身后的李金爱，因为她看到了刘主任面带着笑容。为了抢救麦贤得，她与刘主任也朝夕相处近一年了，她太熟悉刘主任了，那笑容就是表明手术成功了。许曼云哭了，李金爱也忍不住泪流满面。但她没有忘记看看手表，这场手术做了6小时45分，她把它记在自己的日记里了。

# 第八章
第四次手术取弹片

终于把那块打进麦贤得的脑子里，一直在危及他生命的弹片，安全地取出来了，残缺的头盖骨被植入两块有机玻璃替代，直到今天那两块有机玻璃仍在麦贤得的脑子里。

经过一年多的救治，经过四次脑部手术，这块随时可能危及麦贤得生命的弹片才被取出来了，当时只有20岁的年轻的英雄麦贤得，终于最后脱离了危险。

经过千难万险取出来的这块弹片，长7厘米，宽2.5厘米，厚2.5厘米，呈弯钩状，作为历史物证，至今存放在中国革命军事博物馆里。

看着这块小小的弹片，我突然想到了一个词：毫厘之间。毫厘，极小的距离，而在这个极小的距离之间，危险是多大呢？我不知道。也许只是一个毫厘，一根头发丝，刘明铎主任手上的手术刀，如果差之毫厘，会怎么样？我不知道，我也不敢想。我感觉，麦贤得的生命就在这毫厘之间游离。

脑，是生命机能的主要调节器。人脑，还是思维的器官，是意识和心理的本体。脑的主要生理功能是主宰生命活动、精神活动和感觉运动的。脑，是多么精细的组织；脑，又是多么脆弱。人的脑部一条微小的血管破裂，都会造成人的半个身体不听使唤，何况是一块弹片打进了脑子里。我想，最初那块弹片，如果偏移毫厘之间，麦贤得还能不能活下来，真的不知道。而今，医生要把这块弹片从脑子里取出来，同样不能差之毫厘；因为差之毫厘，就有可能对脑部造成二次损伤，而人类大脑一定区域的毫厘损伤，就是不只会危及生命，而且会引致特有的各种语言和活动功能的障碍。因此，医生的手术真的是差之毫厘，失之千里。从这个角度，我们想到这个手术有多难，刘明铎主任有多难。

手术后的恢复中，刘明铎主任最担心的就是对麦贤得的脑子到底有多大的影响，也就是我们常说的后遗症有多大。人的大脑是那么的精密，人的大脑也是十分的脆弱。可在麦贤得脑中取出那块藏得那样深的弹片，就是千万分的小心，但你毕竟是要把那个藏得很深的弹片取出来，会不会在偶然中，触碰了哪个神经，哪个血管，哪个中枢？神仙也难打包票。

经过手术，取出了弹片，麦贤得的生命是保住了，但严重的脑外伤留下了严重的后遗症，一生都在痛苦地伴随着他：外伤性癫痫、右手无力、偏瘫、行走受限、失忆、语言障碍，这些在麦贤得身上都有较重的表现。有的早在弹片打进去时就形成了，只是那时麦贤得昏迷不醒，没有看出来；有的在第四次手术前，就出现了，比如右手不便；有的，是在第四次手术后新出现的或加重了的症状。

特别是很长一段时间里，他的癫痫发作频繁，平时易激动，须服用大量镇定安神药物，来控制易怒的情绪。可这些镇定安神药，又给他带来严重的副作用。

当英雄的光环逐渐淡出人们的视野后，麦贤得作为一个重残的伤员，进入了漫长的康复治疗。

而此时刘明铎主任最担心的是对麦贤得认知能力的影响，情感表达的影响，和他的记忆尤其是远期记忆的影响有多大。这些将严重影响着麦贤得今后生活的质量。而这些在当时都没有准确的仪器能够进行测试，只能靠陪在伤员身边护理的医护人员的细心观察与评估。

手术后的麦贤得还是有较大的变化，首先是语言表达更困难了，说的话比手术前更简短，几个字、几个字从嘴巴里往外挤，因为说话困难他就说得更少了，变得沉默了，有时就静静地坐在那儿，不爱搭理人。

对这一点，刘明铎主任心里沉甸甸的。

第八章
第四次手术取弹片

人的一切行为都受大脑的指使，如此严重脑外伤后的麦贤得，经过手术取出弹片后，其思维、辨识、思考，甚至情感的表达，关系到其今后如何生活。并不是说他是一位全国著名的英雄模范人物，就要对他多一份关怀，而是作为一名救死扶伤的医务工作者，怀有崇高的悲悯情怀是其最高思想境界。刘明铎主任面对的还是一个只有20岁的小伙子，他人生的路还非常漫长。如果其认知能力、情感表达、近远期记忆，都受到较严重的影响，那么今后他还能不能像常人一样地思考，有着常人一样的情感表达，甚至还能不能认识身边的人，这都是非常重要的生存质量的必要保证。如果这些能力哪怕有一项缺失了，就是手术取出了弹片，其没有了生命危险，可今后的日子该怎么过呢！

这些，是刘明铎主任没有说出口的担忧，也是他那些日子更加细心的原因。

像刘明铎主任这样的老一辈医务工作者，他们的医德医风我们今天还保留了多少？医患之间的关系，本是救死扶伤的关系，当今的社会新闻中，那么多医患矛盾，到底原因在哪儿呢？医生和患者是救死扶伤的两端，怎么变成了剑拔弩张的对立面了呢？2003年"非典"期间，我曾采访过工程院院士钟南山，他在看病时的一个小动作，让我至今记忆犹新。那时3月气温还比较低，作为一个呼吸内科的专家少不了要使用听诊器。听诊器头是铁的，必然冰凉冰凉的，可每个患有呼吸道疾病的病人几乎都会发烧，身体必然是热的。钟南山院士在听诊的时候，总是习惯地将冰凉的听诊器放在手上捂热了，才放到病人的胸口上，这个细微的动作，反映了一个医者的情怀。

我们真的要好好学习刘明铎、钟南山这样一批老一代医务工作者的医德医风。这次武汉新冠肺炎疫情暴发，80多岁的钟南山院士毅然奔赴

脚　印
——人民英雄麦贤得

一线，感动了千千万万的人，这是一种医者的崇高献身精神。这种精神同样体现在刘明铎主任的身上。

手术后不久的一天，麦贤得的父母麦阿记和林呦来到广州看儿子。刘主任事前嘱咐许曼云和李金爱，不要提前告诉麦贤得，观察一下麦贤得的第一反应。

自麦贤得到广州住院后，父母这还是第一次来。那时从饶平到广州，交通不方便，父母亲走了整整一天。

当时麦贤得坐在床前正在看毛泽东的著作"老三篇"中的《为人民服务》单行本，静静地，低着头，很认真地在读书本上的文字。

父母走进病房时，麦贤得并没有反应，甚至都没有抬头。陪同麦贤得父母进来的李金爱以为他没有认出来，就说："小麦，你看看谁来了？"

麦贤得抬起头来，他两眼发直地看着父母亲，半晌没有说话。只见他嘴唇发颤，想说什么，又说不出来，一会儿却像个受委屈的孩子一样，嗫嚅着嘴巴叫："阿爸，阿妈……"然后就没有话了，两行热泪顺着他那瘦削的双颊滚滚而下……

这个被称为"钢铁战士"的麦贤得，被弹片击中，多次手术，忍受着常人无法忍受的伤痛，从未见掉过半滴眼泪。因为人们说他是英雄，英雄怎么可以掉眼泪？今天在见到父母亲时，却哭了，这个哭声里，包含着他内心太多的说不出来的痛，真的是痛啊。麦贤得是"钢铁战士"，可不是钢铁铸成的，他是人，是一个血肉之躯。只是他是一个战士。最高境界的战士要有勇士的精神，麦贤得无愧于这个精神，他不仅仅在"八六"海战的那一夜，而是几乎用了自己的一生来表现什么叫作"英雄"。

第八章
第四次手术取弹片

知儿莫如母啊，林呖看着这个从自己身上掉下来的一块肉，心痛地喃喃自语地说着："阿得，阿得，你哪儿痛，你哪儿痛啊？"说着取下了麦贤得头上的军帽，抚摸着那块还没有长上头发的伤口，"还痛吗？还痛吗？要听医生护士的话，听话了，就会早点好起来。"纯朴的英雄父母相信的是医生，相信的是护士。

这是麦贤得入院以来，第一次流泪。站在一旁的李金爱也情不自禁地眼睛湿了，她把这个深刻的印象，也记进了她的日记中。

刘明铎主任得知了当时的情况，却异常高兴，连连地说："太好了，太好了。"

李金爱不解地望着他，他才解释说："这说明，他的认知能力和情感表达没有问题。这太好了。"这是医师思考问题的角度。

从一个医者的角度，刘明铎下一步就是要观察麦贤得的远期记忆。他让许曼云和李金爱在帮助麦贤得做功能恢复时，经常问他小时候的事情。可麦贤得由于语言表达困难，说不了太长的话，无法回答许曼云和李金爱的问题。

一天，刘主任接到医院门口值班的哨兵打来电话，说有一个人要来看麦贤得。那时由于麦贤得的英雄事迹感动了千万人，常常有不相识的群众来到医院要看望麦贤得，为了不影响麦贤得的治疗康复，所以没有医师的同意，不能进入麦贤得的病房，因此哨兵打了一个电话给刘明铎主任。刘主任问是什么人？哨兵说，来人讲他是麦贤得小时候一块长大的同乡。刘主任一听，灵光一现，就说，我马上出来。

刘主任来到医院门口，看到一位年龄和麦贤得相仿、皮肤黑黑的青年，就问他是麦贤得的什么人。这位手上拎着一些水果的青年说，他是麦贤得的远房亲戚，也姓麦，小时候和阿得一块赶海摸鱼虾长大的。后

脚 印
——人民英雄麦贤得

来阿得参军去了,他也进了饶平县的运输公司做了一名船员,今天到广州来出差,家里人让他来看看阿得。

刘主任问,你们有多长时间没有见面了?他说,有好几年没有见面了,自从阿得参军后,就几乎没有见过面。刘主任说,那好,你跟我来吧。刘主任将来人带到病区门口,然后说,你在这儿稍等,过10分钟再进去,在护士站那儿问麦贤得在哪个病房,她们会告诉你。

过了10分钟,他走了进去,在护士站他还没开口,护士就指着一间病房说,来看麦贤得的吧,那间病房。

他走到门口时,看到只有一个人正趴在桌上写字,一笔一画写得很认真。正是麦贤得,他不由得高兴地喊道:"阿得!"

麦贤得抬起头来,愣了一下,马上高兴地站了起来,大叫一声:"阿超,你——来——了——"说话虽然困难,但还是立即认出了自己儿时的玩伴。

这时,刘主任出现在病房门口,他高兴地咧着嘴笑。他高兴的原因,只有他自己知道,麦贤得能这么快地认出很久没有见过面的儿时玩伴,说明他的远期记忆没有受到很大损伤,这从另一个角度说明了手术的成功,说明了麦贤得今后的生活质量,太让人高兴了。刘明铎主任此时心里充满着成就感,他深深地舒了一口气,胸中的千斤压力终于释放了。

在广州军区广州总医院,麦贤得手术后最初的时候,连走路都要人搀扶,生活不能自理。在医护人员的帮助下,战胜了死神的麦贤得,又以超人的毅力与命运搏斗,首先重新学习发音吐字,一个字一个词地开始,接着就练习使用左手,以代替偏瘫的右手,经过一段时间坚持不懈的学习,然后开始锻炼走路。麦贤得偏瘫的症状跟一个脑中风的病人一

第八章
第四次手术取弹片

样,右手勾着,走路一步一画圈,一开始每迈出一步都是艰难的,但他坚持自己走,最初走几步就满头大汗,但他不停下,表现得十分顽强。

他在与命运进行搏斗,除了脾气坏,平时不轻易流泪。

从此,在漫长的岁月中,麦贤得拖着他那偏瘫的腿,一步一拐,一拐一步,一步一个脚印,脚印虽歪歪扭扭,却始终向前。无论怎样艰难总在往前走,在重获新生的今天,第一步就是要走出医院……

1966年8月下旬,已经在广州军区广州总医院住了一年多的麦贤得终于可以出院了。医院组织专家对麦贤得手术后的恢复状态做了一次全面评估,认为麦贤得身体恢复不错,可以出院,转往海军疗养院疗养,重点是身体一些功能康复,需要一个相当长的时间。

离开医院的时候,麦贤得有些依依不舍。脑部严重受伤,使他变得格外单纯,一个单纯的人就简单。麦贤得本来就不是一个复杂的人,他除了要求进步,在名和利上都没有多少企图心,他就是一心想当一名好战士,毛主席的好战士,其他的并没有多少想法。当那块弹片打进他的脑子后,他的一生几乎都是在与伤痛和严重的后遗症做斗争,与死神斗,与病魔斗,与一切后遗症斗,一路走到今天,他始终都是一个胜利者。如果他失败了,就活不到今天。当然,从周总理到诸位老帅,从广州军区到南海舰队首长,再具体到广州军区广州总医院,到刘明铎、许曼云、李金爱等,再后来到他的妻子李玉枝,离开哪一个,我真的不敢想象,麦贤得能走到今天。

对麦贤得的采访和大量资料的占有、研究后,使我成了最全面了解麦贤得的一个人,我感觉,脑部受伤后的麦贤得,变成了一个最为纯粹的人——一个最大的心理因素成为他全部的精神支撑,是党和国家给了他最大的关怀,他要成为一个对人民有用的"英雄"。"英雄"这个精

脚　印
——人民英雄麦贤得

神支撑让他艰难地走过了50多年，创造了一个医学奇迹，这个奇迹让当年抢救他的医学专家刘明铎都惊叹不已。

从另一个角度来看麦贤得，有时他更像是一个孩子，任性、自我、固执、简单，特别是当年，从广州军区广州总医院出院时，他像一个孩子一样舍不得医院，舍不得刘主任，舍不得朝夕相处的许曼云和李金爱。

出院的前一天，许曼云和麦贤得谈了一次心。许曼云喊他"小麦"，他喊许曼云"许姐"。 许曼云对他去疗养院疗养千叮嘱万嘱咐，麦贤得说不出感恩的话，只会说："许姐，许姐，谢谢！谢谢！"

麦贤得出院了！他离开了已经住了370多个日夜的广州军区广州总医院，除了依依不舍，还是依依不舍。

第九章

⚓

毛泽东主席的单独接见

　　出院以后的麦贤得，又入院了，这次入的是广州海军疗养院。麦贤得在这儿进入身体功能恢复的疗养锻炼。对麦贤得身体功能的训练是全方位的，使用左手的训练在住院时就在许曼云和李金爱的帮助下，已经有了长足的进步，例如麦贤得现在已经能够用左手写字了，写得最多的就是毛泽东主席的那句话："全心全意地为人民服务。"这句话麦贤得写了一生，先用钢笔写，后用毛笔写。

　　然后就是身体各项功能恢复的训练，主要针对他脑部受伤后轻度右偏瘫症状的体能恢复训练。有些在医院时就开始了，例如划船机训练、脚踏车训练。划船机训练的是右手功能，脚踏车训练的是右脚功能。麦贤得对训练有着顽强的毅力，刚开始坐在划船机上，划不了几次就满头大汗，右手无力也疼痛，陪同他训练的医生让他休息，他急躁地说："不要，不要。"继续使劲地脚蹬手划，一下，一下，越划越快，从刚开始一次只能坚持几分钟，到后来一口气能划半小时。脚踏车，也从能蹬十几次，到坚持上百次，每次都是满头大汗也不肯下来。后来，为了训练他的协调能力和平衡能力，又让他学拍球，结果麦贤得从此学会了打球，篮球、乒乓球、羽毛球都会打了。语言的表达能力，也有了很大的改善，虽然还不能说比较长的句子，但基本能清楚地表达自己的意思。

大家都为他感到高兴。但，有一个后遗症非常严重和顽固，那就是癫痫的频繁发作。到了疗养院后，越来越严重，几乎每周都会发作。发病之前，情绪会变得烦躁不安，心情坏，脾气就大，无法控制自己的行为，甚至抬手打人。癫痫发作时，口吐白沫，浑身抽搐，大小便失禁。癫痫发作后，如同大病一场，浑身瘫软，很长时间无法起床。疗养院只得派专门护理医生，陪着麦贤得同住一个房间，随时准备救治发病的麦贤得。麦贤得人高马大的，犯病时一个男医生都挪不动，后来部队专门派了一位指导员同男医生一道陪护麦贤得。

这段时间，癫痫发作后，麦贤得对于自己的频繁发病，给医护人员带来麻烦，内心十分的不安。一段时间内，即使不发作，他情绪也不高，常常一个人呆坐在那儿久久不吭一声。他觉得自己变成了一个废人，对不起首长，对不起医护人员，也对不起父母，甚至吃药也不按时，觉得药没有用，治不好他的癫痫。

老艇长崔福俊去疗养院看他，他断断续续地对艇长说了自己的心事，最后说："治不好，活着连累人，不如死了算了。"

崔福俊抬头看着麦贤得，发现他是认真说的，并不是闹情绪，就吓了一跳，崔福俊抬高声音大声说："你忘记了，是谁救了你？是毛主席，是周总理！你就这么报答毛主席和周总理，还有刘主任，还有许护士、李护士，还有那么多的人。他们在你身上耗费了多少心血？你以为你是为自己而活着的？"崔福俊又惊又气。

崔福俊真的害怕他一时想不开，做糊涂的事情，又说："你还说你想去北京看毛主席？你这种思想能养好伤？能去北京看毛主席？"

第九章
毛泽东主席的单独接见

崔福俊这句情急之中讲出的话，像一服特效药治好了麦贤得的心病。

麦贤得听到这儿，突然抬起头来，看着自己的艇长说："真的能去北京看毛主席？"

崔福俊为了安慰麦贤得，打消他的低落情绪，张口就说："把伤养好了，就能。伤养不好，怎么去北京？"

没想到，这时麦贤得站了起来，朝着房间里墙上挂着的毛主席画像（那个时候在全国，几乎每一个房间都会挂毛泽东主席的画像），突然敬了一个军礼，然后结结巴巴但语气坚定地说："毛主席，我保证我会养好伤，我要去北京看您老人家！"

到北京看毛主席，一个期望，成了支撑着麦贤得的毅力，充实着麦贤得的精神世界，他克服着重重困难，努力地去与病魔搏斗。

在1966年的时候，在中华大地上掀起了一股巨大的热潮，那就是全民"学习毛泽东思想"。在部队开展的就是"读毛主席的书，做毛主席的好战士"。麦贤得，一位脑子受伤的战士，以学习毛主席的著作，来充实自己的精神，今天的人们，尤其是年轻人可能不能理解，但经历过那个时代的人，一定了解、理解这个全社会的现象。

麦贤得以其超常的毅力，读毛主席的书，以此来充实自己的精神，渴望着去北京见毛主席。同时，也以此锻炼自己的语言和记忆功能的恢复，结果又成了一名积极分子：学习毛主席著作积极分子，并且又成为全海军的一个模范，为此终于实现了自己的愿望，于1967年11月27日去北京，参加海军举行的"学习毛主席思想积极分子代表大会"。麦贤得终于以自己的行动，实现了到北京的梦想，也真的实现了"我要到北京去看毛主席"的愿望。而一直关心麦贤得康复情况的毛泽东主席，知道他来北京后，决定亲自接见他，而且是单独接见。

麦贤得真的实现了自己的梦想，这个梦想在当年，真的比天大。

1967年11月27日，麦贤得随老艇长崔福俊以及南海舰队的海军代表，一同乘火车去北京。从广州到北京是我国铁路大动脉京广线，那时一路上要坐两天两宿，路途中激动的麦贤得怎么也睡不着，那天夜里他突然焦急地问同车厢的崔福俊："艇长，火车怎么这么慢，司机没有吃饱？"崔福俊已经去过一次北京，他知道路上要走多少时间，于是就笑着说："从广州到北京，2000多公里呢，哪能那么快。好好睡吧，到了北京见毛主席要有精神。"麦贤得只得又躺下，过了一会儿，仍然睡不着，又翻身问崔福俊："艇长，您见过毛主席，见了毛主席说什么呢？"崔福俊说："我见毛主席的时候，人那么多，哪有机会说话？只是握了握手，毛主席的手热乎乎的，很大，很有力。""哦。"麦贤得没有再说话，陷入了沉思，想象着见毛主席的情景，心里暖暖的，身上热热的。

11月29日的傍晚，火车才到北京，麦贤得和崔福俊他们都住在海军大院招待所。11月30日，海军"学习毛主席著作积极分子代表大会"召开，麦贤得被安排第一个上台发言。4000多名海军代表绝大部分都是第一次见到麦贤得这位打不死的传奇式"英雄"，那掌声几乎把麦贤得淹没了。作为一个士兵，在军种的最高司令部，在如海洋一般的人面前发言，麦贤得紧张得口齿更加不清，发言更加结结巴巴。但，人们要见的是英雄，人们崇拜的是英雄，代表们并不在乎听不听得清麦贤得在讲什么，英雄的光芒，在军人们的面前格外灿烂。

两天会议后，在见毛主席前，崔福俊带着第一次来北京的麦贤得去参观天安门。从海军大院招待所到天安门，一路上麦贤得觉得自己的眼

第九章
毛泽东主席的单独接见

睛不够用。首都北京无论城市面貌还是建筑风格和广州都不同，和自己的家乡汕头饶平那更不同，这里是毛主席、周总理住的地方，可毛主席和周总理住在哪里呢？有人告诉他，毛主席和周总理就住在北京天安门附近。

车到天安门广场后，崔福俊领着麦贤得去天安门。在金水桥头，麦贤得看到了天安门城楼上毛泽东的巨幅画像，就问两年前曾见过毛主席的崔福俊："艇长，毛主席就住在这后面吗？"崔福俊说："这后面是故宫博物院，以前皇帝住的地方。毛主席好像住在中南海。"麦贤得又问："那周总理呢？"崔福俊说："周总理好像住在中南海的西花厅。"麦贤得刨根问底："中南海离这儿远吗？"崔福俊说："我也不清楚，好像不远。"麦贤得听说毛主席住的地方离天安门不远，就深情地注视着毛主席的画像，又问："毛主席和画像上长得一样吗？"崔福俊笑着说："一样，比画像慈祥，握手很温暖。"

没想到，麦贤得什么也没说，却突然朝着天安门城楼上的毛泽东主席画像敬了一个军礼！这个画面被随他前来采访的记者抢拍了下来，第二天竟然发在《人民日报》上。

麦贤得日思夜想的那个时刻终于到来了。

1967年12月3日晚上10点，就在天安门旁边的北京人民大会堂，毛泽东主席、周恩来总理等中央首长接见了包括麦贤得在内的4000多名海军代表，并且和大家合影留念。合影时，麦贤得被专门安排在第一排中间，就坐在离毛泽东主席很近的位置上。这张珍贵的历史照片，至今仍挂在麦贤得家的书房里。

接见结束后，大家目送着毛主席和周总理等中央首长走出会见厅。一会儿，一位首长走了过来，告诉麦贤得毛主席要单独接见他。然后，

脚 印
——人民英雄麦贤得

领着麦贤得朝小会客厅走去。

这时,麦贤得内心的激动是可想而知的,他努力让自己平静下来。他的努力就是尽量让自己走得平稳一些,一定要克服那仍然有些不听话的右腿发软。

刚走进小会客厅,自己就被一阵相机的闪光灯给闪了眼睛,根本没有看清楚毛主席在哪儿。这时毛泽东主席从沙发上站起来了,一般情况下,毛泽东主席接见时都是站在原地,被接见者上前和他握手。此时毛泽东主席却是走到手足无措的麦贤得面前,伸出他的大手握住了麦贤得的手。麦贤得只感到一股暖流流进了心里。

毛泽东主席握着麦贤得的手,摇了摇,问了他的养病的情况,鼓励麦贤得养好身体,再为人民立新功。

麦贤得后来说,此时除了听清毛主席的这句话,其他的他都记不住,也记不清自己当时是怎样离开毛主席,回到住地招待所的。回来后的麦贤得怎么也睡不着,心情久久不能平静下来。他想,应该把当天毛主席的接见记下来,留作永远的纪念。

他翻身下床,拿出笔记本和笔,就在纸上写。写呀,写呀,怎么总也写不完,他不知道怎样表达才好,加上左手写字又慢,所以,一直在写啊,写啊,书写虽不流利,却是在特定时代里,特定的环境中,特定的人用特定的语言,记下的特定的事。麦贤得有他的表达方式,在他的世界里,那是最真诚的记录。

那时人们都称他为"钢铁战士","钢铁战士"用"钢铁"一般的韧劲写下了这辈子最长的一篇日记。日记的主要内容不是记述毛泽东主席如何接见他和当时的情景,而是他的感激心情。不要忘了他是有偏瘫后遗症的,他用左手一笔一画写下来的,今天看像口号,可那时就是特定年代里麦贤得的心声。

第十章

谁来抚慰英雄

麦贤得在海军广州疗养院，身体逐渐康复。他坚持每天进行锻炼。语言一直有障碍，他就每天背诵毛主席语录，一边用于锻炼记忆，一边用于恢复语言表达。头脑思维有明显的改善，远期记忆也在慢慢恢复，已经能一点一点记起童年往事，医生对康复预期充满着希望。麦贤得也一直坚持身体的功能训练，以最大的毅力恢复偏瘫带来的行动不便。麦贤得还坚持参加力所能及的劳动，他毕竟是劳动人民的儿子，一生都热爱劳动，而且在劳动的时候，心情最好。

可麦贤得毕竟是一个有着严重脑外伤后遗症的人，最大的问题仍是癫痫的频繁发作，多的时候，每周都要发作一次，无论对他的身体，还是情绪，影响都非常大。麦贤得不仅非常痛苦，而且体能消耗很大。发作后像霜打的庄稼，往往几天都恢复不过来。最糟糕的问题是，癫痫发作前后，情绪极坏，脾气很大，很容易发火，甚至抬手打人。麦贤得长得高大，情绪失控时力气很大，曾把陪伴他的医生胳膊打得青紫。有时，癫痫发作在半夜，如果身边无人，就很危险。

部队为了防止麦贤得癫痫发作时出现危险，专门选派了一位年轻的

脚 印
——人民英雄麦贤得

保健医生和一位指导员长期陪伴麦贤得住在一个房间里，以便麦贤得癫痫发作时，身边随时有人抢救。但几年下来了，疗养院的男医生基本都结婚成家了，那位陪伴麦贤得多时的黄医生也结婚了，指导员的孩子都上幼儿园了，长期和麦贤得住在一起，并不是解决问题的根本方法。这时，部队领导想到了另一个办法，准备特招麦贤得的一位弟弟入伍到部队，专门负责陪伴照顾麦贤得。可麦贤得的父母考虑再三，觉得不合适，除了麦贤得的弟弟不懂医疗陪护，麦贤得要是夜里发了病，男孩子睡得死会误事的。还有，麦贤得在家时就脾气急躁，对几位弟弟急了，有时也会抬手打人，现在弟弟到了身边，他会更加无所顾忌。更重要的是，麦贤得的弟弟也是要结婚成家的，也不能永远陪伴着不知道什么时候才能康复的哥哥。

部队领导得知了麦贤得父母的意见，觉得也有道理，特招麦贤得的一位弟弟入伍，实际上也解决不了根本问题，就是亲兄弟也要长大成人，也要结婚生子，无法永远日夜陪伴着伤残了的哥哥一辈子。部队领导在继续考虑着其他办法，来解决麦贤得治疗和康复的问题，并且找一些专家来咨询。

麦贤得对无法控制自己的情绪，也非常懊恼，常常自己生自己的闷气。他在生闷气的时候，会长时间地坐在房间里不和别人说一句话，有时候甚至连饭也不吃。可越是这样越是对他身体恢复不利。部队领导、医生和他本人都想找到疏解的方法，可那时正是极左思潮最盛的文化大革命时期，虽标榜的是"文化革命"却是没有文化生活的年代。今天我们累了、烦了，可以听听音乐，看看电影，甚至去去歌舞厅，泡泡酒吧等。那个时代，这些都没有，只有八个所谓"榜样戏"的京剧，整天广播里唱的都是这个戏，唱得全中国人民无论男女老幼都耳朵起茧了，谁

第十章
谁来抚慰英雄

都能随口哼上几句,像小和尚念经。八个戏,全中国人民被迫文化消费了十年,哪还有陶冶情操、舒缓心灵的作用?有的全是让人烦不胜烦的口号。

那么怎样才能帮麦贤得找到舒缓情绪安定心情的办法呢?

麦贤得自己找到了。在那个特定的年代,他找到了特定的疏解情绪的方法,就是捧着一本《毛主席语录》,朗读毛主席的话。那时候,麦贤得不仅读,而且锻炼左手功能,抄写的也是《毛主席语录》,还能背诵一些毛泽东的经典名句。由于脑部受伤后语言功能受到较大的伤害,麦贤得至今也说不了长句子。在背诵时说不了长句,他就把一句话断成几节,几个字、几个字地背。麦贤得读《毛主席语录》,可不像很多人"小和尚念经,有口无心",他是真的把毛主席的话记在心里,一笔一画地写在笔记本上,比如"下定决心,不怕牺牲,排除万难,去争取胜利",比如"我们的同志在困难的时候,要看到成绩,要看到光明,要提高我们的勇气",比如"世界上怕就怕认真二字,共产党人最讲认真"。这些话,至今他仍能背诵,然后努力地照毛主席说的去做。并以此来克服伤痛,以此来锻炼身体,以此来恢复体能。因此,他也就成了"活学活用毛泽东思想积极分子"。在那个时代,思维单纯的麦贤得非常珍惜这份荣誉。

可《毛主席语录》,并不能让他完全摆脱癫痫带来的痛苦,也无法让他完全克服情绪暴躁,特别是癫痫发作前后情绪极坏,忍也忍不了。诱发癫痫发作的原因很多,甚至天气异常,气压很低,都会增加癫痫发作的次数。反过来癫痫发作的次数增多,又影响着麦贤得的情绪。而癫痫发作的时候,一切他都是不知道、不可控的。伤痛、后遗症,折磨着年轻的战士麦贤得。那时他才20几岁。反倒是人自身的本能天性,有时能稍稍改变一下麦贤得的情绪。例如,脾气暴躁时,女护士的劝阻,往往比男医生的效果要好。

这个现象被领导和保健医生发现了,他们突然灵光一闪:为了麦贤得的长远生活,能不能让麦贤得恋爱结婚?因为根据麦贤得的身体状况,他不仅缺一个夜间照料他的人,更缺一个能抚慰他身心的人。

麦贤得是一个英雄、一个战士,他也是一个青年,一个虽有着严重后遗症,但身体确在正常发育并逐渐成熟的男人。这个问题,突然被人们发现了。英雄并不是特殊材料做成的,英雄只是在生死之际把自己置之度外。英雄同样是血肉之躯,英雄也同样有七情六欲。

大家有了共识以后,为了麦贤得的治疗康复,也为了麦贤得今后的幸福,部队领导和疗养院的医生,首先做的一件事,就是请专家评估一下,麦贤得适不适合恋爱结婚,他严重的癫痫会不会在日后遗传给孩子。

首先请教的是麦贤得的主治医师刘明铎主任。刘主任明确地答复,麦贤得是外伤后引起的癫痫,这样的癫痫一般是不会遗传的。但,刘明铎主任也说,我是神经外科医生,这个问题,包括能不能结婚,最好要请教一下生物遗传医学方面的专家。

当时广州这方面最好的专家是广州医学院教授廖敏,他是国内遗传学方面的著名专家。廖教授曾留学欧美,主要攻读的就是遗传学,在国外时就有一定的成就;回国后,成为遗传学方面的权威。

南海舰队领导派专人到广州医学院请教廖教授,并且希望廖教授能到疗养院来亲自给麦贤得看诊。

廖敏教授早已知道麦贤得的英名,所以欣然来到疗养院为麦贤得检查鉴定。

这是一次非同小可的看诊,因为它实际上决定了麦贤得后来的人生

第十章
谁来抚慰英雄

走向。从现在角度往回看，如果没有廖敏教授这一次的诊断，给出了毫不含糊的专业意见，也许麦贤得的人生路不是今天这样。

那天，廖敏教授到疗养院的时候，舰队领导也把麦贤得的父母接来了，因为，那天要决定麦贤得的终身大事，不能不听听父母的意见。

廖教授到达疗养院以后，给麦贤得进行了检查。他的检查与一般医生不同，是在不动声色之中进行的。他走到麦贤得住的房间门口时，首先听到的是麦贤得正在朗读《毛主席语录》，虽读得结结巴巴，但基本清楚明白，而且看到麦贤得全神贯注，注意力能集中，说明他在心理和心智上是正常的。

廖教授走进麦贤得的房间，陪同廖教授的部队领导朝麦贤得喊了一声："小麦，廖教授给你看病来了。廖教授是广州的大专家。"

正低头聚精会神地阅读的麦贤得立即站了起来，立正，敬礼！尽管受了如此之重的脑外伤，麦贤得始终记得自己是一个军人，他抬手给廖教授敬了一个标准的军礼，很有礼貌地说："廖教授好！"

廖教授急忙走上前，握住麦贤得的手，一边热情地说："麦英雄，你好！你好！"一边有意地用力握了握麦贤得那偏瘫的右手，并且摇了几下，看看他有力没力，能不能反握。他发现虽然麦贤得努力地想回应廖教授的热情握手，但和正常人还是有一段不小的差距。

廖教授仔细地观察着麦贤得，发现他神情虽然偏疲惫，但眼睛有神，能认真地看着廖教授，也能集中注意力听廖教授说话。特别是那双眼睛，显得清澈，像孩子一般的纯朴无邪。其实麦贤得的一生，都保持着这样一双清澈的眼睛，那里始终都显示着他不被污染的心灵。

我们常说，眼睛是心灵的窗口，是说眼睛最容易透露一个人的内心。在精神病学领域，特别是心理医学领域，有经验的医生，特别注意观察病人的眼睛。我们在日常生活中，也会发现，一般精神上有疾患的

脚 印
——人民英雄麦贤得

人，不能直视别人，眼神总在躲闪；心里有事的人，愧对别人的人，也不能坦荡地直视人。廖教授是一个遗传学专家，今天来给麦贤得看诊，做出的结论，将会影响麦贤得的一生，所以，他特别仔细，其中之一，就是认真地观察麦贤得的眼睛，他发现那双眼睛是纯朴的，是诚恳的，是真实地反映着内心世界的。

接着，廖教授给麦贤得做了一次全身检查，叩听了胸腔、腹腔和听诊了肺部。然后问麦贤得："吃饭还好吗？"麦贤得回答说："好，好，餐餐都有鱼。"麦贤得生长于海边，最爱吃海鱼，为了让麦贤得身体恢复更好，所以疗养院几乎每餐都给他准备了鱼，特别是潮州最著名的"打冷"，即做熟后再放冷的红眼鱼，麦贤得最爱吃。廖教授又问："平时都做哪些训练？"麦贤得说："都做，都做，打球，打球。跑步，也行。"说着，麦贤得还抬起双手做了一个跑步的样子。廖教授高兴地连声说："好，好！"接着廖教授又问了一些学习方面的事和生活起居规律等。尽管已经在疗养院待了几年了，麦贤得仍然保持着一个军人的作息时间，每天起居都很规律。说到学习，麦贤得就拿出自己写的学习心得和记的日记给廖教授看。廖教授看到由于几乎都是用左手写的，字体一看就知道写得很艰难，但一笔一画，非常认真。写了那么多，对于一个右边身体偏瘫的人来说，无疑走过了千山万水。廖教授手捧着那厚厚的日记本，不由得对这位英雄的毅力肃然起敬。

从麦贤得房间出来以后，廖教授又请来了负责麦贤得医疗康复和看护的黄医生，详细询问了麦贤得的情况。

黄医生介绍了麦贤得这几年来的情况："麦贤得的身体康复训练进行得比较好，个人毅力也非常大，现在已经能够打篮球、乒乓球、羽毛球等。最大的问题就是癫痫发作，几乎每周都要发作一次。发作时，口

第十章
谁来抚慰英雄

吐白沫，四肢抽搐，大小便失禁，白天夜晚都有发作。他那么一个大个子，倒下来我一个人都弄不动他，所以现在除了我，部队还专门派了一位指导员和我一起，每晚与他睡在一个房间。"

廖教授仔细地问道："一般在什么情况下，容易发作癫痫？"

黄医生想了想回答说："一是，天气不好的时候，特别是气压低、乌云厚，台风来临前；一是，感冒或者其他身体不舒服的时候；一是，生气后，情绪不好的时候。"

廖教授仔细地问道："什么的情况下，会情绪不好？"

黄医生说："麦贤得自尊心特别强，谁说了一句无心的话，如果伤了他的自尊心，他就会生闷气。还有，他想做什么，或者他认为是对的，你不能和他拗着来。他如果特别想做一件事，你不让他做，他也会发火。麦贤得发火的时候，自己控制不了自己，有时还会伸手打人。你看，这是他不久前发火，我上去劝，被打的。"说着，黄医生露出了手臂，上面有一块青紫疤痕。

廖教授突然问了一句："他对女同志的态度如何？"

黄医生说："小麦对女同志比对男同志和气。当他生气的时候，女护士去劝，比男同志效果好。他一般对女同志比较客气，不会冲着女同志发火，平时喜欢找女护士打牌、说话，和女护士们在一起的时候，心情就会愉快一些。他生气不吃饭的时候，女护士端来饭菜，他一般都会把饭吃完，吃完后还会把空碗拿给女护士看。"

黄医生想了想，又说："领导考虑到他的情况，将他安排到湖南冷水滩部队'五七干校'农场，在那儿参加一点简单的劳动，一边进行康复训练。冷水滩农场全是男同志，没有一个女护士，我和他住在一个房间，发现他总是闷闷不乐的，情绪并不很好，总在拼命劳动，让他休息，他就脾气暴躁地发火。我统计了一下，他在冷水滩农场癫痫发作比疗养院多一点。我感到，是不是那儿没有女同志？所以，我们又把他带回来了。"

廖教授听后一边点头，一边笑，然后在本子上记着什么。

黄医生离开以后，陪同一旁的部队领导望着廖教授，欲言又止。廖教授做完记录，合上笔记本，郑重地对部队领导说："完全可以帮助他找一个对象结婚。"

部队领导深深地舒了一口气，然后说："我们一直有这样一个想法，但没有专家的鉴定，我们不敢决定。这样，刘明铎主任说，从遗传学角度来看，癫痫不会有遗传，您又说，完全可以帮助小麦找对象，我们就知道下一步该怎么去努力了。"

廖教授说："人类是由两性组成的，从生物遗传上来看，两性是有相互吸引的本能。麦贤得今年已经快24岁了，虽然大脑受了伤，但其身体的发育已经完全成熟了，其体内的雄性荷尔蒙分泌和正常人一样，只是他因脑部受伤，不能清晰地表达，但有本能的反应。所以，他情绪坏，对女同志温和。这些都是正常男性的表现。"

说到这儿，廖教授喝了一口茶，接着说："其实，我们健康的人，不能理解麦贤得内心的苦闷。他脑子受了伤，身体的功能却在正常发育，可他又说不出，甚至可能都不能清楚地意识到，其实他内心有一股青春的压力，所以，他容易发火，脾气暴躁，进而又刺激着他癫痫的频繁发作。这样下去，每发作一次，对他的身体和体力都是一次伤害，然后又大剂量地服用药物，所有的药物都有副作用，转而又反映到他的精神表现上来。长此以往，对麦贤得的康复不是有利的。"

部队领导问："廖教授的意思？"

廖教授清晰地表述道："当然是找一个姑娘跟他结婚更好，一来可以满足他的情感需求，二来可以照料他的日常生活，特别是夜间，防止

第十章
谁来抚慰英雄

他癫痫发作时发生危险。让他和正常人一样过上家庭生活,规律地生活,心情就会逐渐好起来,身体也会慢慢地恢复。从辩证的角度来看,总体是利大于弊的,是有利于麦贤得同志康复的。"

部队领导如释重负地说:"我们请您这位大专家来,就是想请您帮助我们提供一个专业的意见,然后,我们还要征求他父母的意见。今天,我们也把麦贤得的父母请来了。"

廖教授听说麦贤得的父母也来了,就表示可以一同去见见,一块聊聊。

在另一间房子里,见到了麦贤得的父母,廖教授一看就知道这是一对朴实的夫妇。看到部队领导走进来,夫妇俩都站了起来。

部队领导热情地握着麦贤得父母的手,说:"大叔、大婶,我来给你们介绍一下,这是我们专门请来给小麦检查身体的广州医学院的专家廖敏教授。"然后转身对廖教授说,"这是麦贤得的父母。"

廖敏教授上前也和他们握手。

部队领导请大家坐下,然后就说:"小麦在疗养院先后已经疗养康复快四年了,中间还去了湖南冷水滩部队'五七干校'农场一年多。现在身体恢复状况良好。虽然右手右腿功能方面没有完全康复,但左手锻炼得很好;语言功能虽仍有障碍,但已经能顺畅朗读《毛主席语录》;说话虽不能说长句,但基本能表词达意,表明头脑思维逐渐恢复了,记忆也有很大改善,童年往事都能记起,总体的恢复趋势不错。"

说到这里,部队领导停顿了一下,重点话题从这儿开始了:"但是,麦贤得的外伤性癫痫,频频发作的问题比较头痛。而且发作前后,脾气十分暴躁,有时还动手打人,女护士们都有点怕他。更麻烦的是,癫痫发作有时在夜里,有时在黎明,这时如果身边没人,就很危险。"

麦贤得的父亲麦阿记关切地问:"首长,哪,怎么办呢?"

部队领导说:"您放心,我们一直从部队挑选最有责任心的医生,给小麦当保健医生和护理员,你看黄医生从疗养院陪伴到冷水滩农场,都两年多了,几乎没有休假回过家,小麦离不开他呀,所以我们保证了小麦始终没有出现危险。"

说着,领导把站在一旁的黄医生拉到前面,伸手拉起他的衣袖,指着上面一块青紫,对麦贤得父母说,"你们看,这是麦贤得发病时,打的。"

麦贤得的母亲林呖见此心痛地站了起来,伸手摸了摸黄医生的手臂,说:"黄医生难为你了。"又转身对领导说,"首长,谢谢你们!谢谢你们!阿得自小就脾气暴躁,在家对弟妹也是不高兴抬手就打,现在脑子又有病,让你们受累了,辛苦了!谢谢,谢谢!"

部队领导说:"不不,大婶,大叔,麦贤得是为国家受伤的,为人民立的功,做这些是我们应该的。党中央、毛主席、周总理等中央首长都一直在关心着麦贤得同志的身体康复,都反复强调,要想尽一切办法帮助麦贤得康复。所以,今天我们请来了广州的大专家,也请来了您,就是要商量一下,下一步麦贤得的生活和康复的问题。我们也请教了刘明铎主任,刘主任说,癫痫病是一个慢性病,麦贤得是外伤引起的后遗症,它不是先天性的癫痫,所以有可能会治愈。但,治疗要有一个漫长的时间,要创造多方面的条件来配合治疗。所以今天,我们把专家请来了,也把父母亲请来了,就是要商量一个长远的办法,帮助小麦康复,进入一个正常人的生活。"

谆厚的麦阿记问:"首长,那有什么办法呢?能让阿得癫痫病好起来,那当然是天大的好事。"

部队领导说:"经请教刘明铎主任和廖敏教授,当务之急,是要设

第十章
谁来抚慰英雄

法减少麦贤得癫痫发作的次数,保证他在发作时身边有人,不出危险。然后,再通过药物治疗,一点一点,慢慢恢复。"

这时廖教授开口了:"大叔、大婶,这种病主要是脑伤后遗症,恢复治疗是一个长期的工作,就是慢慢地好起来,也很有可能病人像一个十三四岁的孩子性格,长期需要人照顾。他不能爬高,不能太兴奋,不能临近水边,不能太疲劳,不能激动生气,当前最重要的是安定病人的情绪,给他一个良好的心安的生活环境。这种病,又常常在夜间发作,身边没人就危险,要有一个懂得护理知识的人,长期同他生活在一起,以便照顾他的生活起居。再者,你们的儿子长大了,身心发育都非常正常,他有情感需求可他说不出,需要有人来安抚他的情绪,舒缓他内心的紧张,就会减少他的脾气暴躁,减少了脾气暴躁,就减少了对他的刺激,就会适当减少癫痫发作的次数,癫痫发作少了,就有利于他的身体康复。"

麦贤得的父母聚精会神地听着廖教授的解释,可他们似懂非懂,没有明白下一步该怎么办,部队领导找他们来商量什么。

部队领导笑着对麦贤得父母说:"我们反复考虑,也征求了专家意见,看能不能帮助麦贤得找一个对象,让他结婚成家。廖教授刚才对他做过检查,说,他能结婚,结婚后对他的身体康复绝对有好处,而且他们日后有了下一代,也不会遗传。这样,又可以解决他身边没有人照顾的问题。我们部队可以破例,将愿意与麦贤得结婚的姑娘特招入伍,享受部队干部待遇,专事照顾麦贤得。"

没想到麦阿记一个劲地摇头:"难难难,阿得这样,哪一个姑娘愿意嫁给他?难,难啦!"

林呀也说:"难,难。阿得这个样子,有哪个姑娘菩萨心肠,愿意嫁给阿得,照顾阿得?还有阿得的那个坏脾气。"

脚　印
—— 人民英雄麦贤得

部队领导说："是难，但我们共同想办法，如果你们父母同意，我们部队准备去找地方领导，共同想办法。"

母亲林呖嘟嚷了一句："如果能找到，我要烧高香。"

部队领导继续说："现在首先要征求一下麦贤得的意见，要征得他的同意，所以，想先请你们父母和麦贤得谈谈。"

其实当时是有姑娘爱麦贤得的，而且爱得热烈。麦贤得的事迹通过报纸广播广为宣传后，尤其是毛泽东主席的单独接见，在全中国几乎是家喻户晓。那时的毛泽东主席那样关心爱护麦贤得，媒体自然是铺天盖地地报道。当年中央人民广播电台《新闻联播》，恐怕是全中国受众最多的媒体，《人民日报》是最权威的报纸，是党中央的声音，都在头版头条位置大篇幅地报道麦贤得的感人事迹，自然地会吸引到一些热情的姑娘，带着一股崇拜的心理而悄悄爱上麦贤得。当麦贤得还在广州住院期间，就有许多爱慕的信件寄到病房，有表示愿意来照顾麦贤得一辈子的。甚至有充满激情的女大学生，跑到广州军区广州总医院来看望麦贤得。麦贤得到海军广州疗养院后，仍有姑娘不辞劳苦，来到疗养院探视他，表示愿意和他在一起。

可是，当她们亲眼见到麦贤得时，见到他因偏瘫带来的右手无力；高高的个子，走路却左腿拖着右腿；讲话说不了长句子，甚至有时候嘴角还有点向右歪斜，姑娘们就变沉默了，虽然有的眼角带着泪水，但基本都打了退堂鼓。

受伤后的麦贤得，在死神面前，在伤痛中，都没有落泪。他内心却变得十分敏感，对他好的人，特别是医生护士和身边照顾他的人，虽然在情绪控制不住的时候，也常常发火，但心里总是充满感激。所以，麦

第十章
谁来抚慰英雄

贤得说话中频率最高的两个词,一个是"不够,不够",一个就是"谢谢!谢谢!"。麦贤得坦诚、直率,怎么想的,就怎么说,没有敷衍虚浮之词。他是在充满着青春活力的时候,也就是人生最活蹦乱跳的阶段,突然被弹片击中脑袋,然后人就倒下了,从一个最为健康的人,瞬间变成了一个与死神只差毫厘的人,然后半边身子失去了自主,这种从肉体到精神上的痛苦,只有麦贤得本人最明白。那个瞬间的被击中,然后用了差不多一辈子来康复治疗,康复时所承受的痛苦比受伤时要大得多,因为它遥遥无期,看不到尽头。因为他每天都要承受,日复一日,今天对明天的康复效果充满着期待,明天的效果又可能那么微乎其微,他就是在期待和失望中煎熬。医生从专业的角度劝说,康复就是小火炖肉,不着急,慢慢来。可这"慢慢来"之中,麦贤得要忍受多少痛苦,时间一长,焦虑是他内心的主要感受,所以,他会情绪低落,甚至失控。

这时的麦贤得就变得格外的敏感,但他又决心要做"毛主席的好战士",要像毛主席说的那样"一不怕苦,二不怕死"。所以,他克制自己,忍受痛苦。我觉得,"不怕苦"比"不怕死"更难。因为,精神可以战胜恐惧,让你在瞬间不畏惧死亡而挺身向前,成为英雄。可肉体有时是不受精神支配的,它不因为你"不怕",它就不痛,而且肉体的疼痛,不是瞬间的,只要你还活着,直到伤愈前,你都要忍受着它给你带来的痛苦,这比瞬间勇敢面对牺牲,更难。

麦贤得在手术治疗中就差不多忍受了一年,现如今康复治疗又进行了快4年了,其间所承受的痛苦,是可以想象的。可他是被毛主席、周总理称为"钢铁战士"的人,又通过《人民日报》、中央人民广播电台在全国广为宣传,全中国人民都知道麦贤得是"钢铁"制成的战士,"钢铁战士"怎么可以叫苦叫痛,所以,麦贤得咬碎牙齿也要吞到肚子里,不能叫一声苦,说一声痛。因此,我们在所有的公开场合,在报纸

脚　印
　　——人民英雄麦贤得

的照片上，在当时新闻纪录片里，看到的麦贤得，都是满面笑容。

　　可麦贤得受的是脑外伤，不仅伤在肉体上，也伤在脑子里。大脑，是神经中枢，是指挥人的一切思维和行动的中心，这儿受伤了，且无法完全康复，所以，他无法再回到那个青春年少的麦贤得，他也无法像任何一个没有受伤的正常人那样思考。他的思想，他的情感，也会停留在受伤前的那个年代。

　　这些，必然会对麦贤得带来一些改变。有时候，他异常的坚强，有时又会有点脆弱。比如，见到自己父母的时候，尤其是母亲，他会像一个受了委屈的孩子一样落泪。这是，长期忍痛和精神压力所致。对于一位英雄，那个泪，真是滴滴如金啊！

　　无论是麦贤得在广州住院治疗，还是到疗养院康复，他的父母并不是经常来看望他。一是，饶平靠近福建，离广州并不是太近，后来麦贤得到南海舰队司令部驻地湛江，到湖南的冷水滩部队农场，那就更远了，麦贤得的父母不想给部队多添麻烦；一是，他们在家乡还要劳动，还要挣钱过日子，麦贤得成为战斗英雄，部队只能保证他的治疗康复，并不能养育他的父母。所以，他的父母也只能间或来看看儿子，或者在部队通知的时候再来，部队通知来的时候，可以解决路费。这一次来看麦贤得，就是接到部队通知来的。

　　麦贤得父母见到儿子的时候，他正在低头看书。自从手术清醒后，麦贤得好像就不会让自己闲着，不是在做康复运动，就是在写字看书，他用这些锻炼手的功能恢复，也让这些来恢复思考。所以，人们突然去看望他时，除了治疗和康复训练时，总见到他在看书写字。

　　只听到一声声"阿得、阿得"，那个在心灵里的熟悉的父母的声音，让麦贤得猛地抬起头来，眼睛又红了，他高兴地大声叫着："阿

第十章
谁来抚慰英雄

妈！阿爸！"还是像个孩子。

林吶上前上上下下地摸摸儿子，身板硬硬的，身子也很结实。她又取下麦贤得的军帽，摸摸他头上的那块伤疤，几乎每一次看儿子，林吶都要摸摸麦贤得头上的那块伤疤，看到已经基本长好了，头发也长了起来，基本盖住了刀口。儿子生得白白的，坐在那儿腰板也直直的，仍然像个军人，只是明显感到精神不振，脸色发黄。麦阿记话不多，老两口商量，还是由母亲来和儿子说。问了些衣食起居的问题，林吶就把话引上正题。

林吶："阿得，你身体恢复成这样，真要好好感谢部队里的医生护士。"

"是的，还有首长、战友，还有毛主席、周总理……"麦贤得接过话题，虽然说不了长句子，但意思表达得清楚明白。

麦阿记接过话说："是啊，没有毛主席、周总理，你的命恐怕早没了。如今有这么好的条件帮助你养着，真的是连累国家了，连累部队了。我们做父母的真的是过意不去。"

麦贤得低着头说："是……是啊，拖累了部队，过意不去，过意不去……"

林吶接过话题："阿得，这样长期下去，也不是事。你也不小了，要不我们给你找个姑娘结婚，可以有人日夜照顾你，部队首长和专家都是这个意思，想征求你的意见？"

没想到，麦贤得惊讶地抬起头来，半响才想起说话："不行，不行啊，身体不好，拖累了别人……"然后又低下头，情绪突然变得低落。

作为母亲林吶听到这话，也突然感到一阵心酸，哪个母亲看到活蹦乱跳的儿子变成这样，不能成家生子，会不心酸呢？

麦阿记接过话头："阿得，首长的考虑不是没有道理，专家的话没错,我们要听领导和专家的。"

林呐接着说:"儿啦,你受了这么重的伤,又得了这个总发作的病,一年半载好不了,又总在深更半夜发作,部队不能安排医生日夜陪你一辈子呀!我和你阿爸考虑来考虑去,还是觉得部队首长说得对,找个姑娘结婚,就可以照顾你一辈子,而且专家还说,你这个病,不会传给下一代,慢慢地治,也许哪一天真的就好了。"林呐虽然知道癫痫病很难治,乡下也有这样的病人,一辈子也没治好,到了四五十岁就死了,可她还是企盼着儿子能治好这个病,因为国家给儿子派了最好的专家。

麦贤得还是那句话:"不行啊,拖累了别人,拖累了别人……"麦贤得话里的意思并不是自己不想,而是害怕拖累了别人,当然也知道姑娘不会愿意。前几年,不是有那么热情的姑娘,一定要和麦贤得见面,结果见了面后,就没有了踪影。

林呐说:"阿得,你弟妹总要成家,他们会有他们的家庭要照顾,我和你阿爸一天一天总要老的,将来谁照顾你?那老专家还说,结了婚,不仅有人能照顾你,对你身体康复也会有好处。只要你愿意,我们慢慢找,部队首长也帮你找,城里找不到,我们回到乡下去找,你身体不好,我们条件不要太高,我相信天下总有好姑娘愿意。"

这时,林呐看见儿子眼泪下来了,就拉着儿子的手,说:"阿得,我们不丧气,我和你爸想来想去,有一个人,你觉得怎么样?你要是觉得行,我们就托人去说,然后你们见见面,看合适不合适?"

麦贤得抬起头来,问:"谁?"

林呐:"你还记得你们同班的那位女同学吗?她常来我们家玩的。她今年24岁了,和你同年,也还没有找人家。"

麦贤得眼睛一亮:"她还没有结婚?她和我同学6年。"麦贤得明显地兴奋起来了。林呐看了一眼丈夫麦阿记,也舒了一口气。

第十一章

⚓

一个弱小身影的出现

麦阿记和林呖很快就返乡了，他们要张罗着去给儿子麦贤得提亲。

在潮汕地区民间风俗有着很浓郁的地方色彩，提亲迎娶更是有着悠久的民俗传统，尤其是在乡间非常注重"明媒正聘"，有着既定的仪礼程序，如：提亲、合婚、定亲、行聘、请期、迎亲，俗称"六礼"。也有将其概括成"四礼"：文定、请期、送聘、迎娶。无论是"六礼"，或是"四礼"，首先都是提亲，亦即是求婚。潮汕地区的提亲，不能由男方家人登门，而是要由中间人到女方家提亲，这个提亲的人，可以请媒人，也可请家族内德高望重的长辈，这也表明了男方家对女方家的一种尊重。

林呖最后还是物色了麦贤得那个在汕头的婶婶，因为她和女同学家及女同学本人都很熟，婶婶既喜欢阿得，也喜欢女同学，女同学只要去汕头，就会去婶婶家玩，也常常提起阿得。在麦贤得没有受伤前，婶婶就有这个意思，现在麦家有这个想法，婶婶当然乐意去帮着麦贤得提亲。

其实女同学可以说与麦贤得是青梅竹马，他们在小学时就是同班同

脚　印
——人民英雄麦贤得

学，到了中学还是同学，后来麦贤得退学上了钩钓船，中学没有读完，他们俩就分开了。麦贤得后来参军到了部队周日休息到婶婶家去，还遇上过到汕头来的女同学。其实，女同学对麦贤得很有好感，但，那时19岁的麦贤得，像个没有开窍的愣小子，还没有往谈对象上想，女同学作为一个姑娘当然也不会主动表示。麦贤得受伤后，女同学也十分关心麦贤得的伤势恢复，但，一直没有和麦贤得见过面。

婶婶专门来了一趟饶平，到女同学家说明了来意后，女同学红着脸没有吭声。女儿的婚嫁当然是大事，这女同学到24岁还没有对象，说明她在婚姻上还是挑剔的，否则不会拖到这个年龄，24岁的姑娘在潮汕农村已经属于大龄青年了。女同学父母亲也很着急女儿的婚事，因此说先见见看看。其实，他们对麦贤得一家可以说是知根知底的，都一直是乡里乡亲的，对麦贤得也是自小看着长大的，为什么还要见见再说，主要还是麦贤得的伤，到底有多重，可这话又问不出口，所以他们和女同学都要再看一看。

这样，麦阿记和林呐就把这件事报告给了部队，部队领导很快与饶平地方政府取得了联系，然后安排麦贤得回乡探亲，实际上是让他回去相亲。

那时的麦贤得在家乡自是家喻户晓的英雄，"钢铁战士"就是麦贤得的代称，伟大领袖毛主席单独接见过，周恩来总理亲自过问麦贤得的抢救治疗，并派飞机把麦贤得接到广州，从全国派来一流专家，中央老帅一个一个去医院探望他，《人民日报》、中央人民广播电台都能经常见到听到麦贤得的名字，全国人民都在学习麦贤得，因此，按今天的说法，那是一个传奇式的英雄模范人物。所以，英雄回乡，那完全是衣锦还乡。地方政府虽然没有张灯结彩，但拉了大红的横幅，横幅上写着大

第十一章
一个弱小身影的出现

字标语：热烈欢迎钢铁战士麦贤得回家乡莅临指导。在麦贤得的家乡洴洲湾还组织了欢迎的队伍，少先队员捧着纸做的红花，排着队，在公社领导的带领下，敲锣打鼓，列队欢迎。

麦贤得在黄医生和一位部队指导员的陪同下，回到了洴洲湾，4年多了，第一次回来，除了想家，还是想家，而且这是九死一生后的返乡，他满脸都是憨憨地笑，始终露着那一排白白的牙齿。

在公社，一切欢迎仪式举行完了以后，麦贤得归心似箭，不知道是想回到生于斯长于斯的他家那个老屋，还是急于想见见女同学，因为约好当天女同学和她母亲一同来麦贤得的家。

麦贤得回到他出生的那间老屋，许多亲戚朋友都聚在这儿等他了，他用自己的津贴买了好多糖果，分给大家吃。洴洲人吃糖，不叫"吃糖"而说"食甜"。麦贤得给每一个到他家来的人，分糖，嘴里高兴地一个劲地说："食甜，食甜。"

那次回乡探亲的主要目的是和女同学见面，因此主角女同学在母亲和麦贤得婶婶的陪同下，来到了麦贤得的家。林呖高兴地迎上去，麦阿记一直笑容灿烂，热情地将她们母女请到上座，端茶递水，热情招待。

为了不给女同学及她家造成尴尬，麦贤得与女同学见面的事，除了两家人和婶婶，其他人并不知道。于是，麦家的亲戚、麦贤得的同学、儿时的玩伴，还有公社大队的领导，都赶来麦家看麦贤得，麦家满屋子都是人，民兵营长麦长福自然是最主要的人物之一。此时女同学静静地坐在一旁，婶婶在前前后后张罗着。

已经很久没有回家探亲的麦贤得，自然兴奋异常。几年来，在鬼门关走了一遭，又与伤痛搏斗了这么长的日子，除了治疗，还是治疗，今天回到自己生长的家乡，满屋子都是乡亲，他怎么不高兴。他说不了多少客套话，只是带着笑脸，一把一把地给大家派糖。

这时，他看到了静静地坐在那儿的女同学。今天看到的女同学，和以往不一样，因为，他知道自己回来的主要目的就是和她见面的，心里有了事，神色就有点不自然，他红着脸，也不知道说什么，赶忙上前给女同学和她母亲抓上一大把糖往手上送："食甜，食甜。"陪着女同学的婶婶急忙拿起一颗糖剥开糖纸，就送进女同学嘴里。可红着脸的女同学，感觉不到糖的甜，也听不清麦贤得在说什么。今天她是来相亲的，和以往与老同学见面已经完全不同，姑娘的心思完全变了，看老同学的眼光自然不同，眼前这位青梅竹马的老同学，能够让自己以身相许，共度一生吗？这对姑娘来说，太重要了。可此时她所看到的麦贤得，早已不是自己熟悉的老同学了。只见他说话结结巴巴，走路左腿拖着右腿，分糖的手，由于有点不听使唤，看起来像手舞足蹈，笑的时候嘴巴也有点往右歪。姑娘的心直往下沉。这是麦贤得受伤后，她第一次见到麦贤得，心里痛得要滴血。那在潮汕地区少有的高个子，那个总直着腰板的老同学，那个笑起来一嘴白白牙齿的"靓仔"，今天变成了这样。姑娘直心痛，有点想哭。

姑娘在心痛麦贤得，姑娘的母亲却在心痛自己的女儿。作为一个母亲自然想到的是女儿如果嫁给了这样一个基本半残疾的人，将来生儿育女，怎么过？还有那个要命的癫痫病，潮汕人叫"羊廓采"，乡下也有这样的病人，发作起来可是吓人啦！

从麦家回到自己的家里，女同学的父亲急忙问怎么样？父亲的关切总是简约的，母亲的担心就是心痛。麦贤得的婶婶在送女同学母女离开麦家的时候，也是直言，情况就摆在这儿，你自己做决定。

内心翻江倒海般的女同学，心情的纠结和矛盾，精神几乎都要崩溃

第十一章
一个弱小身影的出现

了。她只是喃喃自语地说:"让我想一想,让我想一想。"

那一晚,女同学自然是一夜无眠。两个截然不同的麦贤得交替着朝自己走来,一个身穿白色的海军水兵服英姿飒爽地迈着大步走来;一个左腿拖着右腿,一步一画圈,摇摇晃晃地前行。天啦!上帝给女同学出了一道难题,一道潮汕姑娘无法解答的难题。嫁一个寄托终身的男人,组成一个家,一辈子相夫教子,是潮汕姑娘的终极追求。潮汕女人尤其是传统的潮汕女人,内心深处都有一个嫁鸡随鸡嫁狗随狗的观念,所以这儿离婚率很低。可这样一个一级伤残的麦贤得,能够给自己一个安稳的生儿育女的家吗?

理想总是美好的,现实永远现实。此时,同意,或不同意,只是多一个字和少一个字的区别,但对于她,一个字就是对自己一生的选择,她怎么能不想,不好好地想一想……

想了一夜,她无法做出最后的决定,说不出那两个字:同意。

女同学最后的态度,对怀着一团火回乡的麦贤得,如同浇了一盆冷水,刺激得他情绪低落。虽然从理智上,他觉得任何一位姑娘和自己结婚都是拖累了别人,但,作为几年来一直生活在"英雄"光环中的麦贤得,这些年一边在治疗康复,一边也一直作为一个英雄模范人物,受到各方面的爱戴和照顾。他几乎一直活在聚光灯下,舞台的中间。今天回家乡,受到那么多父老乡亲的夹道欢迎,完全是衣锦还乡的感觉,可最后还是不能被姑娘接受,麦贤得的自尊受到很大打击。

回到部队后,麦贤得一直不怎么说话,情绪很低落,性子也变得越来越急躁,进而影响到身体状况一度也不好,癫痫的发作频次也增多了,脾气变得更坏。部队领导见此,只好又将他送到湖南冷水滩部队"五七干校"农场,一边让他继续疗养,一边仍在想办法寻找合适的

脚 印
——人民英雄麦贤得

姑娘。

　　这样，又过去了一年，麦贤得的亲事，仍没有头绪。根据他身体恢复状况，部队经过评估决定让他回到汕头部队，老部队的领导当然更关心他。这时，麦贤得负伤离开汕头部队已经过去近5年了，铁打的营盘，流水的兵，老部队也物是人非了。参与"八六"海战的许多有功人员，都被提拔了。有的去了南海舰队司令部，有的去了北京，有的被调到其他舰队了。但老艇长崔福俊还在汕头部队，现在是副大队长，那个"八六"海战前一天才调到611号艇的轮机兵陈文乙，现在已经被提拔为611号"英雄艇"的指导员了。

　　老部队的战友们都很关心麦贤得。一天，611号艇的老艇长崔福俊和新艇长陈文乙在一起聊天，就谈到了麦贤得很快要归队了。这时，陈文乙已经谈了一个对象，准备年底结婚，这让老艇长想起了麦贤得的婚事。他对陈文乙说："小麦的亲事到现在还没有着落，他马上要回来了，我们要多关心关心。"

　　那时，汕头水警区高速护卫艇大队有一个中队，驻守在汕尾的红尾湾，崔福俊正要下去检查工作。这时的汕尾还是一个镇，镇委的赵书记，也是一位部队转业干部，为人热情负责，这让崔福俊突然想到了他。他对陈文乙说："这次我去汕尾，找一找赵书记，每年慰问部队，他都会带队来，我们很熟悉，拜托拜托他，能不能帮着物色一个汕尾姑娘。"陈文乙高度赞同，他说："汕尾姑娘，贤良，这是一个好主意，我陪您一起去。"

　　几天后，崔福俊和陈文乙来到汕尾镇政府，赵书记非常热情地接待了他们，几句寒暄后，话就上了主题。赵书记听说是为英雄麦贤得来提亲的，毕竟是军人出身，对于英雄有一种特殊的感情，他很认真地在思

第十一章
一个弱小身影的出现

考，脑子转了好一会儿，就说，还真有一个合适的姑娘。崔福俊和陈文乙听后都喜出望外，急忙问，谁？可赵书记却说，我要先征求征求她本人意见，然后再答复你们。

赵书记想到的一位姑娘，也是一穷苦家庭出身。父母亲都是旧社会过来的孤儿，母亲的父亲也是一位渔民，在她3岁时就因为海难而死在海上，她随堂哥长大。中华人民共和国成立前结婚时，一贫如洗，在海边搭了一个小屋谋生。中华人民共和国成立后，共产党将没收的富人房子分给他们安了房，从此他们住进了不怕风雨有骑楼的砖瓦房，然后一年一年地有了8个儿女。这对老夫妻，一生都在感激共产党，他们从心底觉得，没有共产党就没有他们一家，所以自小就教育孩子们要听党的话。

这家的大女儿叫李玉枝，全家最优秀的孩子，还是应了那句话，穷人的孩子早当家，一家虽然有了遮风避雨的房子，可作为一个有着8个孩子的贫困家庭长女，李玉枝既懂事，又勤劳，还善良。为了帮助父母亲养家，李玉枝15岁就到了镇政府当勤杂工。李玉枝虽然只上了小学三年级，但勤学好问，工作认真负责，进步很快，不仅入了党，在赵书记想起提亲时，她已经是汕尾商业服务站的副主任了，当年还是广东省学习毛主席著作积极分子，上过千人大会发过言。用当年的语言来说，是个有觉悟、有党性的好姑娘。这当然是赵书记看中她的原因。还有一点在许多资料中都没有提及，我是在当年李玉枝的照片中看到的，李玉枝在潮汕女人中，是一个清秀漂亮的姑娘。

2019年2月的那天，我在麦贤得汕头的家里采访时，李玉枝亲口和我谈了与麦贤得相亲的前前后后。

那天镇里开完会后，赵书记喊住了李玉枝，突然问她有没有对象？

脚　印
　　——人民英雄麦贤得

问得李玉枝有些不好意思，就老实地告诉赵书记，还没有。赵书记说，你也不算小了，该考虑了。其实，并不是李玉枝不想考虑，潮汕人讲虚岁，那年李玉枝22岁了，在那个年代，尤其在潮汕地区，22岁的姑娘，大部分已经结婚甚至是孩子的妈了。有人给李玉枝提亲，也有人直接向李玉枝表达爱意，但李玉枝都没有答应，为什么？还是考虑到自己的家。她是家中的长女，下面有7个弟妹，父母亲养得很辛苦，她总想多帮一帮父母亲，等弟妹再大一点，减轻一点家中负担，所以说，穷人家的孩子早当家。可李玉枝毕竟已经22岁了，结婚嫁人，仍是每一个姑娘的人生归宿，总要找，总要成家，只是李玉枝想再迟一点，多帮帮自己的父母，多帮帮自己的弟妹，多帮帮自己的家。

　　赵书记知道李玉枝是个很懂事的孩子，也了解她的家庭，所以想把她介绍给麦贤得，就跟李玉枝详细地谈了麦贤得的情况，以及部队领导来找他的事。

　　李玉枝当然没有一点思想准备。可她知道麦贤得，从报纸上，从广播里，一听到麦贤得三个字，早已耳熟能详了。她低下了头，想了一会儿，然后认真地对赵书记说："这事，我要和父母商量商量。"赵书记说："当然，当然，这是大事，要和父母好好商量商量。商量好了，也不急，先见见面，熟悉熟悉，然后再做决定。麦贤得虽然是人人皆知的英雄，但他毕竟是一位一级伤残军人，需要你照顾的。部队领导说，如果你同意结婚，部队可以特招你参军入伍，然后部队送你去学习护理。你考虑好，认真地考虑，再做决定，这是一生中的大事。"

　　李玉枝走出赵书记办公室时，满脑门子都是心事，突然变得头重脚轻的，深一脚、浅一脚，不知道往哪儿走。这件事来得太突然了，她只记得在报纸上见过麦贤得，知道他是一位"钢铁战士"，是一位"八六"海战的英雄，对麦贤得的其他事情一点都不熟悉。想着，想

第十一章
一个弱小身影的出现

着,不由自主地就走到了镇里的阅览室,那儿有许多旧报纸,她突然想到在报纸堆里看看能不能找到麦贤得的照片,她就在旧报纸里翻,还真的让她找到了,那是毛主席接见麦贤得的照片,就登在《人民日报》上。她把这张报纸从镇阅览室借了出来,那些日子没人的时候,就悄悄地拿出来端详,夜深人静的时候,也拿到灯光下,仔细地瞧。她在想:他,会是我今后一辈子的老公?!

几天后,李玉枝准备和父母亲谈这件事,就带着这张报纸,她要给父母亲看看麦贤得的照片,毛主席接见的照片。在那个时代,会有不一般的效果。

晚上,家里吃完了饭,把弟妹们打发去写作业,李玉枝洗完了碗,擦干净桌子,然后坐下来郑重地和父母亲谈了这件事。她拿出那张报纸,父母亲都仔细端详着这张照片。那时的报纸,没有彩色印刷,黑白的照片,加上发黄的纸张,其实照片并不是很清楚,但两位老人还是仔细地端详着。

李玉枝的父亲李城丁说:"哦,英雄,毛主席接见过的英雄。"李城丁好像在赞赏英雄,而不像是在挑选女婿。

母亲蔡招娣不同,她不是在欣赏英雄,而是在给自己最心爱的长女物色未来的女婿:"不行吧?听说受伤很重?"

这时的李玉枝并没有在父母亲面前明确说自己的态度,只是征求父母亲的意见,实际上她心里也没有考虑好,但听到母亲说的这句话,突然下意识地就站到了麦贤得的一边:"听说,恢复得很好,现在在湖南冷水滩农场,还能下地采中药,采得比健康的人还多。"这句话,也露出了她知道麦贤得不能算一个完全康复的人。

母亲蔡招娣仍在犹豫中坚持着自己的意见:"听人说,半边身子不自主，在部队总有人跟着他，怕他发病，有时还会打人。玉枝啊，嫁这样的人，可要受苦啊！"

李玉枝已经自觉不自觉地维护麦贤得了："他是受伤后的后遗症，赵书记说，每天都在康复锻炼，已经越来越好了。医生说，是可以治得好的。"

这时的父亲李城丁在身后发了话："麦贤得是为了国家受的伤，总得有人照顾他。"

母亲蔡招娣还是担心："国家不是在照顾他吗，就一定要是我们家玉枝吗？"哪个母亲不心痛自己的女儿，而且当时李玉枝是担了半个家的长女。

父亲就说："玉枝，你也可以去看看，见见面也行，主要是他的身体，英雄也是人，需要有个家，今后经过细心调养，后遗症会慢慢好起来的。"李城丁却悄悄藏起了那张报纸，他要拿给自己的好友看看，想听听他们的意见。

李玉枝说："好，阿爸。"

母亲也没再说什么。

第二天，李玉枝就把和爹妈商量的结果告诉了赵书记，赵书记打电话告诉了崔福俊，老艇长喜出望外。但那个时候，麦贤得还在湖南冷水滩农场，大家在等待着麦贤得回来。

这时，李玉枝也被作为县里培养的干部苗子，被派到了海丰县公平公社担任妇女干事。那时汕尾属于海丰，海丰属于汕头。

不久，上级派李玉枝到汕头党校妇女干部培训班学习。一天，部队派来一位干事联系海丰县妇联主任，并把来意告诉李玉枝，麦贤得已经回到了汕头部队，约好第二天在部队见面。

第十一章
一个弱小身影的出现

那天晚上，李玉枝忐忑了一夜。

第二天县妇联安排了几个妇女干部陪同她一起到麦贤得部队驻地探望。

部队领导精心安排了这次见面，为了让李玉枝看到麦贤得身体良好的恢复情况，部队领导用心良苦地安排了一场乒乓球赛，两位选手之一，就是麦贤得。为了让麦贤得有更好的发挥，部队领导没有事先告诉他李玉枝的到来，而是说来了几位记者。

在采访麦贤得之前，我看了一些麦贤得的资料，自然也看到许多麦贤得的照片，包括当年画家们画的那些宣传画。其中最著名的一幅，就是麦贤得穿着海魂衫，头上包着渗血的绷带，在炮火中坚持战斗的画面。那天，我走进汕头麦贤得的家中时，给了我两个意外。第一个意外是，我没有想到麦贤得有这么高，他足有一米七八，这在广东人当中是少见的。我在广东生活已经20多年了，在我的印象中，广东人精瘦，普遍身材不高。可麦贤得不仅个子高，而且已经是73岁的老人了，50多年来一直饱受伤痛的折磨，可至今仍像一个军人挺直着腰板，满脸孩提般的纯真笑容。作为一个走南闯北的记者，我一眼就看出这个人内心的纯净。

第二个意外是，我见到李玉枝。在没有到麦贤得家之前，我知道麦贤得有一个非常贤良的妻子，但在我脑海中没有对李玉枝形象的印象。在我见到麦贤得的那一瞬间，我下意识地想到，这样高大沉重的身躯一旦癫痫发作时倒下，别说是一个女人，就是一个青壮年的男子也搬不动他呀。怪不得，麦贤得在广州海军疗养院时，部队派了一个男医生还加一位指导员一起陪同他住在一个房间，就是为了麦贤得癫痫发作时，两

脚　印
　　——人民英雄麦贤得

　　个人一起救护他。那么，那位陪伴了麦贤得差不多一辈子的妻子李玉枝，要有怎样的精神和体力来支撑照顾麦贤得？

　　在麦贤得家客厅里落座后，对麦贤得的采访一开始我就发愁了。与麦贤得的交流没有问题，但他的语言表达至今仍有障碍，他讲不了长句子，一般对话还行，但无法顺畅地深入沟通。正在我有点发愁的时候，在麦贤得高大的身后出现了一个人，个子较小，不到一米六，所以被英雄一米七八的身影挡住了，她就是与麦贤得已经相濡以沫了半个多世纪的妻子——李玉枝。这是我到麦贤得家的第二个意外：李玉枝这样一个弱小的身体，怎样支撑着麦贤得走过的这几十年？

　　这是我第一次见到李玉枝，在她的帮助下，于是，我的采访才得以继续顺利地进行。

　　来汕头前，我知道麦贤得和李玉枝都是潮汕人，而且一生生活在潮汕地区，讲的一定是潮汕话，担心潮汕话我听不懂，为此我还特意邀请了一位家就在汕头的同事与我同行。潮汕话，是现今中国存留最悠久，发音最为特殊的方言，它是可以追溯至先秦的中国古代汉语的遗存之一，是中国最古老的方言。潮汕话有18个声母，61个韵母，8个声调，保留着许多现代汉语所没有的古语音、古字音、古词汇和古声调，被称作"古汉语的活化石"。例如：瓶叫"樽"，锅叫"鼎"，行走叫"行（hang）路"，老母鸡叫"鸡母"。潮汕话一字多义，一个"食"字，几乎包含了喝、吃、饮、吸等，例如，吃糖，叫食甜，又如食（吸）烟、食（喝）酒、食（饮）水等。据史料记载，潮汕话初始于秦、汉时期，成型于唐、宋，明代以后，成为一支独立的次方言。潮汕话甚至有自己的字典，而且还不止一本，仅我所看到的就有《潮州字典》《新潮汕字典》等。但是，你就是手上有一本潮汕字典，由于它特殊的发音和语言形式，你也很难根据潮汕字典，完全明白潮汕话的意思。所以，我

第十一章
一个弱小身影的出现

虽然对潮汕话理论上略知一二,但也听不懂潮汕话。

我来广东二十几年,感到最难听懂的就是潮汕话。广东有三大方言区,一为以广州为中心的广府人讲的粤语,广东人叫白话。我们经常在香港电影电视中听到的就是这种白话,粤语歌曲也基本是用白话唱的。一为以梅县为中心的客家人讲的客家话。一为以潮汕地区讲的潮汕话。这三种方言,对于我来说,客家话比较好懂,潮汕话最难懂,就是许多非潮汕地区的广东人,也听不懂潮汕话。而一些潮汕老人,很多也听不懂普通话。但没想到,李玉枝说一口亲切易懂的普通话,一开口就使我们之间没有距离,更没有语言障碍。

在整个采访的过程中,虽然李玉枝始终面带幸福的笑容,但不时眼睛里泛着泪光,情到深处,控制不住的泪水也夺眶而出。那白色的纸巾,在她的手中,湿了一张又一张。我低着头记录,实际上是不忍抬头看着这位走过了千山万水,也吃尽了千辛万苦的大姐,那不知是幸福还是痛苦的面容。随着李玉枝大姐清晰的叙述,我的眼前呈现着常人无法想象的痛苦画面。随着这些画面的出现,我的眼睛也时时湿润得看不清手中的采访本。采访结束后,我对李玉枝的感受:一个从平凡走向伟大的女性,没有她,可能就没有今天的麦贤得,甚至麦贤得都可能活不到今天。

采访在李玉枝的回忆中展开:为了让麦贤得更好地康复,部队将他从海军广州疗养院又送到湖南冷水滩部队"五七干校"进行康复训练了一年多,那儿的空气好,还可以进行简单的劳动,麦贤得喜欢劳动,最后他回到了汕头部队驻地,这时已经是1971年了。此时麦贤得已经由士兵提拔为干部,由于他的伤病,不能负责具体工作,给了一个助理员的职务,安排在军械库工作,还是以养病为主。但麦贤得闲不住,军械库有一片空地，他就在那儿种菜，边劳动，边治疗。

麦贤得受伤时才19岁，这时他已经25岁了。部队领导精心安排了李玉枝与麦贤得的第一次见面。

麦贤得是饶平人，李玉枝是汕尾人，都是属于传统上的潮汕地区，文化传统、道德风俗、生活饮食，甚至包括方言俚语都是一脉相承的。历史上，由于社会和家庭传统教育的原因，潮汕女人几乎是贤良勤劳、吃苦耐劳、忍辱负重的代名词。潮汕女人对家庭的付出，是终其一生的，孝顺公婆，伺候老公，抚育儿女，是她们毕生的价值。所以从一开始，大家就把给麦贤得找对象的目光基本锁定在潮汕地区，一是传统风俗相近，一是语言饮食相同，这对于麦贤得今后的家庭和身体康复很重要。

当时的老艇长崔福俊找到汕尾镇的赵书记，就是希望能帮助物色一位心地善良、有觉悟、有责任心的汕尾姑娘，来照顾麦贤得的下半辈子。我觉得，心地善良、有责任心，并不最难找，而有觉悟，这就很重要。因为，传统上的潮汕女人，嫁汉吃饭，嫁的人是自己要依靠一生的。穷苦人家的姑娘读书也不多，谈觉悟就比较难。而一个连生活都不能自理的麦贤得，因为是个英雄，所以寻找到的姑娘，不仅要善良，而且要有觉悟，要能理解"英雄"是为了国家受伤的，否则又有哪一位姑娘愿意嫁给一个脑子受了重伤的残疾军人？因此，有没有觉悟，它决定了这桩婚事能否成功，也决定了姑娘能否相伴一生。

当时麦贤得的事迹几乎家喻户晓，但他负伤后留下的后遗症，也是家喻户晓。部队领导觉得李玉枝是一个有觉悟的妇女干部，嫁一个英雄当然是乐意的，最最重要的就是麦贤得的伤残到底到了一种什么程度？李玉枝与麦贤得的见面，首先应该是了解这一点。那么怎么说都是耳闻为虚，眼见为实，所以精心安排了一场乒乓球赛，良苦用心就是想让李

第十一章
一个弱小身影的出现

玉枝感受到,麦贤得的身体恢复得不错,还可以恢复得更好。

李玉枝告诉我,当时的镇委赵书记将麦贤得的情况给她介绍得很清楚,也一再说明,麦贤得是一级伤残,成不成,由李玉枝自己做主。她自然想全面了解一下麦贤得,毕竟是决定自己的终身大事。

李玉枝到部队与麦贤得第一次见面的那天,是1971年5月的一天,这个日子李玉枝记忆犹新。那天天气晴好,蓝天白云,她们姐妹一行三人到了部队驻地,有专人在营区的大门口迎候她们,然后部队领导将李玉枝等直接接到了部队招待所,和李玉枝一道来的是她的同事以及那位妇女主任。这时,精心安排的乒乓球赛已经开始了,这也是部队领导的煞费苦心,他们担心如果李玉枝到了才开始乒乓球赛,麦贤得见有生人会紧张,发挥不好。所以,李玉枝走进乒乓球室的时候,麦贤得已经打在兴头上。对手实际上是个陪练,领导已经事先打好了招呼,要喂球给麦贤得,让他充分发挥,好好表现,领导甚至开玩笑地对陪练说:"你输了,促成了好事,你就立功了。"

此时,在陪练的配合下,麦贤得打得非常上手,甚至开始左右开弓不停地抽球,嘴巴里不由自主嘿嘿地叫唤,甚至得意忘形地笑,比分竟然超过了对手。

李玉枝一眼就看出了打球的那人是麦贤得,因为自从赵书记提亲后,这段时间里只要闲下来,她满脑子都是麦贤得的面容,忙的时候,也会想起。这并不是她已经爱上了麦贤得,而是即将要决定自己的终身大事,能想到的只能是麦贤得那自己并不熟悉的面容。如今看一个人,有照片,有影像,还有声音,这是一个信息越来越发达的时代。那时,20世纪70年代初,连电视都没有普及,看不到麦贤得的影像,所有的印象来源就是那张毛主席接见时的照片,而且还是报纸上的照片。可当年

脚 印
——人民英雄麦贤得

纸张黄黄的，不像今天的报纸彩色胶版印刷，当年是黑白铅版印刷，印在报纸上的照片，黑黑的并不清楚，李玉枝也很难清晰地看清麦贤得的面容。

但今天，李玉枝一走进来，就一眼认出了那个高高的打乒乓球的人，就是麦贤得。除了他的身高，还有那憨憨的笑容和白白的牙齿，那是刻在她的脑海里的印象。

李玉枝坐下以后，麦贤得也看到来了几个陌生人，其中一位是年轻的姑娘。在基层部队这个"和尚庙"里，特别是在湖南冷水滩部队"五七干校"这一年多里，麦贤得基本没有见到过异性。作为一个青春发育鼎盛时期的男人，此时见到有几位异性在看自己打球，其中还有一位年轻的姑娘，其肾上腺素的分泌必然加快，也是自然的心理反应。只见他突然兴奋起来，握拍的手猛地发力，左右开弓主动进攻。可毕竟是一位一级伤残，越是这样，越暴露出了他的弱点。右腿无力，无法灵活地移动，左腿拖着右腿，左手持拍，但他不是先天的左撇子，而右手轻微偏瘫后也没有力气，现在用左手是受伤后自己锻炼的，所以，也无法像正常人那样自如。因此，失误就不断出现，不时地丢球失分，比赛就一点一点地拉了下来。这时，麦贤得那个不服输的性格弱点也全暴露出来了，越输他越急，越急又越输，尽管陪练努力地喂球，但很快他就接连失误，陪练救也救不起来。最终，还是麦贤得败下阵来。

这些，李玉枝都看在眼里，姑娘所看到的不是麦贤得的输球，而是麦贤得不服输的个性，这一点，在李玉枝的心里留下了深刻印象。一个脑部受伤，经过4次手术，有着严重的后遗症的人，虽然他右手偏瘫，但是经过顽强的锻炼，麦贤得竟然能左右扣球，这让李玉枝感到十分意外。她觉得这个人有着惊人的毅力，能把乒乓球打得这么好，那么，他一定也会战胜伤病，早日把身体康复好，一股希望，慢慢地在李玉枝心

第十一章
一个弱小身影的出现

里升起,暖暖的。

这是李玉枝第一次与麦贤得见面,姑娘的心情是复杂的,但,有点微微的颤动,并在心底泛起一圈一圈的涟漪。

这次见面的目的没有告诉麦贤得,大家接受了上一次的教训,因为李玉枝目前只是答应见面看看,并没有明确表态同意。大家也害怕,像上一次那样,因为事先告知了麦贤得,女同学最终没有答应,对麦贤得刺激很大,所以,尽量稳妥地推进着这件事,想等到李玉枝有了明确的态度,再告诉麦贤得。所以,部队领导对麦贤得说,来的是地方记者。

离开部队的时候,陪同李玉枝来的妇联主任,从一个女人的角度,为李玉枝着想,说了心里话:"玉枝,可要考虑好呀,要辛苦一辈子的。"大姐这句女人与女人之间掏心窝子的话,李玉枝记了一辈子,今天她与我交谈的时候,仍然清晰地复述着这句话,因为她用一辈子,证实了大姐当年说的这句话,是完全正确的。现在不是看法,而是切身体会了。

道理是对的,可她还是做出了自己的选择。

李玉枝首先还是要和自己的父母亲再商量,她还是想求得父母亲事先的同意。父母亲太不容易了,无论对自己的抚养,还是维持着这8个孩子的家,除了辛苦,就是对孩子们将来的企盼。父母亲渴望孩子成人,当然从大女儿开始,所以,自己的婚事在整个家庭里也是一件大事,一定要和父母亲商量好。

这次见面回去后,李玉枝内心久久不能平静。她在我的采访中没有和我说到她内心是如何的矛盾和纠结,可我理解,那一定是经历了一个又一个的不眠之夜。因为我知道,李玉枝虽然是一个妇女干部,但她毕竟是一个在根深蒂固的潮汕传统文化中成长起来的潮汕女人。以我的了解，潮汕女人会忍辱负重地把一辈子交给丈夫、孩子和家。这时候，李玉枝毕竟面对的是一个脑部中弹的麦贤得，他的情况全摆在自己的面前，嫁给他，就是把一生交给他。虽然也许李玉枝还不能把今后的艰难想得太细太多，但她一定明白，自己的选择意味着什么。

困难是显而易见的。无数个辗转难眠之夜，李玉枝一定会想得很多很多。但，作为一个姑娘，作为一个女人，那个高大的面色有点苍白的身影，在自己心里激起的涟漪一圈一圈地，总也散不去。

这还不是爱情，这是一个善良女人的本能。

李玉枝回家将和麦贤得见面的情况，告诉了自己的父母。母亲一听还是那句话："嫁过去，要苦一辈子的。"可父亲李城丁的态度明显有了倾向，他也还是那句话："麦贤得是为国家受的伤，我们不能不管他。"李城丁总有一种家国情怀，他好像是站在国家的角度考虑问题，好像国家要管麦贤得，他就有责任。若干年后，李城丁在接受记者采访时，还是说："玉枝是党员，贤得也是党员，我有好几个女儿，嫁一个给军人当媳妇，照顾好贤得，也是给国家做贡献。"

李玉枝的这位忠厚善良的父亲，这位旧社会的孤儿，翻身解放后，总是记着共产党的恩情，心里总是从国家的角度出发，想着麦贤得的负伤。他认为，国家需要人保卫，为保卫国家负伤的人，我们就不能不管。现在这件事情摆在他们家的面前，他有好几个女儿，就应该为国家献出一位，他的想法反而站在女儿的角度考虑就少了一些。李城丁有一种为国家就应该做出牺牲的潜意识。他觉得麦贤得为了国家在炮火下做出了牺牲，麦贤得的牺牲是不顾自己的生命的，他李城丁老了，不能上前线去做牺牲，那么现在也应该做出贡献，他的贡献就是献出一个女

第十一章
一个弱小身影的出现

儿。他的情感十分朴素，态度也非常明确，道理对一个普通老百姓来说有点大，但发自内心。在中国，特别是在建国初期，千千万万这样朴素的人，维护着共产党的领导，支撑着共和国的大厦。所以他一直是坚定地支持女儿嫁给麦贤得的老人，而且是无条件的。当然他也知道女儿会很辛苦，所以他也说，最后取决于女儿李玉枝本人的态度。

一个声音在李玉枝的脑海里越来越清晰：阿爸讲得对，英雄也是人，要有人来关心照顾。这么大的一个国家，总得有人来保卫，麦贤得为国家受的伤，不能没有人来照顾他。这是大道理，也是小道理，既高尚，也朴素，是那一代人的思维方式。

李玉枝最终做了一个决定，如果说这个决定改变了她的一生，不如说，这个决定也改变了麦贤得的一生。李玉枝成了英雄身后那个坚定的影子，她用自己的一生支撑着英雄高大的身躯没有倒下，并相依相伴走过了几十年。

可那时，我想，李玉枝一定没有想明白，这个决定意味着什么，它意味的绝不是简单的无微不至的照顾和千辛万苦的劳累。后来的日子，李玉枝绝对没有想到面对的是什么困难，所受的苦，不是在身体上而是在心底。我们可以简单地说，没有李玉枝，可能就没有活到今天的麦贤得，也就没有仍然是以英雄的形象示人的麦贤得。但，李玉枝这几十年是怎么过来的？她基本上是泡在苦水和泪水里，她用一生支撑了一个英雄。所以，说李玉枝是一个伟大的女人，我不觉得是在拔高她。

经过与父母商量后，为了表示郑重，李玉枝主动给部队领导写了一封信，明确表示自己愿意来照顾麦贤得。

尽管今天的李玉枝大姐在对我说这段话时，脸上带着笑容，但我注意到她说的是"照顾麦贤得",而不是"嫁给麦贤得",可以理解当时她内心的思考维度,这是否就是一种献身的精神?

但是,这封信发出以后,有很长一段时间部队没有回音,这让李玉枝不明白是怎么一回事,反而有点忐忑不安。

其实,当麦贤得的亲事没有着落时,部队领导着急,到处张罗,四处做工作。当这事有了着落后,部队领导认为麦贤得的婚事是一件大事,还有许多具体工作要做。毕竟,是由部队在为麦贤得张罗亲事,代表的是组织,所以要把许多事情考虑细致周到。婚姻大事,对于每一个人,都是终身大事,何况是一位一级伤残的人民英雄麦贤得,麦贤得的婚事妥当不妥当,婚后生活如何,不仅是麦贤得的个人事。部队对一名为国负伤的一级伤残军人如此无微不至的关心,从根本上,是对战斗力的提升,是对前线的干部战士最大的鼓励。战士们上战场,勇敢不勇敢,有许多因素,其中,最大的因素是祖国记着他们,祖国为他们解决后顾之忧。因此,要尽一切可能,把麦贤得的亲事做好做细。

首先,要告诉麦贤得,要征求麦贤得本人的同意,因为到李玉枝正式复信前,部队领导的心里还没有底,到底李玉枝会不会同意,所以,没有对麦贤得透露半点信息。现在李玉枝正式复信了,部队把它当作喜讯告诉了麦贤得。麦贤得听后,先是惊讶,因为自从女同学没有答应麦贤得后,他已经死了心,虽然内心充满着渴望,但经常会说:"不谈了,不谈了,拖累了别人,拖累了别人"。今天,部队领导告诉他这个结果,如同朝干柴里扔进了一颗火种,在麦贤得的心里瞬间燃起了希望之火,那希望之火透过了心灵的窗户,使他的眼睛发亮。他竟然红了脸,除了惊讶,就是惊喜了,然后高兴得咧开了嘴巴笑。因为,那天打乒乓球时,他虽然只瞟了一眼李玉枝,竟然已经留下了很深的印象,他急忙问:"是那位个子小小的,有一条黑黑的大辫子的靓女?"

第十一章
一个弱小身影的出现

靓女,在今天是一个已经用得太普及的形容词了,以致其含意大大地被注水稀释了。可在当年,这个广东方言:靓,却是广东人对一些美好的人和物情不自禁地称赞,不仅是称赞姑娘的美丽,对漂亮的小伙也称赞为靓仔。甚至,广东人喜欢用它来形容一切美好事物,例如,喜欢一碗好汤,也会说一碗靓汤。对于思维简单的麦贤得脱口而出说的靓女,那可是从心里对李玉枝的赞赏。当他知道要谈的对象是李玉枝时,麦贤得是将信将疑的,他问道:"她会同意?她会同意?"当得知李玉枝已经回信了,并且希望再见面时,他兴奋地点头,一连说了几遍:"见,见。"

麦贤得是毛主席、周总理关心的"人民英雄",他的婚事自然也不是一般普通的婚事,要向上级领导报告。汕头水警区以党委的名义,将麦贤得相亲的事,以及女方李玉枝的基本情况,向南海舰队和北京海军总部做了汇报。这时,吴瑞林已经从南海舰队司令员的位置,调升到北京任海军常务副司令员,他在汕头人民医院看望过麦贤得以后,一直在关心着麦贤得的康复。孔照年此时也已调任海军广州基地副司令员。

几天后,北京海军总部专门复电,做了三点具体的指示,表明了海军首长对麦贤得十分具体的关心:一是,肯定了由部队来关心麦贤得的亲事,并称赞李玉枝有崇高的品德;二是,非常具体地提出,如果婚事成功,可以特招李玉枝到部队,然后送李玉枝去学习护理,以利于照顾麦贤得;三是,如果李玉枝不愿意入伍,应由部队出面帮助将李玉枝调入汕头工作,以便就近照顾麦贤得。如此之详细具体,可见海军总部首长对麦贤得的关心。

接着,部队领导又派专人到麦贤得的家乡洰洲湾,向麦贤得父母介绍李玉枝的基本情况,征求麦阿记和林呖的同意。麦贤得的父母当然欣喜不已，一个劲地感谢部队。

然后，再派老艇长崔福俊和现艇长陈文乙，以及李副政委代表部队到汕尾李玉枝的家里，正式向李玉枝的父亲李城丁及母亲蔡招娣介绍部队情况以及首长具体意见，以组织的名义，再次征求李玉枝父母的同意。

把这一切做完，部队最后才决定，准备安排李玉枝及双方的家长，来部队正式见面。

正在这时，中国发生了一件大事，顶天的大事，由党的第九次代表大会确定的毛泽东主席的接班人林彪，于1971年9月13日夜乘飞机叛逃了，然后在蒙古人民共和国温都尔汗地区机毁人亡，这就是共和国历史上著名的"九一三"事件，全党全国都震惊了。接着从中央到地方自上而下的一系列通知、传达、学习、善后。林彪当时任党的副主席和国防部长，他的反党集团成员主要都在部队，所以在部队肃清他的影响变成了头等大事，海军包括汕头部队当然不例外，麦贤得的亲事，自然也就一时顾不上了。这一拖，就拖了约半年。

直到1972年年初，汕头水警区领导才腾出手来请双方家长来部队驻地正式相亲，最后商定麦贤得和李玉枝的婚事。

李玉枝的父亲李城丁，以及李家的一位叔伯带着李玉枝，麦贤得的父母和他的一位舅舅，带着麦贤得，双方家长在部队会议室里正式见了面。由于事前部队做了细致的工作，所以，见面时双方家长都很高兴，特别是麦贤得的父亲麦阿记见有这么好的姑娘答应来照顾自己的儿子，感动得连声说："谢谢！谢谢！"

双方家长见过面以后，部队又安排李玉枝与麦贤得单独见面聊聊，以增进相互了解。

第十一章
一个弱小身影的出现

　　单独见面安排在招待所的一间房间里。这是李玉枝第一次与麦贤得单独交谈。她先来到房间，坐在窗前等待着麦贤得的到来。这一次见面，深深地印在李玉枝的脑海里，50多年后的今天，她还清楚地记得每一个细节、每一句话，在和我的交谈中，叙述得十分具体形象，也让我留下了深刻的印象。

　　她对我说，她知道她的生活从这一天开始要改变了，她要陪伴着一个英雄，也是要陪伴一个一级伤残军人，今后的日子怎么过？她想了解熟悉麦贤得。同时作为一个姑娘，她也是羞涩的，毕竟眼前的这个人，是自己要相伴一生的人。

　　她望着窗外，窗外的那条路就是通向麦贤得工作的军械仓库，此刻她的所有注意力都在这条路上。

　　一会儿，透过窗户，李玉枝看到了个子高高的麦贤得，在部队一位战士的陪同下，从仓库那边一拐一拐地走来。那时麦贤得的右腿和右手，都还没有完全恢复正常，走路仍是左腿拖着右腿，所以，一拐一拐的。

　　看着麦贤得走来的样子，善良的李玉枝的心突然就有点难受起来，难受的是这个一米七八本是威武英俊的小伙子，却为了国家受伤致残而变成这样。一拐一拐走来的麦贤得，那年也才25岁，他受伤致残的身体，他与命运搏斗的艰难，触动了一位还未情窦初开的姑娘心底最柔软的地方，从此就烙在李玉枝的心底，一生都没有抹去，所以到50多年后的今天，在同我谈起的时候，呈现在我面前的仍是一个清晰动人的画面：一拐一拐走来的麦贤得……

　　接着，在招待所的房间里，大家让他们两人单独在一起说说话，以增进相互的了解。部队招待所的房间里，也就是两张床。于是两个人，一个坐在床头，一个坐在床尾，空气中静静的，麦贤得比李玉枝还腼腆。

还是李玉枝先打破了沉默,也不知道说什么,就问了一句:"你平时在军械库都做什么?"

麦贤得回答:"种菜,吃药。"然后就没有了下句,又陷入了沉默。

李玉枝只得再问一句:"现在身体怎么样?"

麦贤得的回答仍然是:"吃药,种菜。"

第一次见面,麦贤得只说了两句话,八个字。

两人无法再深入交谈下去。

李玉枝心里空落落的,她不知道麦贤得是腼腆,还是说话困难。她觉得,第一步就是要理解麦贤得说的话,所以她想跟麦贤得多聊几句。可麦贤得说话十分简短,讲的都是短句,甚至短到只有两个字,她担心自己不能完全听懂和理解。麦贤得不但讲话简短,而且口齿不是十分清楚,所以,她知道与麦贤得相处,第一个困难可能就是要能听懂他讲的话。

尽管她已经有了一定的心理准备,但与麦贤得的相处,远不是她想的这么简单。

第十二章

五味杂陈的蜜月

1972年6月1日,李玉枝与麦贤得在部队举行了婚礼。

当时李玉枝还在海丰县的公平公社任妇女干事。那时的海丰县隶属于汕头地区,可与汕头市却相距200多公里。李玉枝的家所在地汕尾,当时是隶属于海丰县的一个镇。汕头与汕尾,虽然说是一"头"一"尾",相隔也有近200公里。1988年1月,经国务院批准,在原海丰、陆丰两县的行政区域上设置了地级汕尾市,人们习惯所说的海陆丰地区现在都隶属于汕尾市。因此,海丰离汕尾很近,如今开车只要25分钟,离汕头却不近,那时坐长途客车要走大半天。可当年,李玉枝结婚的前一天,却是只身一个人,拿了几件换洗衣服,从海丰她所工作的公平公社直接去的汕头。

结婚,对于哪一个姑娘都是终身大事。如今年轻人的婚礼,不论是中式的,还是西式的,结婚双方家庭都要准备多日,隆重、喜庆、热闹,亲朋好友、同学同事、街坊邻居……来贺喜的人越多越好,还有许多民俗上的"彩头",来预祝新人未来幸福。

可,李玉枝结婚的头一天,她还在工作蹲点的公平公社洋心村一户困难户家中，她在这儿与这家困难户已经"同吃、同住、同劳动"7个多月了。这天她收拾了自己的简单行李，对房东老阿妈说，自己请了婚假去汕头结婚，婚后还会回来，然后从洋心村步行去了公社。在公社，当天晚上进行姑娘出嫁所必需的"开脸"。这个女子一生只有一次，作为嫁人标志的传统婚姻风俗之一，都是由公社妇女主任到了很晚才想起来，匆匆用绞合的双线，绞去了李玉枝脸上属于姑娘的汗毛，算是完成了这个成人仪式。

第二天，李玉枝一个人乘长途汽车去汕头。那个时候，公路远没有今天这样直，更没有今天这样平，老旧的长途汽车在充满灰尘的公路上缓缓前行。此一去，再也不是姑娘李玉枝了，未来的生活到底怎样，李玉枝满腹的忐忑。

颠颠簸簸，直到傍晚车才到了部队驻地。李玉枝找到了部队政治部，像报到一样，见到麦贤得。

第二天，部队派了一位干事，领着麦贤得和李玉枝去拍了结婚照，再去民政局登记领取结婚证，然后买了两斤喜糖就回到了部队招待所。整天麦贤得不声不响地跟在李玉枝后面，脸上看不到要结婚的喜气。

当天晚上，婚礼在部队招待所里举行。

没有新房，就是招待所的一间客房里；也没有婚床，两张单人床拼到了一起；没有婚宴，只有两斤糖果，这种婚礼简单得让今天的人们无法理解。但李玉枝与麦贤得的婚礼就是这样举行的，有点像今天的座谈会。

部队里来了几位老领导和老战友，当然有老艇长崔福俊和战友陈文乙。婚礼由麦贤得所在快艇大队的老政委主持，老艇长崔福俊证婚，还来了水警区政治部的几位干事，一共十几个人，把一间房子装满了。

第十二章
五味杂陈的蜜月

李玉枝在和我交谈中,始终没有说到她结婚的时候,娘家来了几个人。我从一些资料和报道中,只看到麦贤得的母亲和麦贤得的小舅舅以及小弟弟来了,麦贤得的父亲麦阿记也没有来,然后就是部队里的同志,部队里的同志参加的也不多,这个婚礼太简朴,没有看到李玉枝的家人参加婚礼,我一直没有弄明白原因。本来我计划于2020年春节后再去一次汕头,对麦贤得和李玉枝再做一次采访,由于新冠肺炎疫情的关系,这个采访最后不得不于2020年5月3日,以电话访谈的方式进行。我在电话里和李玉枝大姐谈了近两个小时,其中也询问了这个问题,李玉枝十分沉重地和我谈了原因,这其中的故事,我将在下一章里详细介绍,那是一段长长的沉重的故事,以免冲淡了英雄婚礼的喜庆气氛,因为那是一个英雄落寞的故事。

李玉枝详细地说到了结婚当晚的情景。她说,婚礼仪式的高潮,是主持人要麦贤得唱一首歌。麦贤得断断续续地唱了那个时期全国人民几乎都耳熟能详的京剧样板戏《沙家浜》剧中主角新四军指导员郭建光的一段主要唱段,"要学那泰山顶上一青松,巍然屹立傲苍穹,八千里风暴吹不倒,九千个雷霆也难轰"。唱得满脸通红,那不是一个新郎的样子,而是一个英雄的形象。接下来,主持人要新娘李玉枝也唱一段,李玉枝唱的同样是京剧样板戏《智取威虎山》剧中的"共产党员时刻听从党召唤,专拣重担挑在肩……明知征途有艰险,越是艰险越向前",这也不像是一个新娘要唱的,而是一位年轻的共产党员的决心。那时李玉枝已经是一位党员了,唱的也是心声。麦贤得有一些兴奋,李玉枝全是紧张,谈不上喜悦,他们还不熟悉,也没有感情基础,只有责任。

当天晚上最动情的是麦贤得的母亲林呐,这位在"八六"海战的那天夜里听到东山岛的炮声起,就一直提心吊胆地把儿子麦贤得放在心上的母亲，那颗心一直放不下来。其实，就在今天举行婚礼前，林呖对这位未来的儿媳妇也是放心不下的，她觉得那么娇小的身材能够照顾得好自己的儿子吗？作为母亲她觉得自己的儿子是为国受伤的英雄，她希望麦贤得得到较好的照顾。所以，当她从饶平前来参加儿子婚礼的时候，见到儿媳妇的第一面，是心存疑虑的。现在她作为一个女人，已经逐渐感觉到李玉枝是个好姑娘，有这么好的姑娘，来照顾自己半残了的儿子，心头的挂牵终于可以放下了，她感动得坐在一旁一直泪水涟涟。

婚礼的尾声，李玉枝的思绪离开了很远，新的生活开始了，远方有多远？去向远方的路有多难？她都不知道。

第二天，生活就归于平常，新郎新娘一起去食堂吃饭。馒头、稀饭，再稀饭、馒头，外加一点咸菜，那个时候的生活就是这么简单。

在食堂里，李玉枝第一次领略到麦贤得较真的个性。由于馒头较硬，李玉枝不小心掉了一小块馒渣在饭桌上，麦贤得看见了，抬头看了一眼，可能因为知道在新婚中，没有吭声。可是想想，他又抬头看了一眼，终于忍不住指了出来。可他讲的话李玉枝没有听懂。麦贤得就将筷子倒过来，指着馒渣，重重地敲了敲桌子。意思是，不要浪费了粮食。麦贤得在部队这样要求自己，也这样要求别人。他脑子受伤后，思考简单，要求别人时的方法也简单。这让他在后来落寞以后，吃尽了苦头。这也是李玉枝与麦贤得相处需要适应的问题之一。

李大姐在采访中告诉我，婚后的第一个困难，就是理解麦贤得的语言。弹片损伤了他的语言中枢，使他不能完整地表达所要讲的意思，他能说的话又极短，而且口齿不清，一急就更讲不清，可是有着严重脑伤后遗症的他，又很容易激动，现在与李玉枝结婚以后，讲了几次的话李玉枝没有听懂，他就会忍不住发急。夫妻俩在进行着艰难的磨合，当然

第十二章
五味杂陈的蜜月

是李玉枝在谦让、在适应，因为她始终知道自己是来照顾一级伤残军人麦贤得的，她把这个责任坚守了一辈子。所以，婚后的最初生活，一点也不美好。

然而这却不是最大的困难。很快，更大的事让新婚中的李玉枝措手不及，或者说被吓得手足无措。婚后的一段时间，麦贤得还是很兴奋的，但，他很快情绪就低落了，整天不说话，坐在那儿脸沉沉的，也不太爱搭理新娘子，总是闷闷不乐的。李玉枝以为还是脑伤后遗症的原因，于是就小心翼翼地。

一天深夜，李玉枝在睡梦中，突然被麦贤得大叫一声惊醒，她推了推麦贤得，问怎么回事。麦贤得没有搭理，她以为麦贤得说梦话，可突然感到麦贤得在发抖。她急忙打开灯一看，只见麦贤得身体僵直，浑身抽搐，口吐白沫，神志不清，她才知道这是麦贤得癫痫发作了。更让一个刚刚新婚的姑娘尴尬的是，不一会儿，她看到床单湿了一大片，麦贤得的大小便全拉在床上。

当时的李玉枝也才只是二十几岁的姑娘，一下无法面对这突然发生的情况，惊慌失措，六神无主。但再惊慌，也要面对，女人的本能让她明白，此时躺在床上人事不知的人，是自己的亲人，亲人的安危就是自己的一切。

好在她毕竟是一个有着8个孩子大家庭里的大姐，而且是贫苦之家。所谓穷人家的孩子早当家，就是自小生活就逼迫你要帮助处理家中的事情，包括发生的意外，贫困让穷人家的孩子早熟。再加上，婚前部队黄医生就向李玉枝交代过要注意麦贤得癫痫的发作和发作后第一时间该做什么。李玉枝立即让自己冷静了下来，首先跑去敲开了黄医生的门，黄医生立即赶来给麦贤得打了安定针，让他睡去。黄医生处理完这一切离开后，弱小的李玉枝抛开羞涩，搬动着高大沉重的麦贤得，撤换床单、调换衣裤，擦洗被失禁的大小便玷污了的麦贤得的身体，然后拿到水池旁去清洗。

做完这一切，天就亮了，她还不能休息，癫痫病发作后的病人，身体消耗特别大，她还要给快要醒来的麦贤得去食堂里买早餐，以帮助他恢复体力。

李玉枝从食堂里买回早餐后，麦贤得也醒来了，他没有躺在床上，而是起来坐在椅子上，看到李玉枝进来后，就背过了身子。李玉枝张罗着喊他来吃早餐，这时她听见麦贤得说了一句："对不起！"然后发现麦贤得转过身在悄悄落泪。自尊心极强的麦贤得后来告诉李玉枝，他落泪不是病痛，而是觉得这样拖累了自己的妻子，心里非常难过。李玉枝在后来的采访中告诉我，她和麦贤得结婚这一辈子，只见过麦贤得两次落泪，这是第一次。所以，尽管过去50年了，仍然记忆犹新，至今清晰得就在眼前。

这也是李玉枝第一次亲身经历癫痫发作时的可怕和麦贤得的痛苦，从那一天开始她知道了作为一个妻子的责任有多大，要如何努力地去照顾好麦贤得。她精心地去做，一做就是几十年，年年如此，月月如此。李玉枝慢慢地成了癫痫病护理方面的半个专家。

麦贤得脑伤后最大的后遗症就是外伤性癫痫。

癫痫病，是一种慢性反复发作的短暂性脑功能失调，是一种神经系统疾病。癫痫发作前情绪烦躁，精神恍惚，多动不安，甚至抬手打人、咬人砸东西，不听安抚和劝阻。发作中全身肌肉不受控制地抽动，及意识丧失，骨骼肌肉呈现持续性收缩，眼球上翻，喉部痉挛，甚至发出叫声，牙关紧咬。如果旁边没有人照顾，有可能会咬破舌头。颈部和躯干先屈曲而后反张，下肢自屈曲转为强烈伸直，接着出现抽搐，发生痉

第十二章
五味杂陈的蜜月

挛,痉挛会反复发作。最后一次强烈痉挛后,抽搐突然终止。整个发作过程中,会同时出现心率增快,血压升高,汗液、唾液增多,瞳孔扩大,呼吸暂时中断,皮肤自苍白转为紫绀。

阵挛期以后,尚有短暂的强直痉挛,造成牙关紧闭和大小便失禁,口鼻喷出泡沫或血沫。然后心率、血压、瞳孔等才慢慢恢复正常,意识逐渐恢复。发作时间因人而异,麦贤得的发作自开始至意识恢复一般要10多分钟,苏醒后会感到头痛欲裂、精神疲乏和全身酸痛,对发作全无记忆,在意识障碍减轻后会进入昏睡。

在我的采访中,李玉枝没有向我介绍过麦贤得癫痫发作时的情景,也许这对她已经是习以为常,也许是她不愿描述这个痛苦的过程。可是,照顾麦贤得的癫痫发作,是李玉枝一生中一件最为重要的事情。这不仅是护理麦贤得的身体康复,从某种意义上是守护麦贤得的生命安全。

我有一个内弟5岁的时候,得了小儿癫痫。我曾和他的父亲、我的舅舅抱着他,跑过全国许多大医院,最终也没有治好他。如今,他已经40多岁了,智力仍停留在5岁他开始发病的时候,现在仍然时常发作癫痫。因为得了这个病,毁了我舅舅的一生。因此,我更能理解,李玉枝婚后几十年中,时时都在担心着麦贤得的癫痫发作,无论白天抑或黑夜。这几十年,她睡过一个安稳觉吗?!

麦贤得是外伤性癫痫,是继发于颅脑损伤后的局限性或全身性痉挛,可以在任何时间内发作。发作时,由于失去了意识,就是一切都不知道,如果身边没人,具有一定的危险。

麦贤得又是外伤性癫痫发作较为严重的病人,这可能是他的脑部受伤严重所致,这也是英雄的磨难。外伤性癫痫,折磨了麦贤得几十年。我深深地理解癫痫病人的那种痛苦,理解麦贤得的苦闷。因为癫痫发作后,人又恢复了神志和清醒,作为一个军人,一个英雄,麦贤得受过毛泽东主席和那么多中央领导和军委老帅们的接见，得到过那么多的荣誉，在那么多千人大会上做过报告，被几乎所有的中央媒体颂扬，在那么多的镁光灯前保持着笑容，可癫痫发作时，那样的狼狈，那样的不能自控，那样的无助和无奈，这对自尊心极强的麦贤得的心理打击远胜过身体打击。所以，每一次发作后，对自己这种病的懊恼使麦贤得在很长的一段时间里，情绪低沉，脾气烦躁。这对作为妻子的李玉枝又是一层压力，发作时，她要精心地照顾病中的麦贤得；发作后，她要小心地呵护麦贤得的情绪。呵护麦贤得的情绪比照顾他的身体更难。所以，李玉枝一直是身心疲惫，一步一个小心，步步沉重，几十年就是这样走过来的。

为了控制癫痫的发作，医生让麦贤得长年服用苯妥英钠和苯巴比妥两种西药。我们都知道，是药三分毒，这个"毒"，指的就是几乎每一种药都有副作用（并不仅仅是指西药），只是副作用大和副作用小的区别，以及在不同人的身体里，反应不同而已。为了更深刻地了解麦贤得常年服用的这两种药的副作用对他身体的影响，我专门请教过神经内科医生。医生告诉我：苯妥英钠是一种控制癫痫发作的常用药物，它的不良反应有行为改变，走路不稳，思维混乱，讲话不清，两手发抖、烦躁易怒。我发现这些副作用，在麦贤得身上或多或少都有，尤其是易怒，情绪容易失控，反应得更强烈。而另一种药苯巴比妥的主要作用是镇静，用于治疗焦虑不安、烦躁和抗癫痫。它的副作用是用药后可能会出现头晕、困倦，长期使用会产生耐受性及依赖性。

医生将这两种药合并用于治疗麦贤得的癫痫病，也向李玉枝讲解了这些药的效果和副作用。李玉枝感到了自己肩上的责任，新婚后的年轻妻子面临着崭新的生活课题，她要努力学习护理知识。她买了好多医疗

第十二章
五味杂陈的蜜月

护理方面的书,不懂就向部队医生请教,她仔细阅读麦贤得服用的每一种药的说明书,了解药的疗效和不良反应。作为麦贤得的妻子,她知道要掌握这些知识,帮助丈夫战胜伤病后遗症。

脑外伤引起的偏瘫,折磨的是麦贤得的身体;癫痫和药物副作用,折磨的是麦贤得的心理。人们看到的是英雄称号闪闪发光,但看不到麦贤得为了让这个英雄称号发光,一生与病痛、与癫痫搏斗的艰难和痛苦。

病中的麦贤得也很苦闷,可是他无法说,也许是说不出,说不出就憋在心里,脾气就更坏。这种难以控制的坏脾气,一方面来自脑伤后遗症,一方面来自药物的不良反应,这是医生的看法。但我还有一点自己的认识,麦贤得是个英雄,但在生活中,他也是一个常人,潮汕地区传统文化中根深蒂固的一切以男人为中心,在麦贤得的身上也表现得很突出,尤其在对妻子以及后来对孩子,有时候麦贤得有些不讲道理。例如,他对自己要求严,对别人要求也严。有时候家人在一起吃饭时,有人不小心把米粒掉在桌上,麦贤得看见会立即指出,但如果他讲的话别人没听明白,一着急,他会随手把筷子扔过来。李玉枝与麦贤得在一起时,只要麦贤得情绪变坏,她就要随时担心此类事情的发生。

差不多每半个月左右,麦贤得就会癫痫发作一次,多时甚至一周发作一次。每次发作神志不清,大小便全拉在身上,弱小的李玉枝就要背起那个沉重的身躯。这一背就从青年背到中年,又从中年背到老年,直到感动了上苍。

很快李玉枝和麦贤得的新婚蜜月就过去了,李玉枝请的婚假也只有一个月,她要回去上班了。原先,部队计划调李玉枝到麦贤得的身边照顾麦贤得的事,不知是什么原因而被暂时搁下了,部队领导没有人提起，李玉枝也不好多问。所以，她只能回200多公里之外的海丰县公平公社去上班了。一对新婚夫妻，开始两地生活。

新婚蜜月对于每一个姑娘来说，应该既是美好的，也是难忘的。可对李玉枝，难忘是肯定的，美好真的说不上。这一个月里，在李玉枝的身边发生了太多太多，用酸甜苦辣、人生百味来说，也说不清楚。

这是一个蜜糖包着苦果的蜜月。

首先她没有想到，在蜜月中麦贤得情绪那样低落，竟是因为与林彪叛逃事件有关，她与麦贤得结婚的时候，因为"九一三"事件，麦贤得竟然受到了影响。麦贤得除了要克服身体上的伤痛，还要忍受他不能理解的精神上的压力，在这样的氛围下，你说新婚蜜月会"蜜"到哪儿去呢？其次，是麦贤得的癫痫发作。癫痫是介于肉体与精神之间的疾病，其发作时，既有身体症状也有精神症状，它是脑部异常放电所致。脑，是人体的中枢，中枢被电击，所产生的痉挛、抽搐、翻白眼、口吐白沫，甚至发出叫声等，都是肉体极端痛苦的反映。痛苦到什么程度？痛苦到大小便失禁。什么叫失禁呢，就是人不能控制自己了，在不能自主、人事不知之中。这个病对人精神上的折磨是，发病后人又会恢复神志，变成一个常人。这时候的病人，跟死了一回一样，无论是肉体上还是精神上都有着极大的消耗，甚至瘫软到无法动弹。可神志却又清醒了，这对于一个神志清醒的人来说，那种无望，对他精神上的冲击是我们常人无法理解的。

尤其是，癫痫病像一个地雷，你不知道它什么时候还要爆炸，病人和家人，都在恐惧中等待着。这对于新婚蜜月中的新人，还谈得上什么"甜蜜"吗？我想，自那天夜里李玉枝第一次看到麦贤得发病，她的整个蜜月恐怕都生活在随时担心麦贤得再次癫痫发作的恐惧中。后来，这种恐惧又延续了很多年，直到她和上苍一起，最后赶走了"癫痫"这个

第十二章
五味杂陈的蜜月

恶魔。这其中，且不说我们的英雄麦贤得经历了多少苦痛，而李玉枝一生中又付出了多少？我们所看到的是青丝变白发。

在这样的情况下，蜜月结束以后，李玉枝要回去上班时，她有着太多的牵挂放不下。

此时的李玉枝与一个月前已经完全不一样了，如今她已经成家，已为人妻，一个一级伤残军人的妻子。来前，虽然知道麦贤得的伤病，也知道麦贤得的后遗症，可亲眼所见后，才知道癫痫的发作是那样的可怕，麦贤得是那样的痛苦，甚至还有危险。所以蜜月结束离开时，作为妻子的李玉枝是怎样的心情，就可想而知了。这远不是新婚蜜月小两口的难舍难分。李玉枝和麦贤得并没有婚前的恋爱阶段，一个月的新婚，发生了那么多的事，也不能说已经建立了深深的感情，可要离开时，李玉枝已经在心里装着一分沉甸甸的责任，分别时无法放下牵挂，有一种把心提着的担心。

这时候的离开，麦贤得的身体和精神状态都让她十分放心不下。现在麦贤得是她丈夫了，是需要她各方面照顾的人，而她是一位基层妇女干部，一个月的婚假到期了，她还有她的工作，她不得不离开。可在她要离开时，麦贤得的身体和精神是那样的不稳定，尤其是当时麦贤得的情绪低沉，诱发着癫痫的反复发作，这些让李玉枝怎么放心得下？

李玉枝离开部队回公平公社的那天，麦贤得已经从癫痫发作后的虚弱中逐渐恢复了过来，他像一个大病初愈的孩子，十分不舍新婚妻子的离去。这时，从身体到心理上，他都希望李玉枝留在自己的身边。一个月来新婚妻子对自己的贴身照顾，每天的嘘寒问暖、叮嘱服药，特别是在癫痫发作醒来的那一刻，睁开眼看到的第一个人，一定是李玉枝，这

脚 印
——人民英雄麦贤得

使麦贤得感到一种从未有过的安全和温暖。另外，部队当时肃清林彪反党集团遗毒的学习教育活动还没有结束，在这个传达学习和肃清林彪集团的遗毒中，麦贤得竟然受到了影响，这让他非常不理解，也承受着空前的精神压力。虽然部队首长对他分外保护，但毕竟在那个特殊的时期，他的事情也没有完全结束，还是有人盯着不放，让他"说清楚问题"。虽然他没有对李玉枝说起这件事，但此时从心理上也像一个孩子在受到委屈的时候，多了一份对亲人的依恋。所以，他十分不舍妻子的离去。

但也无奈，他知道妻子是个党的基层妇女干部，她有自己的工作，她是共产党员，不能不回到她的工作岗位上去。麦贤得受伤后，一直用他那个简单思维方式思考问题。他说，共产党员就是要处理好"为私为公"的问题，当前妻子回去工作就是"为公"，如果自己把妻子留在身边，那是"为私"，自己也是个共产党员，所以必须服从。因此，尽管对妻子依依不舍，但还得送她离开。

那天，麦贤得送李玉枝去车站。一路上，李玉枝千叮咛万嘱咐，从不要忘了吃药到不要发脾气，等等，等等，说了又说。麦贤得沉默着，不说话，走着走着，他就悄悄地牵起了李玉枝的手，默默地跟着李玉枝往前走。

在长途汽车站，李玉枝上车后，麦贤得就站在车窗下不肯离开，车子发动以后，终于憋出了一句话："玉枝，早点回来看我。"声音十分低沉，像是受了很大的委屈。

麦贤得此时的心情不仅是对新婚妻子的依恋，还有他的孤单和当时内心的不解，所以，格外地舍不得李玉枝，可他又无法完整地用语言表达出来，只能在汽车发动后，说了这样一句话。他，也是从内心感觉离不开李玉枝了。

第十二章
五味杂陈的蜜月

  而车上的李玉枝，人虽走了，心却留在了汕头，留在了部队，留在了麦贤得的身边，留下一串长长的、长长的牵挂。

  这时，李玉枝心里也藏着一个秘密，这也是她离开前最大的牵挂和不放心，就是麦贤得所谓"讲不清楚的问题"。其实，李玉枝与麦贤得在一起的时候，已经感觉到了他在情绪上的异常，听到了他在睡梦中的惊叫和梦呓。曾风闻麦贤得受到了冲击，可他不说，李玉枝也不好问。但是这事实在放不下，于是，在临离开前，她悄悄地去找了一个人，得知情况以后，让她更放心不下。

  那么，麦贤得到底有什么"讲不清楚的问题"呢？

第十三章

⚓

英雄落寞的眼泪

在李玉枝离开麦贤得的时候,什么事让她那么牵肠挂肚?麦贤得怎么又会牵涉到林彪反党集团当中去了,还有需要"讲清楚的问题"?

我在采访麦贤得的时候,不仅是麦贤得,还有李玉枝,对这一段经历记忆犹新,因为它几乎压垮了一个英雄。可这又是一段讳莫如深,大家都不愿涉及的问题,以往人们在书写麦贤得时,极少有人写到这一段。我觉得这是麦贤得一生中重要的一段经历,虽然是特殊年代的特殊经历,可它是麦贤得人生经历中最困难最曲折的一段,也是磨炼英雄,尤其是对英雄身后的李玉枝产生过巨大困惑的一段历史。今天,我很想在这儿还原这段历史,让人们更深地了解英雄。那么要麦贤得讲清楚的"问题",那到底是一个什么"问题"呢?

说明白这个问题,首先要说清楚一段历史。有时候,历史并不是百年千年,我们才淡忘了。有的历史,几十年后,后人就不清楚了,不理解了。所以,忘记了过去,就意味着背叛。当然我们不提倡在讲述历史中,或者对后辈的历史教育中,传播"仇恨"意识,因为人,总是要提倡爱的,甚至要博爱,这是孙中山先生说的。整个世界大同,最美好的

第十三章
英雄落寞的眼泪

世界，就是充满着爱。但，如果我们忘记了历史，就不会理解今天，更不会珍惜当下。我们不知道，自己是如何走过来的，我们怎么能知道今天的一切来之不易！我们又如何去创造一个美好的充满着爱的明天。

让我们回到历史中来。

麦贤得这件"讲不清楚的问题"，跟毛泽东主席的单独接见有关。前面我已经讲到过1967年12月3日的晚上，毛泽东主席在北京人民大会堂接见了麦贤得。从现在介绍麦贤得这一段历史的报道、书籍和资料中我们只看到，当时陪同毛泽东主席接见麦贤得的有周恩来总理和中央军委的一些老帅。而毛泽东主席等中央领导是在接见完海军代表后，再接见麦贤得的。当时有一个参与接见的重要人物在如今的一些报道、书籍和资料中名字不见了，他一定会在场，因为他当时是党中央唯一的副主席，又是中央军委主持日常工作的副主席，毛泽东主席接见海军部队的代表，他不可能不在现场。

这个人就是林彪。

林彪这个名字在如今年轻人当中，已经不是十分熟悉了，可在麦贤得当上英雄的那个时候，林彪不仅是中共中央副主席、中央军委主持日常工作的副主席，还兼任着国防部长，是当时一位政治上蒸蒸日上的党和国家领导人。因为在1966年8月1日至12日在北京召开的中国共产党八届十一中全会上，根据毛泽东主席的提议，选举林彪为党的副主席，基本确定了林彪为毛泽东主席的接班人，并在接见麦贤得的一年多以后的中国共产党第九次全国代表大会上，作为毛泽东主席的亲密战友和接班人被写进了修改后的《党章》里。因此，当时毛泽东主席接见麦贤得时，林彪不可能不在场。而实际上当年报纸上发表毛泽东主席接见麦贤得的照片时，旁边就有林彪。

可是，在1971年9月13日，中国发生了"林彪叛逃事件"。这一天，已经被定为毛泽东主席接班人的林彪，乘飞机外逃，结果在蒙古人民共和国温都尔汗地区机毁人亡，我们将其称为"九一三"事件。林彪叛逃的原因，不是我这一本书里能说清楚的，有兴趣的读者朋友可以去查一查历史。后党中央在全党全国肃清林彪遗毒时，揪出了一个"林彪篡夺党和国家最高领导权的反革命阴谋集团"，其主要成员为时任总参谋长的黄永胜，时任空军司令的吴法宪，时任中共中央政治局委员、林彪办公室主任也是林彪的妻子叶群，时任副总参谋长、海军第一政委的李作鹏，时任副总参谋长、总后勤部部长的邱会作，这五个人全部在部队，因此后来在军队里也自上而下地开展了肃清林彪反党集团遗毒的活动。

当时在特定的历史时期，对于已经被定为毛泽东主席接班人的林彪的叛逃，全党全国干部群众都感到非常震惊，从思想上一开始还是接受不了这个现实，所以开展了许多传达学习活动，来说明揭露林彪反党集团的罪行。

作为受过严重脑外伤的麦贤得比常人更为单纯，听党的话，做毛主席的好战士，是他的座右铭。在他的脑海里，林彪是毛主席定的接班人，当时人们在喊"祝毛主席万寿无疆"的时候，后面必然跟一句"祝林副主席身体永远健康"。现在毛主席定的接班人叛逃了，他比别人更接受不了这个现实。但由于他头脑简单，不善于转弯，在部队传达林彪叛逃事件的大会上，麦贤得听后竟一下受到了刺激，他无法相信，更无法理解，突然表现失常，嘴里念念叨叨地说着："一就是一，二就是二，对就是对，错就是错。"人们说他精神恍惚，说着别人不明白的话。其实，今天在我看来，真的像一个精神纯粹的人，说着富有哲理的话。但是当年这句话，是"大逆不道"的。

第十三章
英雄落寞的眼泪

其实，当时第一次听到传达"林彪叛逃事件"的时候，不理解的人很多，从上到下从干部到群众都有，因为写在党章上的毛泽东主席的接班人，在任何公开场合几乎都是手上拿着一本《毛主席语录》跟在毛泽东主席身边形影不离的林彪，只等着接毛泽东的班就行了，为什么还要叛逃呢？大家一开始是不理解的，但当时大家相信党中央，相信毛主席，就是不理解也放在心里。可麦贤得不同，他的不理解没有办法放到心里，不仅精神上受到刺激，而且嘴巴里就把不理解说出来了。

当时正在文化大革命中，极左思潮对部队的影响也是不小的。对于麦贤得的失常表现，大部分人认为是麦贤得受过严重的脑外伤所致，思想一下拐不过弯来。但也有人认为这是态度问题，是政治立场问题，在那个极左思潮时代，政治立场可不是小问题。于是，就给麦贤得办思想"转弯子学习班"，这是特定年代特定的产物。在这个学习班里，名为学习，实际上是要强迫麦贤得"思想转弯子"。对于一般人来说，不管你心里有没有想通，好汉不吃眼前亏，先承认错误，表明态度，说明自己思想已经"转过了弯子"。可麦贤得不同，他没有想通，就坚决不说自己已经"转过弯子"了，于是，在学习班里麦贤得就是过不了关，这也让给麦贤得办学习班的人骑虎难下，于是对麦贤得的"学习教育"也就升级了。

越是这样，麦贤得的抵触情绪也就越大，我们前面说过，情绪低落都会诱发麦贤得的癫痫，可在学习班里是有一定的出行纪律的，麦贤得已经不仅是情绪低落了，而是有着非常大的思想压力，于是，他的癫痫就频繁发作。李玉枝大姐告诉我，那时甚至试过在一天里发作三次癫痫，这就让麦贤得的思想和身体都进入一种恶性循环。一个癫痫病人，频繁发作，他又怎么能让自己思想清楚，考虑问题，态度配合呢？一个英雄一下变得如此不堪。

每一个人都离不开特定的历史环境,在"文革"期间,是以"阶级斗争为纲"的,受极左思潮影响的人,很容易带着"阴谋论"的眼光来怀疑一切。那么,麦贤得一个普通的军人,又怎么被以"阴谋论"的眼光来怀疑他和林彪有关联呢?这时,有人想起了当年毛泽东主席接见麦贤得时,报纸上发表的照片中旁边有林彪,因此,就引申为要麦贤得"说清楚",当时林彪对他说了什么?进而说麦贤得是林彪树起来的假英雄,要麦贤得继续讲清楚与林彪的关系。

麦贤得没有和林彪说过一句话,他又怎么讲得清楚?

当年毛泽东主席接见时,林彪确实陪同在旁。但林彪本来就是一个少言寡语的人,另外,他陪同毛泽东主席的接见,一般很少说话,那一天同样也是什么话也没说,就坐在旁边的一张沙发上,微笑地看着麦贤得。你今天怎么让麦贤得说得清楚呢?再说麦贤得脑部受伤,语言表达受到很大影响,平时讲话都异于常人,在这样的政治环境中的学习班里,他又怎能为自己辩解清楚?于是,进而有人就说麦贤得的态度不好,学习变成了批判,批判就不会"温良恭俭让"了,办学习班的人也变得急躁了。学习会变成批斗会了,进而说,麦贤得是个假英雄。这样的会开了好多次,麦贤得的思想弯子也没有转过来。

麦贤得既说不清楚,也理解不了,更想不通,就谈不上认错。他情绪极度低落,翻来覆去就是那么一句话:"我打国民党,有什么错?!"癫痫病的发作越来越严重。

这种情况让大部分同志包括老艇长崔福俊等在内,都是看不下去的,但在那种特殊的政治氛围中,大家又不好公开表示反对。于是,也有同志向上级反映。麦贤得的情况被部队上级领导知道了,急忙制止。同时为了保护麦贤得,赶紧将他送到部队在湖南的冷水滩农场,那时叫"五七干校",名义是学习劳动,并且专门派了黄医生陪同麦贤得一同

第十三章
英雄落寞的眼泪

前往。

这时候正是李玉枝经过思考答应嫁给麦贤得而给部队写了信,却迟迟没有收到回音,也见不到麦贤得的原因。直到风声渐落,部队才送麦贤得回来相亲见面。

但,"讲清楚问题"并没有明确解决,麦贤得到底是不是假英雄也没有定论,所以,在结婚的时候,麦贤得就处在这种状况下,情绪低落,表现反常。

李玉枝在蜜月中,感觉到了麦贤得的心情不好,对麦贤得挨整的事也有所耳闻,可关于他为什么挨整,这一点她不明白,也没有人对她说,于是她想到了老艇长崔福俊,在临走前她想找麦贤得的这位老领导谈谈。那天,李玉枝来到崔福俊的办公室来告别,同时询问了麦贤得到底有什么事情"说不清"。

老艇长先是宽慰了她,让她放心,部队是了解麦贤得的,麦贤得是毛主席的好战士,部队一定会保护好麦贤得。其实,毛主席和林彪等中央首长接见麦贤得的那一次,崔福俊也在人民大会堂那4000名海军代表当中,所以,崔福俊当然知道是怎么一回事,他肯定地对李玉枝说,我们相信小麦和林彪绝对扯不上。但老艇长也有他为难之处,当时毛主席和林彪等中央首长接见麦贤得是在小会议室,崔福俊并不在现场,因此他也无法为麦贤得证明林彪到底有没有对麦贤得说了什么。

老艇长叹了一口气,实事求是地对李玉枝说,当前是特殊时期,有些事也许我们还不能理解,在这种气氛中,今后一段时间对小麦的宣传可能会降温,希望你们想得远一点,开一点。老艇长说得很婉转,也无奈。说着,老艇长看到窗外有人经过,声音就低了下来。

李玉枝看到这样,就知道老艇长也有他的为难之处,虽不能理解,但她作为一个妻子只希望丈夫能平安，身体上的、精神上的都平安。不要再刺激麦贤得就好，宣传不宣传都是次要的。她离开了崔福俊的办公室，回到招待所默默地先整理好麦贤得的衣物，再收拾自己简单的行李，心里一百个不放心，你说这个蜜月哪里甜？

以"共产党员时刻听从党召唤"，奔着照顾英雄而来的李玉枝，一结婚就发生了"英雄还是不是英雄"的问题，而此时已经是麦贤得妻子的李玉枝，心里全是苦丝丝的不解和担忧。因此，李玉枝与麦贤得告别回公平公社的时候，也是一肚子的心事。

带着满腹心事回到自己扶贫点公平公社后，新娘子的李玉枝没有一点新婚甜蜜的感觉，给同事老乡发了一点糖粒，表明自己结婚了，就投入了工作。作为农村的最基层的干部，事情总是做不完，春种夏收、扶贫帮困、秋收以后还要冬种。南海边的农村冬天不像北方那样天寒地冻，人们都是躲在家里"猫冬"，这儿的农村还要为来年的收成进行冬种。李玉枝是妇女干部，还有一堆妇女工作要做，所以白天忙完，夜晚还要开会，忙得前脚跟打后脚跟。尽管工作这样的忙，李玉枝的心一直在部队里，在麦贤得的身上。她买了好多关于医疗护理方面的书，晚上一有时间就夜读。20世纪70年代初在一些落后的农村里还没有普及用电，李玉枝又蹲点在一贫困户家中，晚上是就着如豆的油灯学习的。她一心要让自己不仅成为一个合格的妻子，还要成为一个称职的护士。

这段时间里，她与麦贤得的联系主要靠通信。李玉枝差不多每周都给麦贤得写信，麦贤得也给李玉枝回信，可从回信的内容看，李玉枝就知道这是战友帮他写的，可见那时麦贤得虽然一直在努力恢复自己的语言和书写功能，但基本上还停留在抄写程度。于是，李玉枝就鼓励麦贤得自己写信，一来帮助他继续康复，二来也让麦贤得能表达自己的真实

第十三章
英雄落寞的眼泪

情感。如是,麦贤得开始自己给李玉枝写信。不久,李玉枝收到了麦贤得写来的第一封信,看后既想笑,也感到甜蜜。一张信纸上只有寥寥两行字:亲爱的玉枝,你好!我想你……后面麦贤得就不知道要写什么内容了,如是寄来了这样一封信。相比以往战友帮麦贤得写的那些回信的内容,李玉枝更愿意看这廖廖两行字,因为这使她感到面对的是真实的丈夫。

那个时候,也正是麦贤得最困难的时期,内心的压抑,情绪的低落,在现实当中的无助,给他带来无尽的苦闷,可这些苦闷他说不出,也无人可说。苦闷积累在心中,凝成块垒,使他堵得慌,必须有个渠道舒缓舒缓,否则正常人也会憋疯的,何况是一个脑部受到如此重伤又最不善于转弯的人。那时也是中国历史上一个特殊的时期,全国都在搞文化大革命运动,在极左思潮的影响下,打着摧毁一切旧文化的旗帜,把文化搞得只有几部戏、几部书,年轻人那时的读书学习主要目的是"武装思想",阅读消遣、情感需求、文化消费都是没有的,这些被批判为"小资产阶级情调",提倡年轻人"不爱红装爱武装",武装起来干什么?武装起来搞阶级斗争,部队更是如此。在这种情况下,此时也只有25岁的麦贤得,他有情感需求,尤其已经有了一个远在海丰的妻子,因此情感的寄托和思念,一定是他舒缓内心压力的一方良剂。

因此,这段时间里收到李玉枝来信后,麦贤得都会静静地坐在宿舍里,一笔一画地给妻子写回信。那一定是他的静好时光,常常一封信,他要写好久好久,不满意撕了信纸一笔一画重新再来。信,写得越来越长,话说得也越来越多,尽管有些话,只有李玉枝能看明白。麦贤得对李玉枝的依恋也越来越浓。双方这种情感交流的感觉,是今天的年轻人不能理解的,因为今天有着太多太先进的通信工具,把身在天涯海角的人都能迅速地拉到身边。麦贤得写信的那个时代,最普遍的交流情感的

脚　印
——人民英雄麦贤得

工具，就是通信。由于交通的不便，有时一封信在路上要走好久，寄信的人和收信的人，都在期待着那鸿雁传书。通信的不便利，反而使等待的时光有一种极为美妙的感觉，这一点，今天的年轻人仍然是体会不到的。

鸿雁传书拉近了他们心的距离，也使日子一天一天地过去了。忙着忙着，就到了年关了。这时，小两口婚后分别已经快半年了，中间一直没有见过面，思念的滋味一天浓似一天。麦贤得仍是一个病人，每天都需要治疗吃药，为了防止他的癫痫发作，白天夜晚部队都派有专人陪伴着他，所以麦贤得也无法离开部队，到李玉枝这儿来探亲。年关快到时，关心李玉枝的公社妇女主任就催促李玉枝早点去部队探亲，陪伴麦贤得过年。

因此，李玉枝回公平公社半年后，才又一次来到部队，这一次是作为军人家属来探亲的。可麦贤得此时已经不在汕头水警区基地了，而是被送到汕头与潮州交界的一个叫作湖头市的地方，那里有海军的一个基地，基地里有医院，麦贤得在这儿边工作边治疗。后来，李玉枝才知道，麦贤得被送到这儿，也是部队首长保护他的措施，对麦贤得的"讲清楚"学习班就不得不中止了。

湖头市，别名葫芦市，这里并不是一个城市，它在历史上曾是一个贸易集市，有"葫芦市场开，遍地云集度生涯"之说，后来在老百姓口中就传成了"葫芦市"，如今它的正式地名叫湖头社区，位于汕头与潮州之间，属于汕头市管辖。海军的一个重要的仓库在湖头市的山里面，麦贤得被送到这儿，与尘世隔离了，就是保护他的意思。

李玉枝坐车到达湖头市后，往深山里面走了一个多小时，才看到部

第十三章
英雄落寞的眼泪

队的营房。军营设在山坳里，四周都是山峰和削壁，这是一处极为僻静的地方。

第一次来到这儿的李玉枝，看到军营里静悄悄的，没有什么人影，只有几个战士在站岗，就上前打听。战士们听说是麦贤得的爱人，就把李玉枝迎了进去，可宿舍房门紧闭着，不见麦贤得的人影。战士告诉李玉枝，刚才东山起了山火，麦贤得一定是和大家一道灭火去了。李玉枝一听麦贤得那样的身体还能上山去灭火？就抬头顺着战士手指的方向看，只见东边的山上还在冒黑烟，就更放心不下了，说："我也去帮着灭火吧。"战士劝道，山火已经灭得差不多了，估计一会儿他们就要回来了，就给李玉枝倒了一杯水，让李玉枝在宿舍这儿等。

此时的李玉枝真是心急如焚，灭山火对于健康的人来说，都是危险的，何况是一个身有残疾的麦贤得。她坐立不安，一会儿看看东山的黑烟，一会儿看看窗外那条山道。过了约一个小时，听到了人声，看到有两个军人朝宿舍匆匆走来。其中一个满头满脸都被熏黑，根本看不清面孔，但，麦贤得那身影是印在李玉枝心里的，她当然认出他就是自己的丈夫，麦贤得看见李玉枝高兴得张口就笑，露出一排白白的牙齿。

一级伤残的麦贤得从来不把自己当作残疾人，一切劳动他都要抢着干，包括去扑灭山火。部队领导告诉李玉枝，只要不发病，麦贤得都要参加部队的劳动。由于部队住地在山里面，周围都是农村，闲暇时，无处可去的麦贤得会去帮助附近的农民插秧、做田、收割。周末还会去贫困户人家做一些力所能及的事。麦贤得在参加劳动的时候，就能得到快乐，所以，到哪儿劳动都乐呵呵的，露着一排白白的牙齿。麦贤得之所以这样做，一是其劳动人民儿子的本质，热爱劳动；一是其一心想做毛主席的好战士，全心全意地为人民服务。

脚 印
——人民英雄麦贤得

李玉枝在湖头市那山沟军营里，第一眼看到麦贤得那被熏黑的脸里露出白白的牙齿时，半年来一直搁在心头的那块石头，一下落了地，她以为麦贤得已经从"九一三"事件的阴霾里走了出来。

其实，自"九一三"事件之后，在肃清林彪反党集团余毒的运动中，虽然最后没有给麦贤得定上一个与林彪反党集团有关联的结论，也没有让麦贤得继续"说清楚问题"，部队领导也及时采取了对麦贤得的保护措施，把他送到这个相对偏僻的地方。但，在那个特殊的历史时期，也没有明确为麦贤得证明清白，于是在报纸等媒体上麦贤得的名字消失了。麦贤得在人们的眼中，淡出了，英雄，落寞了。

与林彪的事是政治上的大事，对于一个英雄来说，政治上的事就是天大的事。那时有"政治生命"一说，对于一个党员，一个军人，一个获得国家国防部颁发"英雄"称号的人，"政治生命"当然是高于一切的。在那时也有对人的"解放"一说，例如"解放站错了路线的老干部""解放犯了错误的党员"。这个在和平年代对人的"解放"和战争年代不同。中华人民共和国成立之前，我们把夺取政权的战争叫作解放战争，是把老百姓从旧社会的"水深火热"之中解放出来，被解放的核心是"要翻身做主人"的人民，让人民过上幸福的生活，是共产党革命的宗旨。而现在的这个"解放"，无论是对所谓"站错了路线的老干部"，还是对"犯了错误的党员"，实际上是对曾经的革命者"政治生命"的解放，"解放"了你，即表明你又是革命队伍中的人，你才有资格跟着毛主席"继续革命"。

李玉枝不知道麦贤得是属于"说清楚"了的，还是被"解放"了的，反正，对于同样是一位共产党员的她，当然知道"政治生命"的重要性。她也不问麦贤得，因为麦贤得也讲不清楚，她只是心里暗暗地高兴，毕竟已经解除了对麦贤得的"转弯子学习班"，麦贤得现在是自由

第十三章
英雄落寞的眼泪

的,不用再去"学习",不用再去"说清楚"。因此,在湖头市这个山沟的军营里,尽管生活条件比汕头水警区艰苦得多,但李玉枝显得非常快乐,她精心地照顾着麦贤得吃药治病,整天把宿舍打扫得干干净净,还把宿舍的周围走廊清扫一新,和部队其他来探亲的干部家属处得如同一家人一样,把自己带来的土特产分给大家吃,总之,她想给麦贤得带来快乐。

很快就是春节了。

可是她发现麦贤得并不快乐。除了刚来的那两天,小夫妻俩见面时他有些兴奋,但很快就又陷入情绪低落的状态中。有时还自言自语地说:"我有什么错?打国民党有什么错?我是国防部授予的'战斗英雄',怎么是假英雄?!"

其实,虽然关于要麦贤得说清楚林彪对他说了什么的事,后来在部队首长的保护下,并没有往下追查,部队首长一直对麦贤得进行着保护。但是,关于林彪对麦贤得有没有说什么,也没有办法给予麦贤得一个明白的结论。那时"文革"还没有结束,极左思潮也就没有结束。在"文革"中有一种政策工具叫作"帽子拿在手上",今天的人们恐怕不会理解这是一个什么政策。它主要针对那些所谓有"问题"的人,但已经改正,或比较轻微,或一时也弄不明白的,对你不做结论,即既不说你有,也不说你无,说你有就把"帽子给你戴上",说你无就应该把"帽子摘了"。这种不给你做清白结论的"政策工具",它有一个形象的说法,叫作"帽子拿在手上"。拿在手上干什么?就是随时可以给你戴上。戴上了,你就是一个有"政治问题"的人。"帽子拿在手上"的目的,就是让你永远"老老实实"的。

当然,麦贤得不属于这种,但,把一个问题提出来,最后没有做否

脚　印
——人民英雄麦贤得

定的意见，那么这个问题就一直在那儿，差不多有点像"帽子拿在手上"。就如同今天用得非常多的一个词叫"抹黑"，抹黑了你的脸，却没有帮你洗干净，当时麦贤得好像就处在这种情况下。因为，有一个非常明显的问题，麦贤得这个英雄，他在全国的影响，差不多是由新闻媒体充分宣传出来的，在"九一三"事件没有发生前，麦贤得的名字非常高频率地出现在各种媒体上，可现在他的名字从所有的媒体上都消失了，而且消失了很多年。

并不是麦贤得图出名，对于思想纯粹、思维简单的他来说，他珍惜的是用生命换来的"英雄"称号，支撑他内心精神世界的是毛泽东主席对他的夸奖，周恩来总理对他生命抢救的关怀。所以，他对"假英雄"这种说法一直不能释怀，放在心里是一个巨大的"结"，影响着他的身体、情绪和生活。从某种角度说，对英雄称号的珍惜胜过他的生命。

实际上，麦贤得心里窝着气，又不会自我消解，嘴巴又说不出来，李玉枝隐隐地明白这一点，但也无法劝解。麦贤得心中的这种气，一天一天地积累着，积累多了，就像一个已经胀起来的气球，一个诱因，终有爆炸的一天！

这次李玉枝到湖头市来探亲，已经是春节了，节日期间她就想到带麦贤得到部队老领导家去拜个年，顺便说一说麦贤得的事。李玉枝把拜年的事放在第一位，因为她想到部队领导这样关心麦贤得，作为妻子应该登门表示一下谢意，可麦贤得想的是自己"假英雄"的事，这事窝在心里太久了，所以，他比李玉枝心情更急切。

那天，两人相约出门，李玉枝在收拾东西，就耽误了一点时间，这时麦贤得就有些不耐烦了，作为军人的他守时是非常重要的事情，他非常讨厌拖拖拉拉。等到李玉枝收拾好了，准备出门时外面突然下雨了。

第十三章
英雄落寞的眼泪

这本是一件平常的事，广东处在亚热带，雨水较多，说来就来，到了每年的雨季，甚至东边日出西边雨，日头高照也下雨，这几乎是司空见惯的事。因此，李玉枝见下雨出门不方便，因为从军营里出去，要走好长的山路，她也怕麦贤得淋雨，就好心地说："我们明天去吧。"

这下可让憋得好久的麦贤得，突然火山爆发，雷霆暴怒，把连日来所有闷在心中的气，全撒到了李玉枝的身上。他火气越来越大，脾气暴躁到失控的程度，说着说着，竟然要李玉枝走，嘴里大声地喊着："离婚！离婚！我要和你离婚。"不仅嘴上这样说，还跑到房间把李玉枝的衣服全抱起来，丢到门外的雨水中："你走，你走！我不要你了。离婚，离婚！"

李玉枝一下懵了，这时结婚才半年，麦贤得就要和李玉枝离婚。不仅如此，他还要赶李玉枝走，竟然把李玉枝的衣服全部扔到了院子里。

雨，一直下着不停，李玉枝看着泥水中自己仅有的几件新衣服，绝望得哭不出眼泪，这才结婚多久啊。

怎么办？换作任何一个女人，此时恐怕都会收拾起东西甩门而去，可李玉枝没有选择，离开他吗？不，他还是一个病人，身体和心理上都有病，尤其他在心理上的压抑已经积了好长时间了，麦贤得需要人照顾。李玉枝从部队医生那儿，知道麦贤得的脑外伤和那些控制癫痫病药的副作用，他是控制不了自己的情绪和脾气，她也明白了他的情绪变得这么坏，最重要的是他内心的压抑，可是她也不知道该怎么劝他。她在想，常人都应对不了那样的运动学习，你怎么要求一个脑子受了如此重伤的病人，能正常面对呢！

麦贤得的易怒，既是脑伤后遗症，也是他服用的那些控制癫痫病药物的副作用，同时也有麦贤得的个性急躁等原因，交织在一起，使麦贤得极易暴怒而难以控制，这种暴怒也几乎伴随着他的一生。每隔一段时间，只要有诱因，就会爆发一次，每爆发一次，都是李玉枝和家人的噩梦。

暴怒后的麦贤得瘫倒在床上，头疼欲裂，双目紧闭。心中的压抑积累得太久了，没有舒缓的渠道，平时他说不出，只会说一句："打国民党没有错！我不是假英雄！"除此，他再也不会说其他，他只能生闷气，甚至拒绝吃药，以此抗议。他感到委屈，他愤怒，可无处发泄，今天他无法控制地在妻子面前爆发了，暴怒后其实心里也是内疚的。这两种复杂的心情纠集在一起，使他心里更难受，因此头痛欲裂地倒在床上，双手抱着头，紧紧地闭着眼睛，满身都是大汗，一会儿汗水就湿透了自己的后背。他感到自己筋疲力尽，像走进了沙漠，心里有一团火，烧得自己五内俱焚，嘴皮发干，口渴难忍。

这时，他突然感到一股甘泉流进了口中，睁开眼，是李玉枝正在给他喂糖水。麦贤得又闭上了眼睛，他感到自己难以面对自己的妻子。李玉枝看到了麦贤得瘫软在床上，又看到他大汗淋漓，就冲了杯糖水来喂他，喂完糖水，又喂他吃了药，然后用被子将麦贤得盖好，让他睡下，自己去收拾泥水中的衣服，默默地拿到水池中去洗，边洗，泪水边和自来水一起流下。

麦贤得可万万不知道，他闹离婚的时候，李玉枝已经怀孕了。

虽然没有人再继续说麦贤得是个假英雄，但是也没有再宣传麦贤得是个英雄，英雄这个称号在麦贤得的身上淡出了。在人们心目中，尤其是在一些年轻人当中，包括那些在"文革"当中参军的年轻战士，他们一是对"八六"海战了解太少，一是对麦贤得的英雄事迹因为没有宣传了，也了解太少，所以对麦贤得的尊重就越来越少了。

第十三章
英雄落寞的眼泪

麦贤得本人并没有把这一点放在心里，他觉得自己该怎样做人做事，还是怎样做人做事。当那块弹片打进麦贤得的脑子后，他的思维方式就停留在那个时代。那个时代存在着很多不足，但那个时代比现在的商品社会要单纯，要简单。因此，麦贤得就是一个单纯的简单的人。他的脑海里就是要听党的话，做毛主席的好战士，为人民服务，而且要全心全意。

当别人夸奖他是英雄时，他说，不够，不够。但有人说他是假英雄时，他不服，他愤懑，他怒火冲天地叫道，打国民党没有错。其实，他心里是非常珍惜英雄这个称号的，实际上他是为这个英雄称号而活着。

因此，麦贤得不管别人说他是不是英雄，这个单纯的人，简单的人该做什么，还是做什么。可是，他不知道，社会上一个最可怕的"法"叫：看法。当人们认为你是英雄时，送上的是鲜花。可人们不认为你是英雄了，你可能在人们的眼中就失去了一份"尊重"。在社会上，这份尊重十分重要，尤其对于一个一级伤残军人来说，失去了，有时候会产生意想不到的后果。

例如，单纯的麦贤得，对自己要求严，对别人要求也严，一切他认为是错的事，他都要管，都要说，而且态度严厉。在汕头水警区基地，在"文革"当中参军的年轻士兵纪律性要稍差一点，麦贤得就要管，在营区的大门口他甚至拦下士兵严厉地批评，他批评完了，可能就忘了。在湖头市军营和部队医院也是这样，凡他认为是不对的事，他都要管，都要说。部队营房旁边就是农民种的甘蔗园，他发现有小青年为图自己方便，不仅往甘蔗园里撒尿，甚至在甘蔗园里拉屎。麦贤得看不惯，看不惯的事，他就要管，并且守在甘蔗园里抓住了人狠狠地批评，他说话又不清楚，可批评起人来又没完没了。批评完了，放人，下次还抓，而且抓了不止一个人。

没有了英雄的光环，人们就认为他是多管闲事，是脑子被弹片打坏了的神经病。可麦贤得又不依不饶，持之以恒，后来，就酿成了一个严重的事件。

一天午后，麦贤得又在甘蔗园旁边守着，几个心怀怨恨的小青年，事先约好了一起来报复麦贤得，他们悄悄地围上来，突然用一件衣服包住麦贤得的头，把麦贤得拖到甘蔗园里，几个人狠狠地把麦贤得打了一顿，直打到他躺在地上，然后扔下他一哄而散。麦贤得躺在地上起不来，被过路的部队干部发现，赶紧送到了海军427医院，然后派人去通知李玉枝。

李玉枝听后，脑子一轰，她最担心的是别把麦贤得头给打了，因为那里有两块有机玻璃，打坏了，麦贤得的脑子就完了，她飞也似的赶到医院。只见麦贤得浑身是土地躺在病床上，她第一时间就是上去扒开麦贤得的头发，万幸的是，头并没有受伤。李玉枝这才舒了一口气，可她发现麦贤得的裤裆湿了一大片，她知道麦贤得被打得小便失禁了。医院经过全面检查，发现伤势并不严重，医生让麦贤得留在医院观察，可麦贤得一定要回家。李玉枝只得将麦贤得接回家中调养。这时，对于麦贤得来说哪儿都没有家好。

回到家里，麦贤得躺在床上，一声不吭。很快，部队领导就来了，又是问候，又是道歉，但，麦贤得躺在床上一动不动，一句话也不说，紧紧地闭着眼睛，咬着牙关。

这次殴打，虽对麦贤得的身体伤害并不很大，但，对他的精神刺激太大。这天夜里，麦贤得的癫痫就复发了，大小便又拉了一床，折腾了一整夜，李玉枝一直在旁边照顾，喂药喂水，擦洗身体，直到天明，麦贤得才昏昏睡去。

一夜没有合眼的李玉枝却不能睡，她把麦贤得弄脏的床单和衣裤

第十三章
英雄落寞的眼泪

一一换下来，然后拿到自来水龙头下去清洗。此时天还没有完全亮，她在黎明到来之前的昏暗中，边洗边落泪。一是对麦贤得身体的担心，本来癫痫已经好长时间没有发作了，这次又引发了。一是想不通，一个英雄为何落到今天这步田地，难道国家社会都不需要英雄了吗？李玉枝怎么想都想不通。

第二天，麦贤得昏睡了一天。李玉枝大气不敢出一声，等着麦贤得醒来。可麦贤得躺了一天，一动不动。李玉枝的心提在嗓子眼里，她走到床前，看见麦贤得躺着不动，但眼睛是睁着的，满脸的愤懑，显然是内心郁闷。

部队派医生来了，又做了检查，说要好好调养，按时服药。

第三天，李玉枝买完菜回家，发现麦贤得端个小板凳坐在院子里，抬头看天，目光呆滞，呆坐在那儿一动不动。

李玉枝赶紧上前，送上温水和药，让麦贤得服药，可麦贤得依然抬头望着天，一动不动。李玉枝再劝，麦贤得转身而去又躺到床上，他开始拒绝服药。

这让李玉枝更是担心，麦贤得的药是需要长年服食，一天都不能停的，尤其是控制癫痫的药，停了药，癫痫就会频繁发作。癫痫的每一次发作，对麦贤得的身心伤害都是非常大的。麦贤得拒绝服药，因为他嘴巴无法说清心中的委屈，甚至说不清是谁打了他，于是他以行动来对伤害他的人进行抗议。

部队领导又来了，劝，不听。麦贤得也在部队医院工作的妹妹来了，劝，也不听。麦贤得就是用停药来无声地抗议，来表达自己的愤怒。

他就是坐在那儿，默默地，抬头望着天，希望老天给他一个解释。

老天没有给他解释，部队家人的劝解，更无法浇开他心中的块垒。

纯粹的人，想不通；英雄，想不通。

想不通的麦贤得把抗议升级了。接着，他不仅拒绝服药，而且开始拒绝进食。

这可把部队领导和家人都吓坏了，所有劝解的办法都想尽了，最后没有办法，李玉枝就把麦贤得的母亲林呖从汫洲湾接来了。林呖有林呖做母亲的一套。她进门就骂："阿得呀，阿得，你不吃药不吃饭，你要把你老婆急死呀？"那时候麦贤得的孩子已经出世了，林呖就拿孩子说他，"你孩子还这么小，她家里家外，既照顾你，又要带小孩，你把她累垮了，我看你们这个家就散了。你的孩子就要流落街头了，我看你怎么办？"

老母亲的话和泪眼，把麦贤得心中的块垒慢慢融化了，他把昂着的头低下了，一家人都在哭。男儿有泪不轻弹，英雄更是流血不流泪，麦贤得在战火中脑部中弹，在医院抢救那样痛苦的情况下，也极少掉过眼泪，所以被人们称为"钢铁战士"。此时，他无论觉得自己有多么的委屈，他也是强忍着眼泪，他又抬起了头，望着窗外的天。

如今英雄落寞了，真的是凤凰落地不如鸡吗？受如此的屈辱，让老母担心，让妻子受怕，让家人流泪，自尊心又极重的麦贤得精神上的打击，远比身体上的打击大，否则，他也不会如此地无声抗议。

这时，李玉枝给麦贤得端来一碗汤。潮汕女人最拿手的就是煲汤。李玉枝给麦贤得煲了降火的老火汤，她盛了一碗递到麦贤得的手上，说了这样一番话，直到几十年后的今天，李玉枝仍然能清晰地复述当年讲的这番话："阿得，我们想开一点好吗？我们开国元勋刘少奇、彭德怀、贺龙等老帅都蒙冤受委屈了，想想和你一道参战的年轻战友也牺牲了，他们已在地下长眠了，可你好好地活到今天，还有我和两个孩子，我们应该相信党会还你一个公道的。天大的事，我担起来，我们共渡难

第十三章
英雄落寞的眼泪

关，我们要看到希望，好吗？我想，部队首长会想起你的，海军首长也会想起你的。你麦贤得是在战火中成为英雄的，你是中华人民共和国国防部授予'战斗英雄'称号的，毛主席周总理都说你是'钢铁战士'，怎么会是假英雄了呢！"

知夫莫如妻啊，李玉枝知道麦贤得心理上受的伤，远大于身体上的，所以，她要宽慰丈夫的心。

麦贤得听了之后，虽然语言无法表达，但他点点头，表示明白了、理解了，眼睛红红的，眼泪直在眼眶里打转，转着转着，终于夺眶而出。

李玉枝告诉我，她与麦贤得结婚后见过麦贤得流泪的只有两次。第一次是他们在新婚中，麦贤得癫痫发作，大小便失禁，醒来后看到新婚的妻子李玉枝，在给他清理脏污了的衣裤和床单，这让他愧疚无比，流出了眼泪。第二次就是这次被打。其他时候她从未见过麦贤得流泪。麦贤得说，英雄流血，英雄不流泪。

第十四章

⚓

"家不能散了"

李玉枝与麦贤得婚后一段时间的生活，还是相当辛苦的。不仅仅是麦贤得的伤病和癫痫发作以及脾气自控能力差，刚开始最大的困难还有夫妻分居两地生活。最初为麦贤得寻亲，主要是为了有人能在麦贤得的身边照顾麦贤得的伤病和癫痫发作，海军总部在同意麦贤得与李玉枝结婚的回函中，曾明确指出，应由部队出面帮助将李玉枝调入汕头工作，以便就近照顾麦贤得。可由于种种原因，李玉枝与麦贤得结婚后，有相当长的一段时间，一直没有调到麦贤得的身边。直到两个孩子都上学了，李玉枝和麦贤得还是分居在汕头汕尾两个地方，相隔200多公里，生活极为不便。

第一个孩子出生的时候，麦贤得仍在湖头市的山沟里，李玉枝回到汕尾的老家，回到父母亲的身边生产。第一个孩子是儿子，这对潮汕人来说是件大喜事，潮汕人的社会传统中就是重男孩，第一胎生了个儿子，那是欢天喜地的事情。麦贤得当然不例外，他欢天喜地地在部队里请了假，要到汕尾去看李玉枝母子。麦贤得与李玉枝结婚后，这是第一次去汕尾岳父岳母家探亲。

第十四章
"家不能散了"

老艇长崔福俊得知麦贤得和李玉枝有了第一个孩子,也非常高兴,他既是麦贤得的老领导,也是他们的月老,再说,自从麦贤得与李玉枝结婚后,崔福俊还没有去汕尾拜谢另一位月老赵书记,于是就决定陪同麦贤得一起去汕尾。

其实,崔福俊心里还有另一重想法没有说出来。作为最了解麦贤得的老艇长,知道麦贤得因"假英雄"的事,一直很压抑。说麦贤得与林彪有牵连的传言,不可能不传到地方,可部队对这样的传言也不便公开地说明,所以只好把麦贤得放在湖头市的山沟里。现在,麦贤得要到汕尾去探亲,而且作为新女婿第一次去女方家,出于对麦贤得的呵护,崔福俊不得不多留心。除了他准备自己以部队领导的身份亲自陪同麦贤得去汕尾,还想到了汕尾的赵书记,于是提前给赵书记打了电话。

赵书记当然欢迎,也明白崔福俊的良苦用心。他考虑到当时的那种气氛下,麦贤得已经淡出报纸广播多时,再拉横幅组织锣鼓队欢迎好像不太合适。但作为汕尾的一把手,他决定让崔福俊领着麦贤得先到镇委坐坐,再去李玉枝的家。赵书记的这个安排意思很明显,在汕尾镇,镇委办公楼当然是"政治中心",镇里一把手赵书记出面接待,就有代表政府的意思,如果麦贤得是假英雄,政府怎么会出面接待,这也就变相地说明那些传言不实,给了麦贤得和李玉枝家很大的"面子"。在中国,在潮汕地区,无论对于一个人,还是对于一个家,"面子"太重要了。

那时的汕尾还是海丰县下面的一个镇,依山临海,全镇人口只有数万人,绝大部分人生计与渔业有关。镇子的核心区有那么几条主要的街道,在一个只有数万人的镇子里,一个消息传起来就很快。

那天麦贤得特意穿了一套崭新的海军军服,与老艇长一起在汕尾街

脚 印
——人民英雄麦贤得

头走过时，十分醒目，引来许多人的围观。麦贤得心情很好，满脸都是那种纯朴的笑容，时时露出那一口白白的牙齿，一边走着，一边与围观的人们点头致意。本来汕尾镇就不大，镇上人也都基本知道麦贤得是参加过"八六"海战的战斗英雄，是镇上李城丁的女婿，只是很久没有从报纸、广播上见到他的消息了，也有人听到一些传言，因此，这天突然见麦贤得出现在汕尾的街头，小镇上的人当然当作是一个大新闻了：李城丁家当英雄的姑爷来了。所以，麦贤得还没有到李家，就有人急匆匆地跑来报信了。

这天，对李家当然是一件大事，全家十来口人都在等待着麦贤得的到来，现在知道麦贤得随着崔艇长一道先去镇委会了。一个镇子的最高权力机构当然是镇委了，家里的新姑爷，被一镇之长赵书记接到镇委会去了，当然是一种荣耀。李家一家人都在翘首以盼，等着姑爷的第一次到来。

李玉枝更是如此，她抱着儿子一会儿走到门口看一看，没来，一会儿又走到门口伸头，还是没有看到麦贤得。自从春节后在湖头市分别以后，到现在生下孩子，又过去快一年了，她也一直担心麦贤得的身体，今天一家人在汕尾团聚，又多了一个小生命，当然是欢天喜地的事。所以，她一直抱着孩子在门口晃荡，不停地踱到门口朝外张望，可就是一直没见到麦贤得的影子。

那一天，著名的战斗英雄麦贤得要来到李家省亲，在整个汕尾镇好像都是一件大新闻。十分好面子的李玉枝父亲李城丁，把自己的亲朋好友也请到家里来喝茶。喝茶是一个形式，见见新姑爷是实质。

正在这时，突然有邻居匆匆来报信：麦贤得在街口和人打起来了！

这下可把李玉枝吓得目瞪口呆。

原来，一直情绪很高的麦贤得，在镇委会坐了一会儿，就心情急切

第十四章
"家不能散了"

地想来看妻子和儿子，赵书记和崔艇长就让他先去。他走到快到李家巷口的时候，突然听到身后一阵自行车铃声急响，只见三个小青年骑着自行车横冲直撞地就过去了。作为军人的麦贤得当然看不惯这种行为，可就在这时，其中一辆自行车把一位中年妇女给撞倒在地了。撞人的小青年瘦瘦的，虽然也有点惊慌，但扶起自行车就想溜。这下让麦贤得火大了，他是路见不平一声吼，上去就抓住了那个为首的，拎着他的衣领一定要他向那位妇女赔礼道歉。麦贤得一米七八的大个子，抓着一个精瘦的小青年，老虎不吃人，架子难看，引来很多人围观。撞人的小青年看围着好多人，都是自家的邻居，又仗着自己有三个人，就要和麦贤得打架。这时，也引来了小青年的父亲和麦贤得吵着吵着，也要动手了。有人见麦贤得穿着军装，就上前拉架，双方僵持着。这时，有人认出了麦贤得，赶紧来给李家报信。

麦贤得在外面要和人打架！了解麦贤得脾气的李玉枝一下就吓软了，他那身体，他那脑子里的有机玻璃，怎么能打架？她放下孩子，不顾自己还在月子里，急匆匆地就朝街口跑去，李玉枝的母亲蔡招娣也跟着女儿冲了出来。

这时，崔艇长和赵书记也正好来李家贺喜，看到此景，也吓呆了，崔艇长大喊："千万不能打！他是'战斗英雄'麦贤得，他头上有伤。"赵书记也赶上来，把打架的呵斥住了。这时，李玉枝发现和麦贤得起冲突的竟是和李家关系很好的邻居，就一个劲地给人赔不是，那位邻居见是李家的姑爷也就尴尬地转身走了。

可麦贤得仍然得理不饶人，他思维简单，觉得自己占理，是在和不良社会风气做斗争，正义在他一边，坚持要人家道歉。麦贤得的那个火暴脾气，别人是劝不住的。

李玉枝在老艇长和赵书记的帮助下，紧拉慢拖地把麦贤得拉回了

249

脚　印
　　——人民英雄麦贤得

家。崔福俊和赵书记到李家贺完喜以后，就离开回镇里去了，让麦贤得和李玉枝一家好好团聚团聚。

　　可麦贤得一口气憋在心里，一直没有出来，认为自己是正义没有得到伸张，所以气愤难平，一直坐在那儿沉着脸不吭声。李玉枝就上来好言相劝，结果如同把干柴往烈火里投，麦贤得一下就点燃了，他认为李玉枝不分是非，没有原则。李玉枝就申辩说，都是街坊邻居，何必搞得那么难看。麦贤得勃然大怒，他不会讲道理，只能用他特有的语言和表达方式大骂李玉枝："你坏，你是国民党，汕尾人护着汕尾人，我不要你，离婚！离婚！"就当着岳父岳母的面，大声地喊着离婚。

　　要知道，这是麦贤得第一次来到岳父母家，李玉枝还在月子里，而汕尾人极爱面子，李玉枝的父亲李城丁更是如此。汕尾人又几乎人人都知道李城丁的大女儿嫁给了英雄麦贤得，结果这个英雄不但来和邻居打架，还要和刚刚生了儿子的媳妇离婚。这让李家人的面子往哪里放？

　　这时，尽管李玉枝了解麦贤得，但当着自己家人的面，尤其是父母亲，她也委屈得泪水直往下掉。当听到母亲在厨房里的抽泣声时，作为大女儿的李玉枝心都碎了。她来到厨房，看着母亲眼泪簌簌往下掉，心疼得上前拉着母亲的手，和母亲一块哭："阿妈，我对不起你，我拖累你了。"

　　母亲擦着眼泪说："阿妈已是这个年纪了，可你日子还长着呢。他要到哪一天才能恢复到正常人，你要熬到哪一天才能出头？"

　　李玉枝哭着安慰母亲说："阿妈，你不要怪他呀，他要是不受伤，是不会这样子的；他有病，病还没有好透，您原谅他吧，他会好起来的。我相信，我相信。"说着，母女俩只能一起哭。

　　今天，我们是能理解麦贤得的行为的，弹片打进了脑子，从右脑到

第十四章
"家不能散了"

左脑,就是一颗子弹击中了脑部,他奇迹般地活下来了,而且仍在努力地保持着英雄的本色。还有一个问题,麦贤得是在19岁的时候脑部受伤的,19岁是个才刚刚高中毕业的大男孩,正是在这个时候,他的脑部中弹,脑子受到一定的伤害,人救活了,那复杂的脑组织肯定无法完全恢复正常,他的一部分思维和行为也很大程度上就停留在这个年龄段里。专家和医生也曾说过,抢救过来的麦贤得的个性很有可能像个十五六岁的大孩子。所以,麦贤得有时候确实有点像个大男孩那样单纯,那样任性,在家里、在李玉枝面前,甚至有些不讲道理。对李玉枝生气,麦贤得也会像个孩子"过家家"一样,不高兴我就不跟你玩了。他未必想明白,离婚是怎么一回事,离婚对于他有多大的影响,他也更不会想明白,在新婚和月子里,就对李玉枝提离婚,对李玉枝和李家人的心是多大的伤害。

他的思想,会比别人简单,可生活不简单。这个不简单的后果,往往由李玉枝承担了。所以,李玉枝从与麦贤得结婚的那一天起,生活中苦就比甜多。固然,在那个时代中的李玉枝,确有她在新婚之夜唱的那段"共产党员时刻听从党召唤"的思想,也有潮汕女人能吃苦耐劳的传统美德。我更觉得,李玉枝身上更多体现的是中国传统女人的忍辱负重。

儿子出生后取名叫海彬,麦贤得孩子的名字,都是麦贤得取的,都有一个"海"字,数年后出生的女儿取名叫海珊,表明麦贤得的一家对大海、对海军,情有独钟,也一生住在海边。这时候的李玉枝十分辛苦,由于工作还没有调到麦贤得的身边,她一个人带着孩子,汕尾汕头两地跑。一边要抚育孩子,一边要照顾丈夫,孩子是嗷嗷待哺的幼小婴儿,丈夫是身在异地的伤残军人,李玉枝又是一个党员干部,负责的是

脚 印
——人民英雄麦贤得

基层妇女工作。基层的妇女工作你知道有多琐碎，而李玉枝又是一位非常有责任心的女干部，她一直努力工作，因此，你就知道她有多累，不仅是身体上的劳累，更苦的是心累。身体上的劳累，睡一觉就可以恢复一些；心累，你根本无法入睡。当她怀抱婴儿喂奶的时候，心里往往在想着远在湖头市山沟里的丈夫，身体如何，会不会又发了癫痫，而最担心的就是麦贤得的情绪一直不稳定，常常有非同常人之举，让李玉枝的心放不下。她有丈夫、儿子、工作，一心三用，就是有分身术也忙不过来，真的很辛苦，好在有母亲和妹妹帮手。据李玉枝说，当时儿子都8岁了，麦贤得才回了三次汕尾。其余，都是隔一段时间，由她带着儿子去湖头市军营看麦贤得。

　　这段时间，麦贤得一直在湖头市山沟里。癫痫仍然时常发作，情绪仍是时好时坏。麦贤得的癫痫发作，除了受心理因素影响，比如心情压抑、遭受委屈、不顺和想不通问题等，都会诱发，还有天气变化，例如气压低、乌云密布、台风来临前等等，也会增加癫痫发作的次数。
　　这段时间影响麦贤得情绪的，主要还是那个"假英雄"的事没有还他清白。虽然，很久没有人再提此事，部队领导也一直关心照顾着麦贤得，包括将麦贤得提干、提高待遇等，但在相当长的一段时间里，也没有人再提麦贤得是个英雄。麦贤得对"假英雄"的说法，一直想不通，不能释怀。不能释怀的反应，一是增加了癫痫发作的次数，一是反映在家庭内的情绪失控脾气暴躁。这一点也和我们常人一样，在外面或在单位受了委屈，常常会在家里因一些小事而发作，发作完后，又后悔。何况，是一个脑部伤残的麦贤得。
　　在家庭里的情绪失控，直接承受后果的当然是李玉枝。可，后来有了孩子，麦贤得的情绪一旦失控，当然是不会顾及孩子的。所以，孩子

第十四章
"家不能散了"

尤其是男孩子海彬，自小也承受着爸爸的暴脾气，既害怕，又不解。这就让母亲李玉枝又增加了一件心碎的事，如何保护好孩子的健康心理，还要增进父子之间的理解和感情。这是最让李玉枝心累的，她所承受的累和苦，是常人无法体会的。

那一年，李玉枝带着5岁的儿子去湖头市探望麦贤得，一路上，母子俩欢天喜地的，毕竟是去看爸爸。走了一个多小时的山路，到了湖头市军营的宿舍，看到麦贤得住在一间单身宿舍里，宿舍很小、很简陋，麦贤得一个人躺在床上，情绪很低落。李玉枝也不敢多问什么，问了麦贤得也不说，说也说不清楚，李玉枝不顾旅途疲劳马上挽起袖子，收拾屋子，打扫房间，清洗衣物。单身宿舍没有烧饭的厨房，只是桌上有一个煤油炉。李玉枝就用这个煤油炉，烧一家三口的晚餐。麦贤得一直情绪不高，饭吃得很少，扔下碗筷就说头疼躺下了。李玉枝收拾好碗筷，照顾丈夫服下药以后，再把儿子安排睡下，夜就静下来了，她才拖着疲惫的身子躺下。

关了灯以后，她发现麦贤得翻来覆去睡不着，所以也大气不敢出，怕影响他入睡。可孩子小，又到了一个陌生的地方，他也入睡慢，吱吱呀呀地有点吵。李玉枝就发现麦贤得有些不耐烦了，她小心地把儿子哄睡，可一会儿孩子又醒了，喊着要尿尿，这又把好不容易才入睡的麦贤得吵醒了。李玉枝感到睡眠显然不好的麦贤得脾气上来了，她急忙抱起孩子到室外去尿尿。可没想到，转身回屋时发现门关上了，轻轻地推了推，推不开，小声地喊了喊，"阿得，阿得"，室内没有反应，麦贤得睡着了？深更半夜的，又在军营里，大家都休息了，李玉枝又怕敲门动静弄大了，会惊醒了别人，也惊醒了麦贤得，就只好抱着儿子坐在房门口。儿子小，不懂事，一会儿就在妈妈怀里睡着了，李玉枝就这样在外面坐了一夜。

那是一个初冬夜晚，虽然亚热带的广东冬天没有北方那样的凛冽严寒，但在半夜里也是寒气逼人，李玉枝紧紧地抱着儿子，用自己身上的体温温暖着儿子。她一夜无眠，望着夜空中的一轮冷月，心里五味杂陈，这一生为何是如此的苦？门外是怀中熟睡的儿子，门内是身体和脑子都有残疾的丈夫，作为一个妻子，她要照顾丈夫的身体；作为一个妈妈，她要呵护着儿子身心都健康地成长，可满怀着热情来探望麦贤得，一家人好不容易团聚，第一夜却是这样度过的。她知道分居两地的生活，无论对麦贤得和孩子都是不利的，因为家不像个正常的家，丈夫身体得不到更好的照顾，孩子的身心成长也受到影响。苦，她不怕，怕就怕日子没有个盼头。她不知道这样的日子还要过多久，她的眼泪既不能在丈夫面前流，也不能在儿子面前流，更不能在父母面前流，只能往自己心里流。

就这样，抱着儿子，睁着眼睛，直到黎明到来，直到麦贤得醒来打开了房门……

苦恼还远不止如此。最大的苦恼是麦贤得教育孩子的方式，尤其是父子之间的那种"猫见老鼠"的状态。

麦贤得是一个军人，又头脑简单，同时他对儿子又特别严厉。他用部队带兵的方式管理儿子，甚至因为是自己的儿子，比带兵更严厉。在他情绪不好的时候，方法就更简单粗暴。例如，孩子的文明礼貌，吃饭的样子，甚至做作业的姿势他都要管，而且是随性的，不注意方式方法的。

有一次儿子坐在小桌前做作业，眼睛与课本的距离有点近，麦贤得觉得这样会伤害视力，他不是和儿子直说，而是走到儿子的身后，突然

第十四章
"家不能散了"

伸手猛地将儿子的头推向桌面。由于孩子不知道是怎么一回事,头一下子磕在桌子上,吓得大哭起来。他这才说明原因。

麦贤得教育孩子,不仅不注意方式方法,有时还会"殃及池鱼"。他管孩子和发起脾气时不管不顾,妻子李玉枝自然不在话下,就是自己的老父亲麦阿记,也会被他气得甩门而去。

麦阿记退休后,有一段时间住在麦贤得家里,那时麦贤得的女儿海珊也已经出世了。李玉枝家里家外实在辛苦,麦阿记就来搭搭手,一家三代也其乐融融。可会因一点小事,被麦贤得把这种气氛给破坏了。

有一次一家人在一起围桌吃饭,坐下后,作为一个小孩子海彬没有想到让爷爷先坐,而是自己上桌先坐下了,然后夹起一块肉放到自己的碗里。可麦贤得看到后非常不满,他觉得儿子没礼貌,于是就用他特有的方法来教育儿子,他没有说话而是伸过筷子把儿子碗里的肉夹了出来,放到爷爷的碗里,然后黑着脸,瞪着眼睛。小海彬本来就怕他,这下就连饭也不敢吃了,呆呆地坐在那儿一动也不敢动。

作为爷爷的麦阿记看不下去了,他心疼孙子,觉得儿子麦贤得对孙子太过分了,就又用筷子将肉夹回到小海彬的碗里,哄着小孙子说:"吃,吃,没事,别听你爸爸的。"这时,本来吓坏了的小海彬,就委屈得眼泪直在眼框里打转。可没想到,麦贤得勃然大怒,突然重重地一拍桌子,和父亲麦阿记吵了起来。麦阿记也生气了,他冲着麦贤得喊道:"哪有像这样教育孩子的!他才多大,我平时看你这样管孩子,我早有气了。"麦贤得见父亲当着孩子的面说他,伤了他做父亲的自尊,就发急了,一急,脖子立即红了起来,他说不清楚话,憋了半天叫道:"我的孩子,我不管,谁管?"麦阿记也急了,大声说道:"你一百岁也是我的孩子,我今天要管管你!"父亲麦阿记不像李玉枝平时只要麦贤得发火,从来都是谦让,他今天一生气也端出父亲的样子教育儿子麦

脚　印
——人民英雄麦贤得

贤得。麦贤得不管是他的脑子，说话的能力，都无法像常人一样地思考和辩解，所以，他爆发了，竟然憋出这样一句话："你们都滚，你们都滚！"

麦阿记是个一生都在海上漂泊的老海员，他哪里受得了儿子这样的一句话，放下筷子，回到房间收拾了自己的衣物，就出门了。李玉枝急忙追了出去，怎么劝也劝不回公公。再回到家中时，麦贤得因为暴怒头痛欲裂躺在床上，一桌饭菜还原封不动地在那，儿子海彬瑟瑟发抖地坐在房间的角落里，见妈妈回来了，冲到妈妈的怀抱里，可不敢哭出声。

李玉枝急忙去取镇静药给麦贤得服下，然后拉上被子给他盖好。这才热点饭让一直还空着肚子的儿子吃，然后帮儿子洗洗让他睡觉，收拾好屋子，再回到麦贤得身边小心翼翼地躺下。她一夜不敢合眼，担心麦贤得的癫痫发作。

迷迷糊糊刚合眼，天就亮了，李玉枝又得起床，公公走了，搭把手的人也没有了，她要给丈夫和儿子做早餐。在这个家里，李玉枝的起床，是一天的开始。近50年来，无数个早晨，满带着疲惫的李玉枝就是这样迎来新的一天的。

由于麦贤得对儿子的严厉，儿子海彬有很长的一段时间里都非常怕爸爸，以至于后来李玉枝到部队来探亲，儿子就是不愿意和妈妈一道来。李玉枝只好把儿子放在外婆处，带着后来出生的女儿海珊来探望麦贤得。麦贤得对女儿要比对儿子温和一些，但冲着李玉枝发火的时候，也不会避着女儿，因此女儿海珊也怕爸爸黑着脸。

李玉枝想，自己是一个家庭，麦贤得的逐步康复需要一个温暖的家，尤其是在湖头市那段时间里，他一个人在山沟里，是很落寞的。只是，他说不出来，也不愿意说，其实他是非常渴望李玉枝和孩子们在身

第十四章
"家不能散了"

边的,只有李玉枝来了,他那间简陋的宿舍里才会充满温暖,才有家的氛围。李玉枝知道,孩子的笑声是治疗麦贤得"病"的一味良药,所以每一次来探亲,她都尽量带着一个孩子,她知道尽管麦贤得脾气不好,但,只要看到孩子,脸上就充满着孩提时代纯净的笑。

李玉枝与麦贤得分居两地的日子,一直坚持了9年。他们1972年结婚,直到1981年李玉枝的工作才调到汕头,一家人才团聚在一起生活。李玉枝调到汕头以后,麦贤得就再也不愿意住在湖头市,无论住在军营里,或者住在部队医院里,他都不愿意,他坚决要回到家里住,和妻子、孩子们住在一起。从这时开始麦贤得生活规律,营养充分,服药及时,癫痫发作逐渐减少,从开始每周发作一次,到这时一个月才发病一次,麦贤得的脸上也变得越来越红晕了。

这时候,他们已经有了一双儿女,李玉枝身上的担子就更重了,早先是照顾好麦贤得,现在更要抚育好自己的这一双儿女,让他们身心都能健康成长。没有想到,这方面耗费的心血,不比照顾麦贤得少。

孩子们一直怕爸爸,因为爸爸对他们很严格,有时严得不讲道理,尤其是对儿子海彬。

李玉枝一边要照顾丈夫,帮助治病,一边又要想尽一切办法,从细枝末节上来保护孩子们的内心,呕心沥血,真的是心力交瘁。

有一次,儿子放学将在学校做好的航模带回了家,这一次做的是水上舰艇。儿子兴高采烈地邀请同学一起来家里玩,将自己做好的舰艇模型,放到一个装了水的大盆里,然后和同学们在一起指挥舰队战斗。这是老师布置的课外作业,也是孩子们的一种游戏,孩子们玩得兴高采烈。

这时麦贤得回家了,看到孩子们在玩水面舰艇,一下吸引了他。作为海军的麦贤得已经很久没有出海了,但海军战士的本能一下激起了他

脚　印
——人民英雄麦贤得

极大的兴趣，便凑了过来参与了儿子的"海战"。已经是一位海军军官的麦贤得，开始指挥起这些舰艇模型作战了，在指挥中他非常投入，最后竟喧宾夺主，不但抢夺了儿子的指挥权，还和儿子产生了严重的分歧。儿子说："不是这样的，你不懂。"他说："我是海军，国民党大军舰都让我们打沉了，我怎么会不懂！"儿子说："老师不是这样教的。"说着说着，儿子要夺回指挥权，麦贤得不让，结果父子俩吵得不可开交。麦贤得当然说不过口齿伶俐的儿子，却又十分认真，这本是一幅天伦之乐的画面，却因为麦贤得的脑子拐不了弯，结果却十分意外。他觉得儿子伤了他一个海军军官的自尊，竟勃然大怒，当着儿子同学的面，将水盆掀翻，把舰艇模型一脚踩掉。儿子当然委屈得直哭，麦贤得也不会自己消解。更糟糕的是，过了一会儿，气还没出完的麦贤得，见儿子哭个没完，火竟然又上来了，对着儿子屁股竟是一顿打。此时，他真的是一个粗暴的不讲理的爸爸。

李玉枝下班回家，一进门就发现了家里的异常，地上一片水迹，踩坏的舰艇模型说明刚刚发生了一场"战争"。这场战争没有胜利者，因为，麦贤得在客厅里生闷气，儿子躲在房间里抹眼泪。不用问，一切李玉枝都明白了，作为妻子，她知道此时不能刺激麦贤得，否则"战火"又会燃起。作为母亲，她心痛得直掉眼泪，因为她看见了儿子屁股上一个一个的红指印。她知道要小心处理，因为这是麦贤得的病，他仍然无法像常人那样控制自己，需要时间将麦贤得那爹起的毛理顺。她更担心在儿子的内心留下暴力的阴影。

李玉枝今天在和我谈起这事的时候，眼睛里仍然有泪。她说，我既不能简单地去呵护儿子，更不能直接去责备丈夫。此时，一边是儿子委屈的泪水，一边是丈夫暴怒后的后悔，但以麦贤得的个性，他不会主动

第十四章
"家不能散了"

向儿子认错。

此时，就是考验李玉枝的时候了，所谓心力交瘁，就是在这种时候。

她不动声色地做好饭，然后照顾一家人吃饭，又照顾麦贤得服好药。洗刷完碗筷后，她走进了正在做作业的儿子房间，轻轻地将儿子的头抱在怀里，小声地说："海彬，妈妈知道你没有错，错的是爸爸。但是，你要慢慢长大了，要知道这一切都是爸爸身体的原因，你爸爸因为受伤而脑子有着严重后遗症，脾气发作时他难以自控，你要理解爸爸。"

还没有完全懂事的儿子委屈地对妈妈说："妈妈，你真的爱爸爸吗？他那么凶，有的同学说，爸爸是个'神经病'，他和我们其他同学的爸爸不一样。嫁给爸爸是你同意的吗？是外公外婆同意的吗？你们都是傻瓜。"这段时间，由于麦贤得早已不当作英雄来宣传，就是在学校里，小海彬也无形中受到影响。例如，有同学可能受到大人的影响，说麦海彬的爸爸是个"神经病"，麦海彬的妈妈是组织做主嫁给麦贤得的，他们之间没有感情。甚至有人说，你妈妈嫁给这样的"神经病"是害了你。海彬虽不懂，但这些话都钻进了心里。所以，他才这样问妈妈。

李玉枝听到儿子这样问，眼泪夺眶而出，她把儿子抱得更紧，说："儿子，妈妈与爸爸相识确实是组织上介绍的，不过妈妈是自愿嫁给爸爸的，爸爸为祖国受的伤，总得有人来照顾他。妈妈当然爱爸爸，爸爸这些年来确实不易，等你慢慢长大了，就会理解。爸爸是因为受伤致残的，他控制不了自己，他自己也无奈，你看他，癫痫发作起来那样痛苦，他不也咬着牙坚挺着。如果他没有受伤，他是不会这样的。"

她又对儿子说："儿子，其实爸爸也知道这样做不好，只是他是一个军人，自尊心太强，你不能恨爸爸，你恨爸爸，这个家就散了，就是一家人在一起，心也散了。要知道，没有爸爸哪有这个家，等你长大了，你会明白的，爸爸和妈妈是一样爱你们的。"说到这儿，李玉枝的眼泪又下来了。

这时候的儿子还太小，最最关键的是，他还不完全了解"八六"海战是怎么一回事，他的爸爸麦贤得是怎样受伤的，又是怎样忍受着伤痛走到今天。他只是不明白自己的爸爸为什么和同学的爸爸不一样，自己为什么会因爸爸而受到同学的嘲笑。他也还不能完全理解妈妈的话，虽然似懂非懂，但他知道妈妈很辛苦，他心疼妈妈，因此要做一个听妈妈话的好孩子。他就仍然去做好作业，然后到自己的房间床上躺下。

安抚好儿子，并让他睡下了。李玉枝又回到了自己的房间，这时服完药的麦贤得也躺下了。她装成自言自语地说："儿子一天一天地长大了，他是麦贤得的儿子。我们不仅要一把屎一把尿地把他养大，我们还要让他理解我们做父母的，要让儿子健康地长大成人，将来要让人们说，这是麦贤得的儿子，不赖！"麦贤得不吭声，但李玉枝知道，他听进去了。

她知道在两边都做了安抚后，最后要做的就是抚慰父子两人的心。这时，她从抽屉里拿出了一瓶广东人喜欢用的专治疗外伤的红花油，递给丈夫，让他去搽儿子被打红了的屁股。麦贤得默默地去做了，这实际上在心里是认为自己错了。儿子也默默地接受了，他只要不抗拒，就表明他在心里还是接受爸爸对他的关心的。这时候李玉枝的心，才明亮起来。

几十年来，她就是这样地做妻子，这样地做母亲。

可是这样的戏码，并不是一下就可以结束的，它反复上演，李玉枝

第十四章
"家不能散了"

真的是心力交瘁。她在我的采访中含着泪对我说:"那时候用潮州话来说,真的是叫苦泪涟涟。我太累了,身体心里都累,累得有时候倒在床上,真的是不想再起来了。不起来,就永远地解脱了。可是耳旁又响起孩子们和老麦的声音,不起来,怎么行呢!谁来照顾麦贤得?谁来抚养孩子们?"

女儿海珊的心里有一段挥之不去的心痛记忆,那一年她还太小,只有6岁,有一天夜里被一阵哭声惊醒,她以为是自己做梦,翻身又睡去了。过了一会儿,像游丝一样的哭声仍在自己耳边,她听得真切,于是就翻身起床,顺着哭声寻去。结果在厨房里,看到妈妈一个人坐在灯下压抑着自己的哭声。在小海珊的记忆里,尽管有时爸爸情绪失控时,连妈妈也打,但,从来没有见过妈妈哭。原来,妈妈是躲在深夜的厨房里,一个人悄悄地哭,直到后来,海珊也做了母亲,才真正理解一个母亲的痛。

我想到了我的外婆,一个在旧社会35岁就守寡,拖着瘦弱的身子养活了一女一儿的老人,她在很苦很累的时候,也会在夜里一个人压抑着哭。我小时候就被这种哭声惊醒,以至于,这种像在与"上苍对话"的哭声一辈子留在我的心中,潜移默化地影响着我做人做事。

李玉枝的苦,只有她自己最明白。每一个深入了解她的人,也明白。

这一次我写完这部书稿后,曾发给李玉枝看,希望她能提提意见。没想到,这位大姐在阅读中,不止一次在与我语音通话中哭出声来。她说:"杨作家,谢谢您,如此细致真实地记录下了我们那个艰难岁月,让我看到我们是怎样挺过来的,那时候,是真的很难很难。"

我在电话这头,也流着泪说:"大姐,不哭不哭,这就是我为什么要写这本书的初衷。真实是残酷的,但真实才能留给历史。"

脚 印
——人民英雄麦贤得

　　李玉枝告诉我，那时候还有一难。有人以为她是专职照顾麦贤得的，其实李玉枝有着一份相当繁重的工作。当时她在汕头盐务局负责劳资工作，盐务局下面所属12个单位的劳资报表、年度总结、分析报告、离退休工作等，都是她的日常工作。可她在盐务局工作的相当长一段时间里，又是麦贤得落寞、被人说是"林彪树起来的假英雄"的时候，所以，李玉枝更是十二万分的努力，担心被人说闲话。每天筋疲力尽地回家，又要处理家中这些事。她真的是身心俱疲，直到累得躺下了不想起来，往往睡下没有多久，天就亮了。

　　可，身子再重，心再累，李玉枝也得起来，起来继续着她的人生路……

第十五章

把心揉碎了爱

日子，就这样一天一天地过着，太阳每天从东边的墙头升起，从西边的墙头落下，日光像慈母手中的线，密密地缝出时间的针脚。孩子也一天一天健康地成长，一儿一女成为麦贤得和李玉枝的情感寄托。麦贤得的父亲麦阿记在李玉枝调到汕头的两年后，因病去世了。麦贤得一家和所有普通的老百姓过着一样的生活，没有多少人还记得那英雄的事迹，连麦家自己也不怎么说了。

李玉枝每天随着东升的太阳出门，踏着时光的针脚，一步一步丈量着这座城市，也编织着自己平凡辛劳的生活。她一边努力工作，一边照顾着麦贤得，同时抚养着一双儿女。每天都是从日头初升即起，月亮高悬才躺下，天天如此，月月循环。无论是对麦贤得，还是对一双儿女，她都像保护精致的玻璃器皿一样，提着十二万个小心，因为在她的心里，这些都是易碎品，她是把心揉碎了爱。对麦贤得，她精心地照顾着他的身体和治疗，还每天提心吊胆地防止着他不知道什么时候就会雷霆暴怒。每晚睡在麦贤得的身边，如同睡在一颗地雷旁边，夜夜担心着他的癫痫突然发作，一年365天，十年、二十年……我不知道李玉枝自从

脚 印
——人民英雄麦贤得

与麦贤得结婚以后，睡过几个安稳的觉？！

从1972年结婚至今，始终没有给她时间，让她闲下来仔细想一想。日子，一天一天地过；路，一步一步地走。一步一个脚印，她的脚印始终伴随在麦贤得的脚印旁，从青年走到中年，又从中年进入老年，那两双脚印始终朝着同一个方向。她没有想过这一生值不值，她只想到丈夫麦贤得能奇迹地活到今天，一双儿女能长大成才。作为一个党员，她觉得是责任；作为一个妻子，她觉得是义务；作为一个母亲，她觉得是天性；作为一个潮汕女人，李玉枝把忍辱负重，吃苦耐劳，相夫教子，融进了每一天。她真的没有想过这一生值不值，她也没有觉得自己是在为谁做奉献，她只是在繁星满天的夜里，在丈夫癫痫不会发作之后，会感到一种满足。

当人们已经不再提麦贤得是英雄的时候，她也无所谓，只要丈夫安康，家庭和睦，她就知足了。可她心中最大的心病，是一双儿女还不能理解他们的父亲，尤其是儿子，在一天天地长大，但对于麦贤得的病和暴脾气，始终不能释然。这一点，是深埋在李玉枝心底的痛。

为了麦贤得更好地康复，李玉枝要呕心沥血地将一家人团在一起，因此，无论在笑着，还是在哭着的时候，她都会说这样的一句话：家不能散了，家散了，就什么都没了。

这就是李玉枝，这就是一个潮汕女人生命的全部。于是，一边是自控力差的病人，一边是正在成长中的孩子，李玉枝小心呵护，日夜坚守，揉碎了心地爱，然后把爱放进家庭中每一个成员的心里。

时光不会让麦贤得的"英雄勋章"永远蒙尘，历史总有一天又来把它擦亮。

1987年是中国解放军建军六十周年。在这之前的1986年，有关方面

第十五章
把心揉碎了爱

想了解一下部队当年那些英雄模范人物的现状，尤其是经过十年"文革"后，他们还在不在，现在的生活和身体状况如何。北京海军总部派了一位干部和新华社驻海军分社的一位记者，来到了汕头水警区，其中一位同志是《海军报》的，正巧当年他画过麦贤得英雄事迹连环画，所以他打听麦贤得的情况，得知麦贤得还健在，就来到了麦贤得的家。

走进麦贤得的家后，他们惊呆了，为什么？当年那样一个弹片打进了脑子里的一级伤残军人麦贤得，如今还活得这样好，有着这样一双可爱的儿女，尤其是有着那样一位如此能吃苦耐劳的妻子，维持着这样看起来如此美满的家。脑部中弹的英雄不但活着，还仍然挺直着腰杆，保持着自己的军人本色。

同行的新华社记者出于职业的敏感，知道在建军六十周年之际宣传这样的英雄之家，太有感召力了。他是一个文字记者，他敏锐地觉得，用电视宣传效果会更好，因为人们可以从画面上真切地看到英雄的现状和他幸福的家。可是他们没有摄像设备，于是立即与汕头电视台取得联系，拍摄了一个电视新闻片。

然后，他们就走了，麦贤得的生活又恢复了平静。

1987年春节期间的一天，关于麦贤得和李玉枝的新闻出现在中央电视台上，然后又产生了轰动效应。在这之前一些平面媒体，包括报纸杂志，又开始出现麦贤得的名字，包括军队的报纸和杂志。

1986年11月下旬的一天，李玉枝下班正经过单位门口传达室时，老传达喊住了她，说有一封信。她接过一看，信封上落款是湖北省秭归县水泥厂，她想想自己没有熟人在湖北工作呀，于是就好奇地打开了信封：

脚 印
——人民英雄麦贤得

尊敬的玉枝姐：

您好，请代问候全家人安康！

今天我们有幸能在《解放军画报》上见到了麦贤得叔叔的照片，心情别提有多高兴，多激动了。我们永远不会忘记，麦贤得叔叔是在一次海战中负伤的，他那顽强的英雄风姿，一直成为我们心目中可亲可爱可敬的崇拜形象。至今我们仍然相信他，敬佩他，崇拜他。目前他的身体恢复得怎样？在此，敬请你代表我们转告麦贤得叔叔最深深的问候，深深的鞠躬！我们八十年代的年轻一代不会忘记英雄的光辉形象与献身祖国的崇高精神，一定用英雄的高尚情操来勉励志向，在"四化"建设中多做贡献。最后，请原谅我们的请求，敬请你能把麦贤得叔叔的单人照片寄一张给我们，以满足我们的一片思念之情。

致

崇高地敬礼！

秭归县水泥厂486名青年
1986年11月10日

这是"九一三"事件以后，也是李玉枝与麦贤得结婚以来，收到的第一封读者来信，所以李玉枝记忆深刻，至今仍保存着这封信。麦贤得的事迹，在中国曾经家喻户晓，当年麦贤得在广州医院住院期间，曾在一天里最多就收到过700多封读者来信，真的是用麻袋来装信。可这十几年来，麦贤得的名字从报纸广播中消失了，慢慢地，人们也淡忘了他，甚至人们都以为他不在人世了。可突然一天，电视报纸杂志上又出现了麦贤得的名字，这使许多人又想起了他，敬佩他。这时的敬佩已经

第十五章
把心揉碎了爱

不仅仅是他在战斗中的"一不怕苦，二不怕死"的英雄精神了，而是他这么多年来如何与伤残进行搏斗，与病痛进行搏斗，不仅活着，而且始终以一个英雄的形象示人，人们依然被英雄感动着。所以，就有了这封486名青年共同写来的信。

这封信对于李玉枝真有久旱逢甘露之感，她就呆呆地站在单位的大门口，忘我地将这几百字的信，读了又读，渐渐地，泪眼蒙眬，已经看不清手上的信纸，而是一排排充满青春朝气的青年朝自己走来，她受到莫大的鼓舞，觉得自己这些年的付出，终于被人理解了。

这时，她首先想到的不是告诉麦贤得，也不是转告部队领导，她是母亲，在第一时间想到的是要告诉自己的一双儿女，她要告诉他们自己的父亲是怎样的一个人。

那天，李玉枝回到家中，首先把儿子海彬喊过来，将信交给他，让他好好读一读，然后自己就进厨房烧饭了。过了一会儿，只见儿子海彬眼含泪光地走进厨房说："妈妈，还这么多叔叔阿姨知道我爸爸？"李玉枝不无自豪地回答："对，这就是你们的爸爸。今晚吃完饭后，你把海珊喊过来，我要好好地和你们讲讲爸爸的故事。"

吃过晚饭，李玉枝非常郑重地把一双儿女叫到跟前，让他们像上课一样，各自搬来一个小凳子在她面前坐下。她把那封信又严肃地交给儿子麦海彬，说："海彬，你把这封信再念一念。"然后又对女儿说，"海珊，你认真听，一句也不许漏。"海彬那年13岁，海珊8岁，听妈妈这样严肃地说，只得点点头。

海彬展开信纸，一字一句地念起来，一开始还字正腔圆读课文似的念着，念着念着，声音慢慢地就不淡定了，舌头也打结了，接着，海彬像唱机没了电似的，声音低了下来，他似懂非懂，抬头望着妈妈。小海珊更不太明白，一双天真的眼睛望着妈妈：这是我的爸爸？

267

脚 印
——人民英雄麦贤得

这时，李玉枝非常认真地对一双儿女说："我来给你们讲一个故事，这个故事很早就想跟你们讲了，但，怕你们太小，听不明白，今天应该讲了。这个故事发生的时候，你们还没有出世，妈妈和爸爸都还不认识，那一年是1965年8月6日的夜里……"

李玉枝一字一句地讲着已经在人们记忆里淡去了的"八六"海战，讲着炮弹如何打进了机舱，讲着麦贤得中弹后又如何坚持战斗，讲着我海军快艇如何击沉了敌舰，讲着麦贤得四次手术艰难地康复……

海彬和海珊听着听着就哭了。李玉枝也泪流满面，她的流泪和孩子们不同，她是为那些年压在心中的那种憋屈流泪：终于，人们知道麦贤得不是假英雄。

故事讲完了，海彬和海珊都带着一个小小的疑问：这位顶天立地的英雄是自己的爸爸吗？

李玉枝转身打开了上了锁的箱子，从里面拿出了一张照片，照片长长的，差不多有50厘米，上面满满地站着好多排人，坐在前排正中的是毛泽东主席，旁边就是林彪。正是因为有林彪，这张照片被李玉枝收藏在箱子里十几年了，不敢拿出来。这时，海珊眼睛尖，她小手指着照片前排的一个人，叫道："爸爸，爸爸，这是爸爸！"那时的麦贤得被安排坐在前排，靠毛泽东主席很近，脸上满是憨憨的笑容。

接着，李玉枝又翻出了麦贤得当年头上还包着绷带的照片；在广州军区广州总医院里，董必武、陶铸到医院去看麦贤得的照片，贺龙和叶剑英看望麦贤得的照片；以及当年麦贤得在千人大会上讲话等照片……

看着这些照片，海彬沉默了，海珊兴奋地"爸爸，爸爸"的叫。

这时，海彬开口对妈妈李玉枝说："妈妈，爸爸真的是英雄吗？"李玉枝肯定地说："爸爸曾经是英雄，这是由中华人民共和国国防部正式授予的称号。"

第十五章
把心揉碎了爱

这时麦贤得从外面回来了,海珊冲过去抱着爸爸,海彬还是远远站着看着爸爸,但是,那眼中满是崇敬。

麦贤得抱着自己心爱的小女儿,看着那些照片,还是那一脸憨憨的笑容,还是那句话:"不够,不够,都收起来吧。"

那一夜,李玉枝也没有睡着,她想得很多很多,仍然是五味杂陈,时隔十几年后的这封读者来信,无疑也是一剂良药,宽慰着李玉枝已经快要干涸的心。

由于媒体对麦贤得的再次关注,英雄的事迹又不断地出现在各大媒体上,也不断地感动着人们。对麦家的变化竟是从海彬身上首先反映的。

一天,小海彬放学回家,书包也不放,非常兴奋地跑进厨房,对正在做饭的李玉枝说:"妈妈,妈妈,今天有同学对我说,你爸爸是英雄,还说爸爸好伟大。就是那个曾经说爸爸是神经病的同学,如今都变了,他们还在外边自吹,说他们和英雄麦贤得的儿子同班。"李玉枝听了,心中的宽慰比儿子还要大。以至于已经事隔几十年了,她在与我的交谈中,仍然清晰地记得那天的所有细节。

接着,就是部队和地方政府对麦贤得的关心增加了。

英雄开始受到了应有的尊重。

当麦贤得受到不公正的对待时,当时汕头水警区就有不少同志有看法,那时虽然不便于公开说什么,但也有同志默默地关心帮助麦贤得的一家。有一位宣传干事,就常常来到麦家帮助两个孩子辅导功课,以自己的实际行动支持麦贤得、宽慰李玉枝。现在他们看到麦贤得又得到他应得荣誉时,都为麦贤得高兴。这位宣传干事,就建议麦贤得和李玉枝

269

脚　印
——人民英雄麦贤得

给海军领导写封信，一是汇报一下麦贤得的现状，二是感谢人们对麦贤得的再一次肯定。

一直懂得感恩的麦贤得和李玉枝，觉得是应该表达一下自己的感谢，因为来汕头最先发现宣传他们的两位同志，是北京海军总部派来的。于是，两个人就凑在一起，一笔一画地给当时的海军总部领导写了一封信，把麦贤得的近况，做了一次详细汇报。

当时的海军司令是后来担任了中央政治局常委、中央军委副主席的刘华清。

没有想到，很快刘华清和当时的海军政委李耀文，两人共同给麦贤得和李玉枝写了一封回信：

麦贤得、李玉枝同志：

来信收悉，你们全家近况很好，深感欣慰。

来信谈到部队领导和人民群众对你们很关心，这说明在我们国家里，一个人只要他为国家和为人民作出了贡献，党和人民永远不会忘记他。麦贤得同志当年为人民立功，这既是你们全家的光荣，也是人民军队的光荣。麦贤得同志在海战中的英雄行为，体现了我军"一不怕苦，二不怕死"的革命精神，20多年来，麦贤得同志有功不居功，始终保持着爱党爱国、勤俭节约、尊重老人、讲究军容等可贵的品德，做了大量的力所能及的工作。这种精神永远值得海军指战员学习继承，发扬光大。

玉枝同志十五年如一日，不辞辛苦，悉心照料麦贤得，做出了很大牺牲，表现出了中华妇女的传统美德和当代军人妻子高尚的精神风貌，令人敬佩。对玉枝同志的辛劳，谨致谢意。

以后的生活道路还很长，希望你们互相帮助，共同努力，抚养

第十五章
把心揉碎了爱

教育好孩子，继续保持和发扬光荣传统，为党和人民作出新的贡献。

祝身体健康，生活愉快！

刘华清 李耀文
1987年6月1号

据李玉枝说，夫妻俩收到这封信，心情格外复杂。不仅是海军最高首长的关心让他们感动，而且是自"九一三"事件至今，关于麦贤得到底是不是"假英雄"，终于有了一个权威的肯定的回答。那顶"莫须有"的帽子，终于被扔进了南海，和当年被麦贤得他们打沉的"章江"号，一同沉在海底。

李玉枝深深地舒了一口气，她还要陪伴着麦贤得继续往前走，两行脚印，一个方向，相依相伴，一路前行，她的脚印仍然伴随着麦贤得的脚印。不仅是15年，而是25年、35年，直到今天已经48年了，几十年的坚守，李玉枝就是这样过来的，直到青春已逝，直到双鬓染白。她不仅照顾好了一位英雄，让脑部中弹的麦贤得活到今天，也培养好了一双儿女。儿子成了一名优秀的海军军官，并参加了驻港部队，后转业至地方工作；女儿成了一名军医，在部队医院服役。丈夫，战胜病痛，一天比一天好起来。最重要的是，她始终维持好一个幸福的家。所以，我说，她是英雄背后的英雄，是支撑着英雄没有倒下的脊梁，尽管这脊梁表面看起来是那么的弱小。

被感动了的上苍，给了她丰厚的回报。

在李玉枝的精心照顾下，麦贤得的癫痫发作也越来越少了，竟奇迹般地渐渐好起来了，已经有二十多年很少发作。如果说，被弹片击中脑

脚　印
——人民英雄麦贤得

子的麦贤得能正常地活到今天，是一个医学奇迹，减少和基本消除了他的癫痫发作，又是一个奇迹。这不能不说是李玉枝感动了上苍。

　　李玉枝的这一生，是伴随着英雄麦贤得走过来的，她所吃过的苦不比麦贤得少。从某种角度说，可能更多。她不仅要照顾好麦贤得，在麦贤得任何困难和痛苦中，都有她陪伴在旁，所以麦贤得经受的所有的苦，她也在一同默默承受。除此，她还要抚养教育一双儿女，赡养老人，帮助弟妹，还要努力工作。李玉枝的事迹，甚至比麦贤得更能打动人。从我和她的交谈中，常常看到她满眼的泪光，就知道这一生她是怎样走过来的。

　　我为什么说她是把心揉碎了爱，她的那种操心，体现在生活的所有细节里，细心地观察，潜移默化地去做，真的是沉浸在生活的点点滴滴之中。例如，她调到汕头工作以后，一段时间里，家庭经济不宽裕，常常捉襟见肘。麦贤得大量服药后，她要想方设法地为他增加营养，药费可以报销，营养费用就得自己掏腰包了，同时家里还有两个正在长身体的儿女，所以，家里的经济支出一直很紧张。这时，她就鼓励麦贤得在家里养鸡、养兔子，甚至养鸽子和种菜，以增加营养减少家庭支出。后来，她发现麦贤得特别喜欢那毛绒绒的兔子，会长时间地待在兔子笼前，显得非常安静和投入。她就觉得这也许可以"养养"麦贤得那急性子，于是，她进而鼓励麦贤得来画兔子。麦贤得就真的拿笔学着画兔子，不管画得好坏，麦贤得都可以整个下午安安静静地伏在那儿画画，能够长时间地静下来，医生说，这对麦贤得的身体调养是有好处的。接着，李玉枝进而又鼓励麦贤得学习书法。麦贤得在练字的时候，书房里整个下午没有一点声音，他可以很投入地坚持几个小时不挪窝，长期坚持下来，对麦贤得修身养性、身体康复都有着很好的效果。如果没有李

第十五章
把心揉碎了爱

玉枝这样处处细心，麦贤得的身体能保持今天这样？

李玉枝就是这样坚持了几十年，坚持了一辈子，她几乎没有时间好好想想自己。

有一次中央电视台搞了一个表彰军嫂的节目，把李玉枝请到了北京。在节目现场，主持人问了李玉枝一个问题："这一生你无怨无悔吗？"这句话触动了李玉枝的内心，突然让她百感交集，几十年来的艰辛和自己走过的路，突然变成一个画面：她，搀扶着麦贤得一拐一拐努力地把人生的路走直。可她还真没有想过这一生值不值，是不是无怨无悔，因为生活没有给她闲暇的时间去想过这个问题。百感交集的结果是一股辛酸突然涌上了心口，她回答了这样一段话："希望党和人民不要忘了部队还有一个麦贤得。"说的还是麦贤得，不是自己。

接着李玉枝在拍摄现场突然晕过去了。

我能理解李玉枝，我是从李玉枝回顾往事的泪光中，理解她的。李玉枝不唱高调，语言朴实无华，实事求是地述说着她的真情实感，就像她站在中央电视台充满聚光灯的舞台上，呈现在人们面前是光鲜的形象，可身后却拖着长长的变形的身影。

李玉枝今年也72岁了，在我对她最后一次的采访中，她突然谈到将来，这一段话是这样说的："我只能咬着牙，能做多久就做多久，做到哪一天起不来了，我就把责任尽到头了。"

这就是李玉枝，仍然是朴实无华的语言，听着却是一种献身。

这是我从心底敬佩这位伟大女性的原因。

第十六章

⚓

一个纯粹的人

写到这儿,我一直在思考麦贤得到底是一个什么样的人。他无疑是个英雄,可英雄在"八六"海战中就产生了,如今已经过去55年了。后来在和平年代里的麦贤得,又变成了一个什么样的人呢?

麦贤得是在19岁的时候脑部中弹的,经过九死一生终于活了下来,虽然后来他顽强地活着,但他毕竟是脑部被弹片击中,其后遗症绝非仅仅一个癫痫的反复发作,他的思维和行为,都不可避免地受到影响,因此,有人说他是"神经病"。其实,在特定的年龄、特定的时代和特定的人生经历中,麦贤得变成了一个十分纯粹的人。比如,我们经常挂在嘴边的"为党,为祖国,为人民",在不少人的心中可能就是一句口号,嘴巴上说时"小和尚念经,有口无心",甚至"口号"现在都没有了,人们很少会再说这句话。可对于纯粹的麦贤得"为党,为祖国,为人民"是心中永远的坚守,就是在最困难的时期,在被别人曲解之中,在挨整受冲击的岁月里,他丝毫也没有动摇过。2009年,中共中央总书记胡锦涛接见麦贤得时,胡锦涛问:"老英雄,身体怎么样?"麦贤得脱口而出的仍是这样的一句话:"为党,为祖国,为人民。"对头脑简

第十六章
一个纯粹的人

单的麦贤得来说,这不是口号,而是行动,他嘴巴上这样说,行动上就这样做。

他被送到湖头市的时候,尽管心里充满着压抑,但不影响他实践自己的追求。

那时李玉枝还没有调到身边,只要自己不犯病,麦贤得没事就往部队附近的村里跑,帮着乡亲收割、种红薯、干农活,甚至帮有困难的农家编竹筐等,干得不亦乐乎。他认为应该帮助的事,就一心投在上面。他还从不在老乡家吃饭,有时回部队饭堂已经关门了,没有饭吃,他就跑到在湖头市海军427医院里做护士工作的妹妹麦贤妹的宿舍里要吃的。麦贤妹只好弄了一个煤油炉,一旦麦贤得没吃饭,就给他下面条吃。

李玉枝不在身边的时候,麦贤妹就来照顾他。麦贤妹的参军,也与麦贤得有关。

那还是麦贤得在广州军区广州总医院救治期间,有一次麦贤妹陪着母亲林吲去广州看二哥。麦贤妹是家里唯一的女孩,所以总跟在母亲身后帮帮手。海军的一位首长听说英雄的母亲来了,就请林吲吃饭,林吲带着女儿麦贤妹一起参加。吃饭间,部队首长见麦贤妹长得聪明伶俐,也有让她一同帮着照顾麦贤得的考虑,就问她愿不愿意参军。那个时候,女孩子参军是一件让人十分羡慕的事,麦贤妹当然愿意。林吲虽然舍不得女儿离开自己,但她相信首长,相信部队,还是高兴地答应了。

后来在海军的那位首长亲自关心下,麦贤妹如愿参了军。部队领导见她是英雄的妹妹,就将她送到部队的一所卫校学习了两年,然后分配到海军427医院。427医院离湖头市不远,所以,后来把麦贤得放在这里,也有部队领导考虑让麦贤妹多照顾照顾麦贤得的意思。

麦贤妹照顾二哥的时候,最大的担心不是他的身体,而是麦贤得喜

脚　印
——人民英雄麦贤得

欢多管闲事，抱打不平。那时麦贤得已经提干，部队领导见他身体不好，也没有给他分配具体的工作，他在军营里变成了一个"不管部部长"。凡是他认为该管的，他都要管。比如，有人在树林里打鸟；有人为了抄近道，踩坏了农民的庄稼；小青年为自己的方便在墙根撒尿；部队干部士兵不注意军容风纪，所有这些他认为不对的事，他都要管。可有的人不愿服他管，嫌他多管闲事，可他单纯，思维简单，又个性直，不会拐弯，不会讲究说话的方式，当人们都认为他是英雄的时候，大家对他还有一份尊敬，心里不服嘴巴上不一定说什么；当麦贤得英雄的光环早已褪去，那些年轻人根本不知道什么是"八六"海战，更不清楚眼前这个手脚不方便的人是个战斗英雄的时候，就会觉得麦贤得是一个喜欢多管闲事的"神经病"，这就容易使矛盾升级，与人结怨。结果，后来就发生一帮小青年打麦贤得的事，其实在这之前之后，冲突的事时有发生，这也是结怨的结果。但事情过去以后，该管的他仍然管。

所以，李玉枝不在身边的时候，麦贤妹就非常担心他，经常说他，可麦贤得根本不听，讲多了他还嫌烦，瞪着眼睛理直气壮地问麦贤妹："你是我妹，是我管你，还是你管我？"弄得麦贤妹哭笑不得。

那时，李玉枝已经有了两个孩子，一个儿子、一个女儿，开销不小，仅靠李玉枝的工资无法维持家庭支出。当时，麦贤得提干后一个月有50多元的工资，他在部队没有多少开销，每个月给李玉枝邮50元，委托部队事务长代邮。

有一个月李玉枝没有收到汇款，就打电话向麦贤妹询问。麦贤妹就去找了麦贤得部队的事务长，事务长说，让麦贤得支走了。麦贤妹好生奇怪，他平时不怎么花钱，每个月都是委托事务长邮寄给李玉枝的，他知道这钱要养孩子，可这个月他支去干什么了？于是，麦贤妹就去问麦贤得，麦贤得"嘿嘿"就是不说。麦贤妹觉得这里面也许有事。她知道

第十六章
一个纯粹的人

麦贤得经常中午往村里跑，但那是帮助村民干活，不需要花钱的，可为什么这个月麦贤得把家里一个月的生活费都花了，而且不说去处，变成了一件很神秘的事。就在找不到原因的时候，麦贤妹得到了一个消息，让她心里一惊。

还记得麦贤得那个相亲没有成功的小学同班女同学吗？就是那么巧合，她没有答应麦贤得的婚事，后来竟嫁到湖头市来了，就在部队驻地附近一个村子里，如今儿子已经好大了。这小孩在部队营区打鸟的时候，被麦贤得抓到过，在送回村里时，发现是女同学的儿子，这样他们就又相认了。

麦贤妹心里一惊，二哥总往村里跑，不会是去女同学家吧？他这样突然大手大脚地花钱，会不会和女同学家有关？

想到这儿，麦贤妹就紧张起来了。她知道二哥脑部受伤后，思维非常简单，只从自己的思考方向想问题，不能把问题考虑周全。作为麦贤得的妹妹她不相信二哥会跟女同学走得很近，因为她知道二哥在生活中一就是一、二就是二，是非曲直都清楚明白的。女同学没有答应他的婚事，他难受过，但很快就释然了，他一再说，会连累了人家，就是从心里也觉得自己身体这样，别人拒绝是有道理的。他又爱憎分明，女同学拒绝了他，他受过刺激，但事情过去就过去了，他自己已经结婚生子，有了一个幸福的家庭，绝不会回过头来，再去找女同学。麦贤得是很爱李玉枝和他的家的，尤其是又有了一双儿女。

但麦贤妹想的是另一件事：影响。影响是什么？它的本意是以无形的方式来作用或改变某一个事物，就是别人对你的看法，这种看法是无形的，可有时候却会有形地影响着你的命运走向。因为这可能会牵扯到军民关系，在那个时代，尤其是军队和地方关系上的影响，可是一件天大的事。二哥麦贤得不仅是一个军人，虽然他的那个"英雄"称号已经

脚　印
——人民英雄麦贤得

不吃香了，可一个现役军人，穿着四个口袋的军服（当时中国军队没有军衔，军官和战士的区别，仅在军官的上装比战士多两个口袋，所以部队里的干部也被称为"四个口袋"），总往已经成家的过去的女同学家跑，万一传出闲话来，这个影响可不小，在部队更吃不消。

想到这儿，麦贤妹可紧张了，这两年虽然没有再要二哥"说清楚问题"，但再也没有宣传麦贤得是英雄。如果传出麦贤得总往他女同学家跑，还花了大钱（那时50元就是大钱了），在部队可不是小事。

她既紧张又为难，既不能问二哥，就二哥那个眼睛里存不得沙子的个性，一问一定会爆，每次爆脾气，都极易诱发他的癫痫。可也不能跟二嫂说，二嫂知道了更不好，怎么办？也找不到一个人商量。正在麦贤妹担心犯难时，有人告诉她有一个村里男人，在医院门口点名找她，麦贤妹一听是村里的，拔脚就往医院门口跑去。

在医院的大门口，看见有一位黑黑瘦瘦村子里的小伙子站在那儿，见到麦贤妹就问："你是麦贤得的妹妹？"麦贤妹看到他提了一篮子鸡蛋，就问："有什么事吗？"他把一篮子鸡蛋递给麦贤妹说："麦同志是我们家的大恩人，我妈妈要我一定来感谢你们！"

麦贤妹一下傻了，不知道是怎么一回事？

这小伙子含着眼泪，说明了原委。原来，麦贤得往村里跑，并不是到什么女同学家，他在帮村民干活的时候，看到村里一位大婶病了很久，总起不了床，家里又很困难。一打听，了解到医生说大婶的病需要吃一种中成药，叫"安宫牛黄丸"。安宫牛黄丸是北京同仁堂药店出的一味中成药，直到今天它仍是高档药，在那个时代就是一种"天价药"了。价格高到什么程度？我拿一参照物做比较吧，那时一位科长一个月的工资大约是52块钱，可这种安宫牛黄丸一颗就要10元，一个科长一个月的工资，仅能买5颗。这在城市里一般人也吃不起的，可在农村，又

第十六章
一个纯粹的人

是一困难户,当时一户农民一年的收入也才100多元,怎么吃得起这么贵的药。

这事让麦贤得知道了,就拿出自己一个月的工资,买了5颗安宫牛黄丸用一张旧报纸包了,送到这位大婶家里。还说,吃不好,他再买。麦贤得送了这么贵重的药,却不接受感谢,还不让这家人往外说,这才发生了这位大婶的儿子找麦贤妹送鸡蛋感谢的事情。麦贤妹又一次为自己的二哥哭笑不得。

这就是麦贤得,一切他认为应该做的事,他的思想里没有认为自己是在做好事,所以,他不让人说。他的不让人说,可不是谦虚,而是发自内心,所以你谢他,他火气就大。但他的这一次好事做得有点大,让家里少了一个月的生活费,让小女儿少了奶粉钱,让李玉枝不得不节衣缩食,来填补因为他做好事所带来的家中亏空。

麦贤得像这样做好事,既不会考虑到自己,也不会考虑到家,并且几十年如此。

麦贤得始终不丢劳动人民的本色,他在湖头市养伤期间,每当农村进入了农忙季节,他几乎天天中午不午休,跑到部队附近的农村,去帮助村民刈禾、插秧、种地瓜,干得不知早晚,不顾一日三餐,让照顾他的战友满世界找他。在湖南冷水滩部队"五七干校"采药材,他比健康人干得还要欢。

麦贤得做好事是自然的,随时随地的,一生都在坚持,他后来成为基地副司令以后依然如此,只要他碰上了,随手就干。一次,天已经下雨了,他看见邻居家买了一车蜂窝煤,脱下军装就去帮助别人搬煤,从一楼到六楼,整整干了大半天,人们怎么也谢绝不了这个麦司令;他下班经过巷口,看见小卖部李大伯的皮鞋上全是灰,回家拿了鞋刷鞋油蹲在地上,就把李大伯的皮鞋擦得铮亮;到邻居家串门,看到凳子坏了,

脚 印
——人民英雄麦贤得

转身走了，又回来了，手里多了维修工具，就在人家客厅里修了起来；外出散步，看到路边有人在修鸽子笼，二话没说，蹲下来就当帮手。他还有一个习惯，活不完不走人。所以，他做好事时，常常忘记归家。

有时候为了帮助别人，还把全家都拖了进来。邻居有一位老奶奶脚上长了一个疮，久不见愈合，有人给推荐了一个偏方，需要蜘蛛当药引。可在如今的城市里找蜘蛛还真不容易。这件事不知怎么让麦贤得知道了。那段时间就见他常常往外跑。一天，吃完晚饭麦贤得又不见了，很久不见回家。李玉枝担心就到处找，结果在一处公共厕所旁看到了麦贤得，只见他嘴巴里叼着手电筒，聚精会神地在墙边抓蜘蛛。李玉枝要他回家，他不肯，说蜘蛛还没抓完。李玉枝既担心他的安全，又担心别人误会，因为这是公共厕所，但李玉枝知道喊他回，麦贤得是不听的。于是，只好回家把儿子女儿都喊来，帮着爸爸抓蜘蛛。而且一连抓了好几天，才凑齐蜘蛛送给了邻居老奶奶。

麦贤得这种"多管闲事"是随时随地的。有一次部队派车来接他公干，车到一个十字路口由于红绿灯故障，大家都争道，把一个路口堵死了，谁也走不了。他立即下车，指挥交通。大家一看怎么来了一个海军军官在当交警。当时是烈日盛夏，不一会儿，汗水就湿透了麦贤得那白色的军装。他却好像干得十分的爽，露着他的大白牙，一脸的笑容。

有危险的时候，他也冲在前面。

有一年，一个强台风在汕头登陆。汕头临海，强台风登陆是很危险的，全市都紧急动员抗风灾。那天下午3点的时候，整个汕头市都在狂风暴雨之中，台风遮天蔽日、摧枯拉朽般地正面袭击汕头，大街上几乎没有了行人。可就在这个时候，李玉枝发现刚从北京开会回来的麦贤得不见了。在如此的风大雨狂之中，他一个手脚并不方便的人会去了哪里？会不会遇到了什么意外？一家人急得四处寻找，可就是不见麦贤

第十六章
一个纯粹的人

得的踪影。

全家人都撒出去了,直到傍晚,也没有找到麦贤得,家人都失魂落魄地回到家中。这时儿子打开了电视,电视中正在直播汕头抗风抢险的新闻。突然从电视里听到一位记者的声音:"你们看,老英雄麦贤得也到大堤上抢险了!"家人突然从电视画面上看到,麦贤得只穿着一件背心,一身雨水在海滨长堤上参加抗灾救险,被正在采访的电视记者发现抢拍了下来。

如今,作为海军一个大校军衔的原海军某基地副司令员的麦贤得已经退休了,但他仍经常帮着别人捅厕所、挖水沟、扫马路、管市场、做慈善,还在自己的饶平县母校洪北小学捐了图书馆。

麦贤得是一个纯粹的人,脑部受伤后,就更加简单纯粹了。麦贤得,没有功利,没有权欲,更没有心计,几十年来,只有胸前的勋章,只有无数的荣誉,也有相当一段时间的被冲击后的落寞时光,但他始终纯粹到为维护一个名声而活着,这个名声就是:英雄。这是支撑他精神和内心的全部力量。

甚至,他的情感和思想,也停留在50多年前的那个夜晚。那一声爆炸,那一块弹片,一块小小的弹片,虽然没有夺去他的生命,却给他带来无尽苦痛的弹片,改变了他一生的轨迹,也使他变成了一个简单的人,因为简单而纯粹。

当"八六"海战结束以后,当战场的硝烟散去,麦贤得的战争没有结束。生命是脱离了危险,但麦贤得与命运的搏斗才刚刚开始,他也是九死一生,受尽磨难,一些是在心里,更多的是在身体上。英雄的称号,支撑着他的精神世界。

我觉得,麦贤得的一生,都是在与命运进行搏斗。先是与那停转的

脚 印
——人民英雄麦贤得

舰艇主机搏斗，他战胜了；接着与死神搏斗，他战胜了；后是与伤痛搏斗，他又战胜了；再就是，与后遗症搏斗，尽管这个搏斗的时间是那么漫长，几乎伴随着他的一生，而且搏斗得遍体鳞伤，包括他的家人，但最后应该说，他还是战胜了。再就是与各种"冷暖"进行搏斗，虽然曾经落寞过，但最终他还是个胜者。因此，他用一生证明自己无愧于英雄这个称号。他也用一生证明了，他是一个纯粹的人。他还用一生证明了：英雄，并非都在战场上。

但麦贤得始终没有自认为是英雄而居功自傲。他很幸运，作为一名特殊的英雄，一生曾多次受到国家主要领导人的接见，如毛泽东、周恩来、邓小平、江泽民、胡锦涛，以及今天的总书记习近平。当我在采访中称赞麦贤得的时候，他真诚地说了两句话还是那四个字："不够，不够。"这句话早在50多年前在广州军区广州总医院第四次手术后，受到党中央、毛泽东主席和人民的称赞，他刚开始能说话时，就真诚地对护士李金爱和许曼云说过："不够，不够。"一直到今天，他以自己一生的行动，坚持了对自己的要求——"不够，不够"。

第十七章

⚓

坚守英雄本色

本色，是指没有经过漂染的原色，对人而言，即他的本来面貌。

人的本色，离不开他成长生活的环境，英雄也是如此。麦贤得一直保持着英雄的本色，自然离不开他的家庭。关于麦贤得本色的具体表现，我在以上章节中已经讲得很充分了，这一章我想讲一讲，让麦贤得保持了英雄本色的家庭。

麦贤得的家庭，包括他的大家，即生他养他的父母的家，再就是他结婚以后，成立的小家，小家是他受伤后生活的家。这两个家庭维持着他的本色。

小家的核心和灵魂应该是李玉枝。自从李玉枝调到汕头工作以后，这个小家才算团聚，麦贤得这才结束了军营单身生活，真正有了一个家。他的生活越来越规律，饮食服药、作息都得到很大改善。俗话说"久病成良医"，是说生慢性病的人，久而久之自己对病的了解有时比医生还要多。李玉枝在照顾麦贤得的漫长时光里，几乎成了一个"良医"，她不仅自学了护理方面的知识，对麦贤得的病，她比任何医生都了解得多，知道什么时候会发病，什么情况下会诱发癫痫，什么症状要

脚　印
　　——人民英雄麦贤得

服什么药，什么药有哪些副作用，甚至天气、温度、劳累、情绪对麦贤得的影响，等等等等，她都几乎无所不知，她已经是半个护理专家了。甚至，她都能通过麦贤得脸上的颜色和口中的气味变化，判断出麦贤得的"内火"，为防止他的"内火"上升，她用中草药来煲凉茶，给麦贤得"降火、降燥、降湿"，实践证明这种做法在湿热的南方，很有效果，这是中国传统医学领域的知识了。

正是在李玉枝这样的精心照料下，麦贤得的身体一天比一天好。经过20多年漫长不懈的努力，对麦贤得伤害最大的脑外伤后遗症——癫痫，发作次数越来越少，甚至逐渐地消失了。经过几十年伤病的折磨，麦贤得始终保持着一个军人的挺拔形象，除了一种英雄情结支撑着他，还有一个重要的支撑，那就是李玉枝和他的这个家，正是因为有了李玉枝，麦贤得才最终没有倒下。

为了让麦贤得保持英雄的本色，在麦贤得脑部受伤后，记不得自己的生日的情况下，李玉枝就在每年的8月6日给麦贤得"庆生"。她对麦贤得和一双儿女说："是党和国家给了麦贤得第二次生命，我们家永远不要忘记。"她在采访中不止一次地告诉我，她这样做，就是想让麦贤得不要忘记他的这个英雄称号是怎么来的。她也不止一次地对麦贤得说："你是英雄，你是党员，你还是个军人，你的四个战友都牺牲了，我们不要忘记了他们。你要始终以身作则，做好榜样，保持本色，维护好自己的军人形象。"所以，麦贤得无论在哪个场合，都是腰杆笔直，举手敬礼，始终保持着一个军人的军容风貌。李玉枝也让儿女们不要忘记严格要求自己，记住祖国，记住自己的责任，记住他们是麦贤得的儿女。

所以，麦贤得无论当年是一个士兵，后来是个副司令，还是今天已经是一位共和国的"人民英雄"，他还是他，仍然带着那纯朴的微笑，

第十七章
坚守英雄本色

做着他觉得应该做的好事。

再值得一说的就是李玉枝的家。李玉枝的家也有8个孩子，这个家庭的核心是父亲李城丁，能抚养教育出李玉枝这样的好女儿，也是因为有着这样的一位父亲。

李城丁是位旧社会的孤儿，对共产党充满着感情。他认为，英雄为了国家而受伤，国家不能不管英雄。他们不忘党的恩情，现在国家需要，他有8个儿女，也应该做出奉献。他甚至说，他这是将女儿嫁给国家，报答国家。这是一个从旧社会走过来的老人，他有新旧的强烈对比，因此，他知道珍惜什么，报答什么，就是这样一批穷苦出身的老百姓，成了中华人民共和国的基础，共产党执政的基础。李城丁对中国共产党的感情，可以说是始终不渝的，直到后来自己又变成了"无家可归"也没半点后悔。

这位从旧社会走过来的穷苦人，对共产党最大的感激，主要有两点，一是翻身解放。对他来说，翻身解放即是成了"国家的主人"，至于成了"国家的主人"有什么权利，他倒不是最关心的，他只是觉得旧社会被人所瞧不起的穷苦人，如今社会地位提高了，这个提高对于他来说，就是可以直着腰，背着手走在汕尾镇大街的中间，而不需要再低眉顺眼地沿着墙根走，给富人让路，这就叫翻身解放、扬眉吐气。二也是他最深深感激的，共产党给他分配了房子，这个房子虽然是租住的，但李城丁终于住进了曾经是富人居住的大瓦房。像李城丁这样孤儿出身的穷苦人，在旧社会温饱都是问题，居住就可想而知了。中华人民共和国成立前，他在汕尾的海边，自己搭了一个窝棚结婚，女儿李玉枝1948年出生后一家人就挤在这个窝棚里面生活。李城丁每天出门的时候，远远地就能看见镇子里面那有着骑楼的富人大瓦房。

脚 印
——人民英雄麦贤得

　　骑楼，是从东南亚传入中国南方的一种"外廊式"建筑。这是亚热带地区的有钱人，为了创造凉爽舒适的居住条件而建造的。他们在建造住宅时，在房屋外加一道宽宽的走廊，以遮蔽烈日风雨，因此风靡东南亚，然后随着华侨回归故里，在家乡造房盖楼，这种建筑风格也传入了华南地区，是我国广东、福建等沿海侨乡特有的一种具有南洋风情建筑。这种楼房连成片以后，临街就会形成一条一条长廊，又成了商业市场，因此对于穷人来说，有骑楼的地方都是富人居住的地方。那时候李城丁想都不敢想这辈子能住进骑楼，他只是在去镇里卖东西时，在那骑楼下躲过雨。那时就想，富人日子真好，不仅住在楼房里，出门还有这样的骑楼遮阳避雨。

　　中华人民共和国成立以后，政府收缴了一部分富人的财产，包括楼房。李城丁做梦也没有想到的是，他们一家竟被政府分配住进了镇里的骑楼，虽然分配的房子并不大，但一家人其乐融融挤在不怕台风、不怕烈日，有着骑楼的房子里，共产党真的给穷人带来了幸福，因此他一辈子感激党和政府。

　　后来，党和政府又出了新政策，要归还以前收缴的华侨房产，李城丁住的这套房子原主人的亲属要来收房，可当时政府又没有能力重新给李城丁一家安排住房，一家人竟然无处栖身，被迫搬到街道边骑楼里搭铺睡觉。这时，李玉枝已经与麦贤得结婚。于是，有人就说，你女婿是"战斗英雄"，"战斗英雄"的老丈人不能露宿街头，你应该搬到镇招待所去住。也有人说，你应该去找部队，部队不能不管你。李城丁却说，我不能这样做，我不能给党和政府抹黑。他后来也去找了部队，是请部队帮助他们一家暂时解决一下燃眉之急，哪怕是在部队闲置的空地上，允许他临时搭建一个棚屋，供一家人栖身半年度过冬天和春节也行。

　　而那时，麦贤得正处在"落寞"之中，没有人理睬李城丁，再说部

第十七章
坚守英雄本色

队的空地也难提供给他搭棚,结果,李城丁一家就在街边骑楼里住了一段时间,而且那还是个正月寒冷的日子。直到后来,找到一处地方,自家搭了一处棚屋,一家人才搬了进去。尽管此事对李城丁刺激很大,但他依然无怨无悔,不对共产党和政府有半句怨言,直到双目失明,仍然如此。

麦贤得情绪低落,常常有脾气暴躁的时候,他也总是劝说女儿要理解女婿,要养育好一双儿女,他对女儿的影响是潜移默化的。李玉枝在那样困难的情况下,与麦贤得结婚9年后才调入汕头,这之前一直都住在汕尾父母亲的家里,她的两个孩子也都生在汕尾,一直都由自己的娘家人帮着照看抚养,这才使得李玉枝能汕尾汕头两地跑,既照顾着麦贤得,又养育着一双儿女,自己还要努力工作。这一切都有娘家人在背后的默默支持,有着父亲李城丁的支撑。

麦贤得出生成长的家,应该说是一个普通的劳动人民家庭,一个辛劳穷苦的潮汕人家。麦贤得的这个家里最值得一记的是他的母亲林呖,这个在贫穷的生活中充满着生命韧性的母亲,生了9个孩子,却将其中5个送到了部队。二儿子麦贤得在战火中九死一生,她却仍然坚持把另外几个孩子送到了部队,麦家加上第三代,麦贤得的儿子、儿媳、女儿,这个大家庭里差不多有一个班的军人。可这个渔民的女儿,一生辛劳,5个孩子在部队,自己一直都在家乡劳动,为生活奔波。

麦贤得成为全国家喻户晓的英雄后,一次部队首长专门到浿洲湾去探望英雄的母亲。走到村口,看见一个50多岁的妇女,蹲在那儿卖甘蔗,就上去打听,结果这人正是要去慰问的麦贤得的母亲林呖。部队首长心里很不好受,他后来跟县里领导说:"一位毛主席接见过的英雄的

脚　印
——人民英雄麦贤得

母亲，为了国家把儿子都献出来了，这个年纪还在村口卖甘蔗，难看不难看？我们应该关心关心。"地方领导经过协调，最后安排林肳到公社大米加工厂去工作，这样可以有一份工资。一位50多岁的母亲，高高兴兴地去做了一名工人，努力地工作，还在米厂里入了党，后来还当上了大队妇女主任。

"九一三"事件后，麦贤得在部队受到冲击。麦贤得的名字从各种媒体上消失了，"麦贤得是假英雄"的风也吹到了家乡，这件事竟然让林肳受到了影响。在她的家乡洪洲公社，当地的领导也不再把她当作英雄的母亲，她竟然比儿子麦贤得受到的冲击还要大。

那时，在极左思潮的影响下，全国开展"割资本主义尾巴"运动。什么叫"割资本主义尾巴"，就是打倒资本主义以后，还把那些做点小生意和在农村里养一点鸡鸭的人，叫作"资本主义尾巴"。这种思想，实际上就是把社会主义等于了贫穷，大家不能"均富"，就"均穷"，即大家都贫穷，你多养一点鸡鸭，你就会比别人多一点收入，这种现象被叫作"资本主义尾巴"，制止这种现象，就被叫作"割资本主义尾巴"。

林肳一生勤劳，本来就是挑着潮汕人叫作"八索箩"的货郎担，走村串巷做点小生意来补贴家用的农村妇女，哪个农村家庭不会在家里养点鸡鸭和猪，否则一年到头家里的油盐酱醋从哪里来？这也几乎是家家户户都会做的事，所以林肳对"割资本主义尾巴"十分抵触，坚决不配合。

可当时的思想极左，有人认为麦贤得已经不是英雄了，可麦贤得家名气大，拿他们家做典型教育收效好。而麦贤得的父亲麦阿记长年在海上，居家时间少，于是他们就抓林肳作为教育对象。可林肳个性极犟，就是不认这个理，结果被关在家里"禁闭"了30多天，要她闭门检查不

第十七章
坚守英雄本色

让出门。

林呖仍然不认错，被开大会批判。那一晚，不知是有意还是巧合，是1975年的8月6日，"八六"海战十周年的日子，公社露天会场没有电，点着汽油灯，这种灯发出一种惨白的光。在惨白灯光下的台上，站着英雄的母亲。

这种过火的行为，让上面领导知道了，及时派人处理，这才让事情稍稍降温，恢复了林呖的自由。可这件事情，继而又冲击影响了麦贤得的两个兄弟。

有人分别给林呖在部队当兵的另外两个儿子的领导写了封信。这种行为，你可以理解为是他的极左思想，也可以称为人的阴暗心理。这叫什么？这叫打击报复，这叫株连。株连是封建社会最恐怖的一种治人手段，它的本意是一人犯罪全家牵连，这个"全家"大到可以"株连九族"，所有与你挨点边的亲属都受牵累。这一封信，把林呖说成是"新生的资产阶级分子"，把林呖的行为说成是"路线问题"。那时还在"文革"期间，"路线问题"是最大的政治问题。

这封信对麦贤得正在部队进步期间的大哥和五弟，影响可大了。麦贤得的大哥麦贤庆在陆军，他参军比麦贤得早，当时已经是一名营副教导员，按照他在部队的表现和资历，正在拟提拔转正的时候，部队收到了这封信。首长告诉他，因为这封信他的提拔可能要暂时"搁一搁"了，这是一种婉转的说法，部队里有那么多干部要提拔，"僧多粥少"，你有"问题"要搁一搁，就是没机会了，大哥麦贤庆只能准备转业回家了。可那时大哥刚刚办了妻子儿女随军不久，孩子们都在部队驻地贵州上学，转业就意味着全家又要拖儿带口回家乡了。

五弟更惨，他虽然当的是空军，却是最辛苦的空军工程兵，专修机场的，当时在部队已经服役5年了，表现积极，已经是一个代理排长

脚　印
　　——人民英雄麦贤得

了。代理排长，这个位子可关键了，提拔为排长就是干部，将来转业回家也要安排工作的；提拔不了，就是兵，退伍回乡仍然务农。这封信到达部队前，五弟正带着他们排在山里施工，非常辛苦，临行前指导员告诉他，回来就可以把"代理"两字取掉了，可半年施工结束回来，指导员说，提拔的事黄了，因为来了一封信，说你们家有"路线问题"，部队一时也无法调查清楚，所以提拔的事就搁下了。于是第二年，五弟退伍回乡了。

　　可这一切并没有影响林呖对党的热爱，对国家的热爱。过了几年，中越边境紧张，没有什么文化的林呖不能读书看报，可她关心国家大事，天天听广播，那段时间她天天在广播里听到中越边境的事情，她知道要打仗了。这一年，她的第七个儿子阿七，正好18岁，到了可以参军的年龄，但他已经在农场工作了。那一天，她对丈夫麦阿记说，国家需要人，让阿七参军去吧。麦阿记没说什么，可与她走得最亲的娘家阿舅不干了，说："你送了几个儿子到部队了，阿得（指麦贤得）伤成那样，老大阿庆还在部队里，说不定这次也要上战场，你只有阿六、阿七两个儿子在身边，其他孩子还小，又要送一个去部队，你总要留个在身边，帮衬帮衬你吧，你们家对得起国家了。"

　　可林呖不听，她说："正因为阿得是个英雄，我们家就不能落后。阿得受伤后不能上战场了，国家还要人保卫，我有这么多儿子，再送一个也是应该的，我们英雄人家也要做个样子给人们看看，特别是公社那个书记。"

　　第二天林呖一个人去了县里，她直接去找到县武装部长提出要送儿子参军，县武装部长正为征兵的事发愁，见英雄的母亲找上门来，要送儿子当兵就高兴得满口答应了。后来，阿七如愿参了军，入伍的那天，林呖让全家人到县里去送他。她实际上是做给别人看的，她就是要人们

第十七章
坚守英雄本色

看到，她还是"光荣之家"（那时政府民政部门对于有人参军的人家，会送一块红色的标牌，上书"光荣之家"），还是英雄之家。可她后来才知道，她的大儿子麦贤庆已经带着部队穿插进了越南，冲进了炮火之中，她又像当年担心麦贤得那样，日夜睡不着了。

其实，林呖是最害怕战争的。因为战乱在她的记忆里，给她留下了太多可怕的经历。她第一个儿子出生时，日本鬼子来了，她抱着儿子躲到了山里。后来麦贤得出生，国民党溃兵到了东南沿海，也到了饶平，她又拖着两个儿子去躲兵灾。丈夫终年在海上，在兵荒马乱的岁月，也是她最担惊受怕的时候。因此，"八六"海战发生的那天夜里，她本能地醒来。所以，她拜观音，敬妈祖，祈求天下太平。

孩子们都大了，都有了各自的家庭，第三代甚至第四代都出世了，林呖仍然如故，仍在辛勤地劳作，直到老得再也干不动了。

林呖和麦阿记基本上都属于那种，一辈子辛劳，一辈子除了躺下，也不会歇下的中国老人。

林呖活到93岁的高龄，于2017年逝世。

麦贤得19岁从家乡饶平参军后，没有想到后来被分配在家门口的汕头海军水警区，退休前为海军广州某基地副司令员，也仍生活在汕头，可以说，麦贤得一辈子没有离开过家乡。

通过一年多对麦贤得的采访和了解，我还发现他保持英雄本色的一个重要特点，即麦贤得一辈子都坚持着一个海军轮机兵的一丝不苟。这一点，从我第一次踏进麦贤得的家门开始，即给我留下极其深刻的印象，而且一直清晰地留在我的脑海里。

麦贤得的家，在汕头部队一处家属院的一楼，一套有些年头的旧房子，但收拾得窗明几净，小小的院落里种了不少花草，花不名贵却绿意

脚　印
——人民英雄麦贤得

盎然，让我感受到经过主人的精心养护。后来随着采访的深入，加深了我这个进门的第一印象，求证出造就英雄麦贤得的一种重要精神：一丝不苟。

身材高大的麦贤得迎出门来，笑容满面，热情地握手中，我却感到他右手的无力，开口也只能说简短的话语："你好！你好！"可那质朴近似纯真的神情，让我有一种时光停滞、岁月静好的感觉。其实在半个多世纪里，麦贤得经受了从身体到精神的磨难，他的信念，也即他的本色，就是他现在挂在书房里，自己用毛笔书写的一幅字：永做小小螺丝钉。对别人，也许这是一句口号，对麦贤得，却是一生的坚守。半个多世纪的冬去春来，没有褪去英雄的本色。

落座以后，我说明了来意，他只说了一句："为祖国，为人民。"然后，就没有了下文，低头给我们冲茶。来之前，虽然在采访联络时，我通过部队负责宣传的干事了解到，麦贤得语言的表达虽然没有大的问题，但只能做简短的交流。没想到简短到只说了一句，就没有下文。

我看着认真泡茶的麦贤得，也没有想到他把这样一件小事，也做得一丝不苟。

潮汕地区的工夫茶，显示的是独特的文化传统，和北京的盖碗茶相比，泡法真是大相径庭。潮汕人泡茶的过程十分繁复，现烧水、洗杯、暖壶、冲茶、倒杯……一道一道的，所以潮汕人叫工夫茶。这是我一个来自北方人的不内行的说法，真正潮汕人的说法不叫泡茶，叫冲茶，过程为：煲水、烫杯、装茶、高冲、刮沫，然后叫低筛，才把一杯茶倒进你的杯里。可忙乎了半天，最后送到你手上的，是比北方的白酒杯还小的一口茶，喝茶，有点像品酒。

潮州工夫茶是潮州的传统文化特色，源远流长。例如，烧水，他们叫煲水，跟煲汤一个说法，浓浓的地方语言特点。斟茶，他们叫低筛，

第十七章
坚守英雄本色

表示对客人的尊敬。潮州工夫茶，流行国内，远播海外。那一年我去南极，在南美智利的一个靠近南极的小城市，都能看到华人这种泡潮州工夫茶的茶具。因为，有华人的地方，就有潮汕人。

既然是地方文化传统，冲茶，也可以看出一个潮汕男人的个性。

麦贤得对冲茶这件事认真得有点忘我，把整个冲茶的过程，一丝不苟地显示在我的面前，然后将一小杯汤色均匀清亮的热茶送给我。说实话，我一直不太习惯这种浓得像汤药一样的茶水，但我从麦贤得那一丝不苟泡出的茶汁中，品到来之不易的甘醇。

这又让我想起了，麦贤得当年是如何在炮火下黑夜的机舱里，从数千颗螺丝中，找到松动的那一颗？这并不是一时的巧合，而是来自他平时的一丝不苟。

至今，在驻港部队的陈列馆里，还保存着麦贤得当年苦练基本功的那副墨镜。那就是为了在黑暗中，能及时找到机器出现的故障，麦贤得戴着墨镜，封闭了自己的视线，一个一个螺丝，一个一个接口用手去摸，用了5个月的时间，记住了数千颗螺丝，几百条管道的位置，最后才能在脑部中弹后，还能排除故障，靠的是什么：一个海军轮机兵的一丝不苟。

还有，当年麦贤得的老战友们，现在有机会会在一起聚会，聚会时冲茶的事，总是由麦贤得包揽。前面我已经说过潮汕人喝的是工夫茶，用的是像北方酒杯一样大的茶杯。这样的茶杯太小，在喝茶时都是一口一杯，因此麦贤得总在不停地筛茶。这个筛茶的过程，又让人们看到麦贤得惊人的一丝不苟。五六人在一起，就有五六个杯子，麦贤得每一次筛茶，都会把大家所有的杯子收到茶盘上，一一斟满，然后再一一送到大家面前。有人认真观察过，麦贤得把斟满茶汤的杯子，送到大家面前时，还是每人用过的杯子，一个都不会弄混。

脚 印
——人民英雄麦贤得

　　这种轮机兵的一丝不苟，麦贤得作为一个军人坚持了一生。毛泽东曾经说过一句著名的话：世界上怕就怕"认真"二字。我认为，认真的最高境界就是一丝不苟，一丝不苟不仅能改变一件事，也能改变一个人。大家都一丝不苟，就能改变世界。

　　我从广州军区广州总医院当年护理麦贤得的护士长李金爱的"看护日记"里，看到这样一个细节：第四次手术后的麦贤得，头脑思维还没有恢复到正常人的状态。一天已经夜深了，病房里很安静，麦贤得却在床上翻来覆去睡不着。忽然他爬了起来，拖着偏瘫的腿出了病房门，一拐一拐地朝走廊走去。值班的许曼云吓了一跳，赶紧追了过去。只见麦贤得来到隔壁的洗漱间，把一个没有关紧、正在"嘀嗒嘀嗒"地滴水的龙头拧紧，回到病房这才安然入睡。

　　这个一丝不苟的行为习惯，一直保持到今天。

　　在采访中李玉枝告诉我，老麦一生都像一个轮机兵，对生活中所有的细枝末节他都认真得严苛，包括外出开会，参加活动，连军容风纪都整理得一丝不苟。每一件事，他都认真地去做，包括学画画，练书法，呵护院子里的一棵小树。李大姐的话，很快就让我验证了。

　　那天采访结束后，我们在麦贤得家的小院里合影留念，麦贤得当然站在中间，可当大家都站好以后，却又不见了麦贤得。我细心地观察着他，原来当我们正准备合影时，麦贤得扭头看见身后的一个花盆里，一小块装饰盆景的石头倒了，这块石头小得几乎可以忽略不计，可他就是立即放下正准备合影的人们，转身去扶正那块小石头，扶了两次不满意，就坚持一直把它扶好，这才面带笑容地来和大家合影。这就是坚持一丝不苟一辈子的麦贤得。

　　一丝不苟改变了麦贤得，一丝不苟造就了英雄，一丝不苟保持了英雄本色。

第十八章

⚓

做一个懂得感恩的人

逐渐走出困境的麦贤得夫妇，不会忘记曾经帮助过他们的人，自小父母亲就教育他们做人要学会感恩，麦贤得和李玉枝一直都觉得，他们有今天，要感恩的人很多。当他们的境况逐渐好起来以后，他们首先想起的一个人就是刘明铎主任。

1986年的一天，李玉枝带着麦贤得从汕头到广州，去看望当年主刀的广州军区广州总医院脑外科专家刘明铎主任。当年，麦贤得在这所医院里住了370多天，就是这儿的医生护士救了麦贤得的命，并且帮助他进行了最初的康复。这里的医生和护士，为麦贤得的付出，让麦贤得和李玉枝永远铭记于心。所以，今天夫妻俩来到这儿，想看看当年的救命恩人，同时到这儿给麦贤得做一次全面检查。

他们到了医院的门口后，李玉枝向卫兵说明了来意。没想到，那卫兵瞪大着眼睛看着麦贤得，一脸的诧异。他惊奇地问："啊，你就是麦贤得？"因为在医院里的史册上，留有记录当年抢救麦贤得的重要一笔，所以后来的人们都知道"钢铁战士"麦贤得是在这儿被救治的。卫兵这一叫，立即引来刚下班的医护人员，大家惊奇地围了上来。毕竟20

脚　印
——人民英雄麦贤得

多年过去了，当年参与抢救麦贤得的医生护士，有的工作调动了，有的转业了，有的已经退休了，但广州军区广州总医院抢救麦贤得的事迹，已经成为这家医院一段引以为豪的光荣历史。尽管后来的人们都听说过麦贤得，今天突然惊喜地看到麦贤得本人，还是在医院大门口引起一阵小小的骚动，大家纷纷围上来看看这位当年的"钢铁战士"。

就在这时，从人群中挤进了一位一头银发的老人，他是听到麦贤得三个字，停下了脚步而挤进了人群的。他扶着眼镜，上上下下看了看麦贤得，然后拉着麦贤得的手问："小麦，还记得我吗？"

麦贤得并没有认出来，他只是礼貌地笑着回答："你好，你好！"

身穿军装的老人有点激动，他再次问："你认不出我了？"

这时麦贤得开始认真地打量眼前的老人，突然他伸出手摸了摸老人的脸，不知是激动还是惊喜，口中发出不完整的词句："刘主任，刘、明、铎，主任。"眼前竟然就是他们要来看望的，当年两次主刀为麦贤得手术，最后取出弹片的脑外科专家刘明铎主任。

刘主任显然也非常激动，他握着麦贤得的手不放，朗朗地说："太好了，太好了，20多年了，活得这样好，真是奇迹呀！"

李玉枝见眼前的老人正是刘明铎主任，也激动地拉着刘主任的手不放，一个劲地说："刘主任，谢谢您！谢谢您，您是救命恩人啦！"

刘明铎转身看着李玉枝问麦贤得："她是……"

麦贤得咧开大嘴，笑着说："我家属。"

那一年刘主任已经72岁了，但由于是著名脑神经外科专家，虽已经办了退休手续，但还在返聘上班。他拉着麦贤得的手说："走，走，到我家去坐坐，我再给你检查检查。"

麦贤得当年从广州军区广州总医院出院后，紧接着就是1966年下半年开始的文化大革命，在那个"以阶段斗争为纲""唯成分论"的极左

第十八章
做一个懂得感恩的人

思潮盛行的年代,刘明铎这位国民党军医出身的专家,一定或多或少受到冲击。后来,麦贤得也因"九一三"事件受到冲击,所以,两个人就失去了联系。今天,刘明铎看到麦贤得如此健康地活着,非常兴奋。他作为一名著名脑外科专家,思维方式离不开他的专业角度,他认为麦贤得如此健康地活到今天,在医学上是一个奇迹,所以,嘴里不停地说的一句话,就是:"奇迹,奇迹。"

其实,他就是创造奇迹的人之一,可他也没有想到,谁把奇迹保持得这么久?所以,他激动,他高兴。

当然不止一个人,包括那两位护士李金爱、许曼云。麦贤得又想起她们,就问:"许姐,李姐,她们好吗?"刘主任说:"她们现在都不在我们医院工作了。小许、小李好像都随着丈夫一起转业到地方了,好像都不在广州。"麦贤得想起许曼云和李金爱的丈夫都是军人,当年还专门写信来,鼓励麦贤得战胜伤痛。

当时已经是中午了,刘主任说:"先到我家坐坐吧,吃顿便饭,下午我带你们到科室,给小麦做一次全面检查。"

大家到了刘主任在医院宿舍区的家。刘主任的老伴见麦贤得来了,当然还记得当年的小麦,非常高兴,连忙去张罗饭菜,李玉枝给她当下手。刘主任却在家里翻箱倒柜地找出一本相册,相册里保存着当年给麦贤得开刀和康复时的照片。麦贤得看着这些照片憨憨地笑,李玉枝却从这些照片中,看到当年抢救麦贤得那些惊心动魄的日日夜夜。

下午上班,刘主任把麦贤得带到科室,给他做了非常细致的检查,一面做,一面兴奋不已。当年,他虽救活了麦贤得,但他也没有想到有那么严重脑外伤后遗症的麦贤得,20多年了,仍然活得这么好。所以,他高兴,他兴奋,总在朗朗地说,奇迹,奇迹。

自那以后,麦贤得隔一段时间就来广州军区广州总医院做一次全面

脚　印
——人民英雄麦贤得

检查和调整医疗服药方案。广州军区广州总医院，直到今天更名为南部战区总医院，一直为麦贤得的身体提供着精心的医疗，一代人一代人地接力，直到今天。

现如今医院每年都为麦贤得安排一次全面体检，积极监控体检中的各项指标，从中发现变化和迹象，跟踪迹象，随时为麦贤得调整医疗和药物，保持着对麦贤得应有的健康状况记录。

他们还长期监控着药物副作用对麦贤得身体的影响，对癫痫控制的效果，跟踪麦贤得语言功能受损后的恢复和右侧肢体偏瘫后康复锻炼效果等，对麦贤得伴有的慢性乙肝和心律失常、心动过速等症状的检查监控。

广州军区广州总医院，在麦贤得生命的关键时刻，都发挥了非常重要的作用，可以说，几十年来三次抢救了麦贤得的生命。除了1965年和1992年这两次，还有最近的一次是极为重要的2012年。

这年年初，广州军区广州总医院在麦贤得身上及时查出了早期肝癌。这也是他们长期监控的结果，麦贤得每天要服几十片各种药物，大部分药物对肝脏都是有损害的，再加上麦贤得伴有慢性乙肝，所以，医院一直非常重视对他肝脏的检查，果然在肝癌的早期就被发现了，这给救治争取了时间。医院高度重视，先后三次组织专家进行会诊，分析病情，研究治疗方案，并专门成立了特护小组，对麦贤得坚持24小时看护。最后，经过全院专家组的共同努力，由肝胆外科主任霍枫亲自主刀，成功地实施了癌变部位的切除手术，有效地控制了癌细胞的扩散。

手术进行得很顺利。但手术后的第四天，麦贤得又突然出现了急性胰腺炎，这又是一种能威胁到生命安全的危重病，专家和医护人员连续20多天守护在麦贤得的病床前，成功地控制住了病情的发展，并最终使

第十八章
做一个懂得感恩的人

麦贤得康复了。

麦贤得肝癌手术后,专家们考虑到为控制他的癫痫发作而长期服用的苯妥英钠,对肝脏、骨髓和白细胞都会有一定的伤害,现在麦贤得又经过肝脏手术,继续使用这种药仍会伤害肝脏,可停止服用这种药又担心控制不了癫痫的发作。医生有时就处在左也难右也难的处境之中。后来,医院相关专家展开了会诊,权衡利弊,最终制订了新的治疗方案。还是停止了服用苯妥英钠,帮助麦贤得解决了一个长期的药物副作用的问题,实践证明效果很好。麦贤得的肝癌手术已经过去8年了,肝脏恢复非常好,没有留下任何后遗症,癌症完全治愈,这又创造了一个生命奇迹。

2020年5月3日,李玉枝大姐在接受我新的一次电话采访时,高兴地告诉我,麦贤得刚刚在如今叫南部战区总医院做过一次身体全面检查,各项指标都不错,肝脏的愈合非常好,血压只有80~130,比常人还要好。

我也为老英雄麦贤得的健康感到高兴。

但有一个遗憾一直藏在麦贤得和李玉枝的心里,即他们的感恩之旅并没有完美地结束,他们一直在找当年守护麦贤得一年多的许曼云和李金爱两位大姐。后来通过战友得知李金爱就在广东江门,麦贤得在李玉枝的陪同下来到江门看望李金爱。

那一天,在江门的一家宾馆里,大家见面,还来了几位老战友。麦贤得到达时,李金爱很激动,她迎着麦贤得跑过来,当年的大姐,如今也是满头灰发了,她冲着麦贤得说:"小麦,小麦,还记得我吗?我是李金爱!"麦贤得听到熟悉的声音,一把将李金爱抱到怀里,一口一个"李姐",让所有在场的战友都满眼泪花。

李金爱一直保存着护理麦贤得时记的"日记",在这一次见面中,她将"日记"交给了李玉枝,她说,留给你们吧,好好保存。

聚会中,麦贤得一直在打听许曼云。

李金爱说,她是1976年转业的。许曼云在"文革"中受到冲击,1969年就复员了。她是湖南人,听说回到湖南了,后来大家都没有联系,没有人知道许曼云后来的情况,她到底在哪里。

这让麦贤得和李玉枝都有了一个深深的遗憾,也多了一份牵挂。因为,许曼云在"文革"中受到冲击,而回到湖南时的1969年,正是"文革"如火如荼的时刻,她会不会进一步受到冲击?联想到麦贤得被冲击的情景,李玉枝和麦贤得都担心,许曼云这么多年都没有信息,她还安好吗?

麦贤得和李玉枝一有机会,就托人到湖南打听,但一直没有许曼云的消息。

2017年7月,在北京,麦贤得被中央军委主席习近平同志亲手授予了"八一勋章"。"八一勋章"是中央军委授予在维护国家主权、安全、发展利益,推进国防和军队现代化建设中建立卓越功勋的军队人员,那一年全军只有10名军人获此殊荣,麦贤得排在第一。

后来电视报道了这一新闻。

在广西南宁的一户人家里,有一位80多岁的老人正在看新闻,看到这一节,她兴奋地叫了起来:"小麦,小麦,小麦还活着!"这正是麦贤得千番寻找的许曼云。老人历经磨难,最后辗转从湖南到了广西南宁,老俩口和女儿生活在一起。她立即喊来女儿,说:"我一直以为小麦已经不在了,没想到他活得那么好。我要去看他。"女儿小时候见过麦贤得,那时一家就住在广州军区广州总医院里,母亲曾带她们姐妹

第十八章
做一个懂得感恩的人

俩，在医院的院子里远远地看过麦贤得一眼。今天她担心母亲的身体，让母亲不要激动。许曼云说："我都80多岁了，你一定要帮我找到小麦。"后来，女儿通过广西的"文明办"联系了广东的"文明办"，终于找到了李玉枝。

2018年的10月，麦贤得和李玉枝来到广西南宁看望许曼云，这一年许曼云83岁，她的老伴90多岁了，两人身体都不好，都在住院。麦贤得和李玉枝就来到医院探望他们，许曼云将她珍藏了50多年的9张当年麦贤得的照片作为最珍贵的礼物送给了麦贤得，其中有一张就是当年曾登在报纸上的许曼云搀扶着麦贤得重新学走路的黑白照片。

探视结束后，许曼云坚持送麦贤得到楼梯口。这时，与许曼云相差9岁的麦贤得，像一个小弟弟一样，自然地搀扶着许曼云，这个画面被人用手机拍了下来，与当年许曼云搀扶麦贤得的照片，形成了一个相隔50多年时空的温馨画面，让所有看到的人心里都暖暖的。

2019年是中华人民共和国建国七十周年大庆。9月27日上午10时，一场隆重的国家勋章和国家荣誉称号颁授仪式在庄严的人民大会堂举行。中共中央总书记、国家主席、中央军委主席习近平同志，向国家勋章和国家荣誉称号的获得者，分别授予了"共和国勋章""友谊勋章"和"国家荣誉称号奖章"。其中有一位身着海军制服的老人，被授予了"人民英雄"国家荣誉称号，他就是麦贤得。

2019年是麦贤得非常忙碌的一年，被授予"人民英雄"称号后，他和李玉枝大姐还被邀请参加国庆观礼。在共和国七十华诞的时候，麦贤得在妻子李玉枝的陪同下，迈着已经能够稳健行走的脚步，一步一步地走上了天安门城楼。他的那个第一次印在母亲手掌里的脚印，一路走来，如今已经作为一个"人民英雄"登上了荣誉之巅——天安门城楼。

脚 印
——人民英雄麦贤得

　　春节，他又作为"英模"代表，被邀请参加了举国同庆的中央电视台《春节晚会》。回到汕头后，新冠疫情越来越严重了，麦贤得每天都在家看电视，关心国家抗击新冠肺炎疫情的新闻。当全国都在支援武汉的时候，汕头也派出了一支医疗队奔赴武汉。

　　这天，麦贤得把妻子李玉枝喊到身边，对她说："这也跟战斗一样，他们不怕死（指汕头赴武汉的医务人员），我们要表示一下心意。"

　　于是，夫妻俩决定拿出他们的积蓄，以"一个老兵"名义，匿名捐赠了10万元人民币。

　　英雄不老，始终在焕发着新生。

　　那天在麦贤得的家中，当我和李玉枝大姐的交谈接近尾声的时候，麦贤得却到了书房里，他拿起毛笔给我写了四个字：上善若水。

　　上善若水，出自老子的《道德经》第八章："上善若水，水善利万物而不争。"指的是：至高的品性像水一样，泽被万物而不争名利。上善若水，是最高境界人的品德，就像水的品性一样，泽被万物而不争。水，奔流到海是一种追求，水滴石穿是一种毅力，水洗涤污淖是一种奉献。

　　麦贤得纯粹的一生，就像是水，此时他书写的四个字，既是他的明志，也是对我们的勉励。

　　写到结尾时，有一首歌在我耳边响起：《父亲的散文诗》，这是一首能打动人们心灵的歌。这首歌的原创许飞唱到"父亲老得像一张旧报纸"时，我就想落泪。接着她唱到"旧报纸上的故事就是一辈子"，我就想到了麦贤得。麦贤得成为英雄后，就一直记录在报纸广播里，从

第十八章
做一个懂得感恩的人

1965年8月起,直到2019年再次走进北京接受"人民英雄"的授勋,他真的是一辈子就在报纸里。

可报纸上记录的麦贤得的一辈子,可能是他的英雄事迹,光鲜而亮丽,而实际生活中他所受到的磨难,是人们知之不多的。

我觉得,麦贤得用生命获得了"英雄"称号,他又用一生在维护着这个"英雄"称号,他一辈子都在经受着那块弹片所带来的磨难,这是人们无法理解和体会的。我们今天向麦贤得学什么,学他的不怕死?学他总在说的"为人民服务"?学他的"永做一颗小小的螺丝钉"?学他总在说的"不够,不够"?作为一个普通人,学得来吗?

如果要问我向麦贤得学什么,我要学他的纯粹、学他的质朴,学他的简单,学他咬碎了牙一直往前。

我觉得,一个人用一分钟成了英雄,却用一辈子在擦这块"英雄"勋章,这才是最大的不易。

2020年5月22日一稿
2020年6月5日凌晨二稿
2020年6月19日三稿
2020年7月12日夜改定